知道吗，你应当快乐

And You Know You Should Be Glad

[美]鲍勃·格林 著
裔传萍 译

人民文学出版社

著作权合同登记:图字 01-2011-7662 号

Bob Greene

AND YOU KNOW YOU SHOULD BE GLAD:
A True Story Of Lifelong Friendship

图书在版编目(CIP)数据

知道吗,你应当快乐/(美)格林著;裔传萍译.
—北京:人民文学出版社,2012
ISBN 978-7-02-009303-8

Ⅰ.①知… Ⅱ.①格… ②裔… Ⅲ.①自传体小说-美国-现代 Ⅳ.①I712.45

中国版本图书馆 CIP 数据核字(2012)第 149823 号

特约策划:彭　伦　潘丽萍
责任编辑:曾少美
封面设计:汪佳诗

出版发行	人民文学出版社
社　　址	北京市朝内大街 166 号
邮政编码	100705
网　　址	http://www.rw-cn.com
印　　制	山东德州新华印务有限责任公司
经　　销	全国新华书店等
字　　数	200 千字
开　　本	890×1240 毫米 1/32
印　　张	8.25
版　　次	2012 年 8 月北京第 1 版
印　　次	2012 年 8 月第 1 次印刷
书　　号	978-7-02-009303-8
定　　价	26.00 元

致本书的读者……

及你们最好的朋友

一

我们缓缓向奥迪莫菲山走去。

房子位于阿德莫尔路和埃尔姆路的交界处——阿德莫尔南路二百二十八号门前有一小片临街草坪,房子就在草坪的北面。我们刚成为最好的朋友时,他——杰克——就住在那里。那时候我们才五岁,而现在,我们已五十七岁,还是站在这块草地边,站在奥迪莫菲山旁。

“这山以前是那么陡。”我对他说。

“嗯,那时我们还小。”他答道。

这样的日子快到头了——对我们来说,这样漫步的机会不会太多,以前,我们浪费了许多岁月——但是,每次我回家来看他,我们一定会这样走走。他很喜欢。

这个山坡几乎没什么坡度——在成年人眼里,它实在连山都算不上。但是,在我俩刚开始交往的那些年里——那时二战刚结束,镇上许多家庭的父亲刚从欧洲和太平洋战场回到家,他们在各条这样的街道上买了房子,重新开始适应和平时期的生活——这儿让我们觉得像是刚刚走出了意大利或北非。我们常常冲上那座山坡——爬上那片宁静的草地,那草地位于安全的俄亥俄街道上,这条街道属于一座仅仅拥有一万三千名居民的小镇——我们手拿棍棒,充当来复枪,假想自己是那位二战中屡获功勋的战斗英雄奥迪·莫菲。

“也许房子的新主人将草坪修整过了。”当时我对他说。

“没有，”他说，“它原来就是这样。只是以前感觉更陡些罢了。”

我们依然站在人行道上。我想趁他不注意，偷偷看他的眼神，可是根本没有机会。他总是能觉察一切。

“你爸以前有时会观察我们。”我这位最老的朋友说。不过现在他已经不再是小男孩，对什么事情都已经不再那么确信了。他有点累了，之前我对他妻子说我们不会走太久。他们的房子离他父母的老房子不到一英里——离奥迪莫菲山也不到一英里。

“我知道的，”我说，“我爸总是开车来接我回家吃饭。”

那些从战场回来的男人——他们会怎么想呢？那时候他们从战场回来还不到十年——十年前，他们一直在欧洲、在太平洋岛屿作战，然后他们却站在这里，背靠着他们的福特和别克车，在落日的余辉中，等着他们的儿子结束打仗游戏。

“他们当时比我们现在要年轻多了。”我对杰克说。

“他们当时才三十来岁。”他说。

我想我该问他一下，于是就问道：

“你想爬这座小山吗？”

这座连山丘都算不上的山，有时却又显得太陡。在我们小时候，在我们刚开始交往时，这座小山让他气馁，而现在，在一切即将画上句点时，至少是在今天，这座小山依然让他气馁。

“我们回去吧。”我的老朋友说。

我们往家走，往等待他的妻子的方向走去——我们走得很慢，因为他的步履有点蹒跚。

二

如果足够幸运，在生命中，我们都会遇到像杰克这样的人——我们最初的朋友，也是我们最长久的朋友。

如果特别幸运，无论世界将我们带往何方，他们始终会离我们很近。我们不必生活在同一座城市，也不需要天天见面。因为，友谊——尤其是最长久的友谊——根本不需要那样。

没人更了解我们。成人世界碰到的人看不到我们最本真的样子，那时，对这个恼人的世界还不懂得设防，所以也没有在自己周围设立一层又一层的防护墙。后来，虽然还是不喜欢设防，也不愿意修建那些防护墙，但是它们最终还是随着生活一起来了——也被装在了生活这个包裹里。

我们生命中的重要人物在我们懂得设防之前，在我们开始修建防护墙之前，就已经出现了。

如果幸运的话，这个重要的人物会陪伴我们很长很长时间。

我清晰地记得遇到他的那一刻。

我们在俄亥俄州贝克斯利镇的卡辛汉姆小学上幼儿园，这所幼儿园离他家大概只有一个半街区的距离。

刚去幼儿园的那几个星期是很混乱的——有点激动，又有点不知所措，但最多的是困惑。你第一次单独一个人。到学校的第一天，你突然发现自己要在一栋房子里开始全新的生活了，而这栋房子并不是父母的房子。在学校里，你是年龄最小的——只有五岁，有时在楼梯上你会看到一些十二岁的学生，他们大声嬉笑，大声交谈，很明显他们彼此很熟，而你却从来没和什么人这么熟过。在那样一个不熟悉的地方，你会感觉自己很小。当你确实很小时，这种感觉尤其强烈。

我们的教室在一楼的南头，早晨，里面大多充斥着激烈的噪音。每天，一切都是全新的——课程的安排，用餐的程序，休息的时段，走廊里的钟声……一切都和你以前经历过的大相径庭。

巴巴拉小姐是老师。她从俄亥俄州立大学毕业已经有几年了——她的全名叫巴巴拉·德鲁根，尽管我们认为她老得像历史书里的人物，但事实上她才二十岁出头。

上幼儿园的第一天，我们所有人已经相互介绍了名字，但是那么多的名字很难记住；在最初的几个星期，巴巴拉小姐每天点名时，都让我们说出自己的名字。我想她这样做可能是有原因的——她其实已经知道谁在、谁不在了，但是她让我们大声说出名字，这样我们就会渐渐地相互认识了。这是我们生命中第一次努力将名字和脸对上号。

就这样，我们稍稍有些熟悉了——我们不知道卡辛汉姆路上那个教室里所有人的名字，但是我们一天天熟识起来。

一天下午，我们围着巴巴拉小姐在地板上成半圆形坐着，听她给我们念书。我坐在靠后的位置，突然，我注意到上嘴唇上有什么东西——我感觉有东西正从鼻子里往下滴。

我没带舒洁面巾纸，也没带手帕，于是我抬起手，想把脸上的东西擦去。但是，似乎根本不管用。我用手擦了擦，但是随后上嘴唇又湿乎乎的了。

我看看手。手染红了。我在流血。

我以前也流过鼻血，但是在家里，妈妈总会在近旁，她会带我去盥洗室，然后帮我止血。她会在鼻子上放一张棉纸，然后让我头向后仰，如果需要的话，她还会用冰块。

现在，我坐在地板上，坐在其他五岁孩子围成的半圆的尾部，我再次用手捂着脸，而手很快就沾满了血。

我感到局促不安，不知所措。在那个年龄，最不愿意发生的事情就是因为出点差错而被当众拎出来。你只想和其他人保持一致，最好湮没在人群里。

我又用另外一只手擦脸，并尽可能地不发出任何声响。我只是希望能止住血。我把头埋向铺了油地毡的地面，希望没人发现我在流血。我把 T 恤衫的下摆拉到脸上，用它压住鼻子，以为这样就可以止住血。

但是血并没有止住。现在衬衫上已经有血了，而且我越试图止血，衬衫上的血就越多。因为当时才五岁，所以我开始感到恐慌；当时血流得更快了，我浑身是血，衣服上也都是，我不知道该怎么办。不知怎么的，我感觉这是我的错。我身子弯得更低了，恨不得埋进地板里，并且尽一切可能让别人看不到我。

然后，离我几英尺处，一个人站了起来。

我未见其人，先闻其声。因为我一直在盯着地面，既恐慌，又羞愧。

“巴巴拉小姐？”我听到这个声音说。

巴巴拉小姐大声的朗读停了下来。

“鲍勃受伤了。”那个声音说。

他叫杰克·罗思。我们彼此并不熟，但是每天的点名他都在认真听，所以他知道我的名字。

他站在那里看着巴巴拉小姐，巴巴拉小姐看了看他，又看了看我——浑身全是血的我——我被立即送到了学校医护室，他们帮我擦拭干净，还告诉我不要担心，一切都会好的。

"鲍勃受伤了。"他连一秒钟都没犹豫。可是,和我们其他人一样,这个世界上,他最不愿做的事情就是扰乱这个我们刚刚熟悉的、全新的幼儿园世界;和我们其他人一样,他每天也在谨慎小心地做事,学习习俗惯例,领会规章条例。当时,站起来打断老师,并不是件容易的事,尤其是因为我们刚刚踏上那条道路,在那条道路上,老师说话时,你就不能开口。

但是他做到了。为了某个不熟的人,他直接站了出来。

多年之后的今天,我们五十七岁了,我们从奥迪莫菲山一直走到他现在住的房子,他的妻子在房子里等他。

我们小时候的大部分时间,也就是放学后的那些时间,我们要么去他家,要么去我家。早些年,我们的母亲几乎总是待在家里;因为在二十世纪五十年代,至少在俄亥俄州中部的这一小块地区,按照惯例,母亲都应该待在家里,做家庭主妇,外出工作是不合常规的。

我的母亲总会为我们准备好鸡蛋沙拉三明治;他的母亲常常做托儿豪斯饼。我之前从来没听过别人将那些词连用——"托儿豪斯",无论是作为一个品牌还是作为一种概念,对于我所成长的那个家庭都是陌生的,如果不是遇到杰克,那些词可能一直都将是陌生的词组——但是,下午他母亲在厨房里用烤箱烤饼时,阿德莫尔路上那栋房子散发出的饼香形成了莫大的感官刺激。在户外,在他家那块临街的草坪边,在那座不太陡的斜坡上,我们将自己假想成美国的士兵——但是战斗结束后,我们这些士兵不是回到散兵坑或泥浆四溅的帐篷里,而是从后门往里走几步,回到夹着巧克力片的甜饼旁。

杰克十五岁时,他的母亲过世了。我们这些他最亲密的朋友知道她一直在生病,但是我们一点都不知道她病得那么厉害。当时,他家还花钱在报纸上登了简短的讣告,讣告写道,贝克斯利镇阿德莫尔南路二百二十八号的米尔德里德·罗思逝世了。从那天起,杰克每天下午回去,面对的只是一栋空房子。他是否曾经感觉那房子欺骗了他——他是否曾经感到内心孤单、失望或空荡荡的;是否曾经从后门走进屋里,打开灯,还来不及想,就已经知道那些令人欣慰的饼香不会再有、不会再回来了——他是否曾经走进自己的房间,闭上眼睛,放声痛哭,他没有告诉我们。

"鲍勃受伤了。"我们五岁时他这样说。

但是当他受伤时,他却将它锁在心里。

如果你在世人的眼里——即使你在当地人的眼里——不是很出名的话,那么你的死讯就不太可能受到大家的关注。

如果你的成就只是默默取得的,而且只有那些爱你的人才会珍爱,那么你也许只能静静地离开人世。

朋友就是我们的一切——没有朋友,我们的生活将无比空洞——他们是我们生活中不朽的魅力典范,是我们的宝贵财富。失去他们——我们都在失去;我们都将失去——我们会意识到,也许永远会意识到,我们自己的生活满载着他们给我们的美好、无形的礼物。我们知道,如果不是在某个美好的日子,我们的生命第一次和那些后来成了我们最珍视的朋友的生命连接在一起,那么我们在这个世界上的时光可能根本就没什么意义。

杰克逝世时,当地的报纸上并没有刊登讣告消息——只有一则付费刊登的印刷体死讯。他的一生和他母亲一样,不足以引起日报记者的注意。

你们都不认识他,但是你们的生活中有许多人和他很像。

某些人……某些事。

这是一段友谊的记述。

有些人可以记述一段生命中最宝贵的友谊。如果你很幸运——也许你真的很幸运——那段友谊永远在那儿,或者它会在一个奇妙的时间出现。

三

那些年,我们通了那么多次电话——小时候,我们用黑色胶木做的拨号盘式电话机通话;当按键电话机成为美国家庭的时尚时,我们就用那种电话机通话,那种电话机极轻,而且光滑,线条修长;刚参加工作时,我们就用商务办公室里的电话机通话,那些电话是综合布线的,而且配有闪亮的暂停键;当手机成了全国无所不在、也许最终又令人感到遗憾的一片风景时,我们又用手机通话。

不管我们身在何方,也不管我们前一次通话是在几星期前还是仅仅几小时前,每年中的两天我们总会给对方打个电话,从来不曾忘记。这两天都在三月份。

三月十日,每年的三月十日,他总会打电话祝我生日快乐。三月二十五日,每年的三月二十五日,我总会打电话祝他生日快乐。

又一个三月十日,也是我五十七岁生日,他打电话来,低声轻笑。他说:"你不喜欢五十七,那就一起等七十吧。"尽管远隔数里,但是我几乎可以看到他的笑容。

我俩有所不知。

两星期后,是他五十七岁的生日。可那也将是他过的最后一个生日。

那个三月末，我在佛罗里达的一处沙滩上散步；我自己的生活经历了一些波折，我正在努力将事情理理清楚。我在墨西哥湾待了几个星期，在阳光下散散步，花些时间思考思考。就是在这里，我接到杰克三月十日打来的生日祝福电话；也就是在这儿，我听他半开玩笑地展望我们七十岁时的情形。

自那之后，又过了几个星期。我已经走到了龙布岛的尽头；每天我都会踩一踩那块大石头，然后才转身往回走，往回走差不多十分钟的路程，然后就停下来眺望墨西哥湾。

那天，太阳高挂在天空，阳光十分灿烂，天空中只有一丝丝云彩，墨西哥湾的水特别清澈，清澈得可以看到湾底的沙子。我口袋里装着手机；但并没有响。

在沙滩上散步时还带着手机，这样的人一定是傻瓜吧？以前，大家的生活一定过得十分平静，那时候别人不能随时找到我们，我们也不能不断查看是否有人在找我们。但是，我们现在却常常查看，主要是因为我们有这个条件。

我一直忍着不去查看北方的芝加哥家里的电话——为什么要破坏这样一个艳阳普照、风平浪静的早晨，去查寻一个更灰暗的世界呢？但是，那天站在那块平静的沙滩上，揣着手机，一只耳朵听着墨西哥湾柔和怡人的浪声，我拨通了芝加哥家里那个专属号码，用力按下了那个必需的密码，然后得知有一条新信息。

“这电话答录机不错，”那个声音说，“我是查克。”

他指的是哔哔声。以前我家语音信箱的应答声是我妻子的声音。她死后，我注意到答复来电的依然还是她的声音，所以我就把她的声音从机器里消去了。不过我并没有替换答复语。答复来电的除了哔哔声，根本没有其他声音。有好一段时间一直是那个样子。

“这电话答录机不错。”查克说。

正因为我在语音信箱里保存了那次来电留言，所以我才知道他确切的用语，以及他接下来说的话。而一些通话往往会永远改变一些事情。

我们五个人是最好的朋友。包括杰克，我，查克·申克，丹尼·迪克和艾伦·舒尔曼。过去在俄亥俄州念高中时，我们称自己是ABCDJ，即艾伦(Allen)、鲍勃(Bob)、查克(Chuck)、丹尼(Dan)、杰克(Jack)。

查克和我之间的几次严肃谈话屈指可数。我俩之间的交谈，一直以来只有笑声。我经常这样向别人描述，我和查克儿时的交谈是这样子的：就算你告诉他今天半夜就是世界末日，他也许只是脑袋一偏，然后说："我们去托德尔饼屋吃干酪三明治和香蕉奶油派吧。"其后一晃几十载，我们老多了，但是那种交谈风格并没有改变。

我能够听出查克说话语气的微妙变化——即使通过电话线，即使只是一段电话留言，即使听取这段留言时，我仍然身在佛罗里达州远离大陆的一座珊瑚岛上，手机里夹杂着静电干扰声。从他开始说的那些话——"这电话答录机不错。我是查克。"——我就感到情况不妙。

"打个电话给我，"那个声音接着说，"事关杰克。他身体不太好，我想和你细细说明。所以给我回电。再见。"

查克从来不曾这样和我说话。他身体不太好，我想和你细细说明。在我们的生活中，查克从来没有用这些词语来表达。

海鸥在头顶盘旋，海水在眼前闪闪发光，我拨通了电话。

饭准备好后，杰克的妻子向楼上大声喊了几声。

我打电话给查克时，查克这样告诉我。

几个星期以来，杰克的身体显然一直不太好；他以为他患了感冒。他早早地下班，然后就上楼到卧室小睡一下。他让妻子贾尼丝吃饭时叫他，他会马上下来。

查克说,贾尼丝向楼上喊了几声,但是杰克没有应答。

她又喊了几声,然后爬上楼去,想看看他是不是睡着了。

她却发现杰克躺在地板上,不省人事。

小学二年级时,希普舍小姐将我们的座位隔开,我认为,这是别人对我们友谊的最大赞美。

希普舍小姐受够了我们之间没完没了的闲聊。当时杰克和我选择了紧挨着的两张桌子——那些桌子的写字平面和椅子是连在一起的,你必须从侧面的开口处钻进去——她之前观察了我们几个星期,发现我们只是闲聊、开玩笑,根本不留心她努力教的东西。一天早晨,希普舍小姐把我们叫到一边,告诉我们她做了一个决定。

她说她看得出我们是好朋友——正因为我们是非常要好的朋友,所以在教室里,她要把我们的座位调开。她这样做倒不是因为她不近人情;事实上,她似乎做得非常合情合理。她告诉我们,如果挨着坐,并且整天闲聊的话,我们可能永远学不进东西。她说,隔开一定的距离对我们更有好处。

能有人注意到一段友谊是多么了不起的事情啊!那不就是最好的证明吗:你俩如此要好,因此不得不将你们分开。

站在佛罗里达州的沙滩上,我听查克接着讲发生的事。贝克斯利的警察和急救队是怎么赶到杰克家,如何把他从楼梯上抬下来的。还说从杰克卧室到走廊的转角太窄,常用的担架转不过来,因此他们只能用一张叠起来的床单把他抬到候着的救护车上。

那么多年前,在教室里,我们彼此被分开过。老师说,那是为我们好。我看着墨西哥湾,在生命中第一次感到,和我交往最久的朋友离我那么的遥远。

四

那当然是在公交车上。

那才是重要的时刻。

只有他和我会明白。

我们第一次感到像是到了一个更广阔的世界——第一次感到无拘无束、自由独立——是在我们手里拿着五分镍币，闲逛到车站，然后等贝克斯利公交车的时候。

现在想想，我都忍不住咧嘴而笑。那时候，贝克斯利公交车其实哪儿也没去。它从来没有离开过那个小镇。它只是——在二十世纪五十年代，它只收五分镍币——连续、懒懒地沿着那个不规则的环形路线走，围着我们的小镇开，尽管这个小镇没有制造业，没有工业，也没有观光景点。那辆公交车从来没有离开过贝克斯利的边界。

贝克斯利以前是个小镇，现在依然是个小镇，它的四周都是哥伦布市的地盘。你向任何方向走，都会走到一个更大的镇子。但是贝克斯利的公交车从来没向那些方向开那么远过。有时那车似乎也过了一到两英尺，似乎就要出镇子了，但是司机总会突然地左转或右拐，最后，像往常那样，接着走它的环形路线。

那也正是为什么父母们在我们七八岁时，同意杰克和我自个儿去乘坐贝克斯利的公交车。我们哪儿也没去。在贝克斯利乘公交车就像在迪斯尼世界里坐车——不过，那时候，还没有迪斯尼世界或迪斯尼乐园之类的地方——它和传统的市内公共交通一样。它看起来、感觉起来、闻起来都像公交车——但是它不开往任何别的地方。

对于两个渴望第一次独自走出家门的男孩来说，那是再好不过了。杰克和我总是步行到东大街的公交车站，等候高高的前窗上贴着“贝克斯利”标志的那辆公交车，等着听橡皮边门的气压声，然后吱嘎一声门开了……然后我们就上车了。

从狭窄的踏板上去，把五分镍币投进投币口——我们的五分镍币当啷一声掉进司机座位旁的那个玻璃收费箱，那叮当声在我们听来，是新发现的自由之声，那么令人兴奋，那么激动人心。我们飞快地和穿制服的司机大声打个招呼（每天早晨，他穿上那身刚熨过的灰色制服，戴上那顶帽子，明知一整天可能只有为数不多的几个乘客，而且这些乘客其实哪儿也没去，他会怎么想呢？），然后就出发了。

许多个夏天的下午，我们是仅有的乘客。我们总是在车的后座里挑一个座位。尽管中午时我们是仅有的乘客，尽管我俩各自拥有半辆车，但是我们依然并肩坐在一起，就像这是在一座大都市里，所乘坐的公交车上挤满了通勤的人；又好像座位很难找到，金贵无比。

我俩就那样坐着，两个小男孩坐在破旧的皮革座位上，穿过罗斯福大街，穿过卡萨迪大街，对于每一站都一清二楚。我们一路聊着……一路上，我们一直看着窗外（就像我们将要看到以前没见过的东西一样），谈论着窗外的一切，静静地感受这份喜悦和激动。谢尔和索亥俄加油站从我们眼前经过，然后是索斯金斯药房，爱斯基摩·奎恩冰淇淋摊子，接着是一所中学，中学后面有一块橄榄球球场，接着是克罗格食品杂货店，接着就会看到贝克斯利公共图书馆门前的石头。

司机每站都报站名，就为我俩报站。我现在觉得当时录个像就好了。我们感觉来到了另外一个世界，只是这个世界又被如此刻意地保护起来。一切都再熟悉不过了。德雷克塞尔电影院从我们窗外经过，然后是费德柏格午餐柜，塞克尔斯五美分和十美分店，和其他房子——所有那些贝克斯利的房子，以及房前所有的树——每次把那条蜿蜒的环形路线走完、我们又回到出发地点时，司机总是假装没看到我俩还在车上。

正因为他假装没看到我们，所以他不需要再问我们要一枚五分镍币——我们也可以继续在那条没有尽头的环形路线上转悠。司机似乎也很高兴有人做个伴——车上有人总比没人好；即使只是我俩，司机也一样会高兴。我们一起坐车，乘客几乎只有我俩。

查克有个生意场上的朋友，他那家公司有一辆大巴——那是一辆半豪华型旅游车，这种车一般用于送乘客去参加聚会或体育竞赛。

哥伦布市的医生让杰克苏醒过来后的第一个周末——他们使杰克的病情稳定下来（这个词多么冷酷，最终又多么容易误导人啊），给他做了许多检查，最后确定他全身，包括大脑里都有癌变后——查克恳请他的生意朋友把那辆车和司机借给了他。

杰克的家人都来了。杰克——他现在已经苏醒了——想去见见治愈了兰斯·阿姆斯特朗的主治医生。他曾经读过那本书——阿姆斯特朗成功地对抗了癌症，这让杰克大受鼓舞。尽管那位医生本来计划离开小镇，但是他——印第安纳州波利斯市印第安纳大学医学中心的劳伦斯·艾因霍恩医生——还是答应在周末初见见杰克。

杰克肯定没法坐轿车去印第安纳——他直接从哥伦布市中心的医院出发——并且，大家都认为最好不要用救护车。因此，查克——我从来不知道他会这么严肃和坚决——想起了他生意伙伴的那辆大巴。

贝克斯利镇的大巴从来没有走出过我们那个宁静的小镇，从来没有跨出过那个保护边界。现在杰克要走出我们那个州，去确定自己的最后命运。

我听到了喊叫声。

那是在印第安纳大巴之行的前夕；那时候距离杰克晕倒才几天时间，而杰克仍然在哥伦布市，我不知道那声尖叫到底怎么回事。我知道那不是杰克在尖叫；尖叫声传出来的时候，杰克躺在床上，正在和我打电话呢。他正在告诉我初诊的情况：大脑里有癌变，肺里有癌变，肝里面也有癌变。这一切都凭空产生。发生在这样一个人身上：他从来不抽烟，平时像一位谨小慎微的营养师那样关注自己的饮食，而且生命中的每一天都在努力地争取活得长久。

“那喊叫声是怎么回事啊？”我问他。我仍然在佛罗里达，还没有弄清楚这一切到底是怎么回事。

“那嘈杂声？”他无力地说。在进行活组织切片检查之前，他们给他用了止痛药，那药使他软弱无力。

“听起来这人好像被子弹射中了。”我说。

“有个人确实是被子弹射中了，”他说，“他就是我的室友。”

他们居然让杰克和一个头上中了枪的人住在一个病房。哥伦布的那家医院已经没有单人病房了；杰克和那位中枪者之间只隔着一道帘子。杰克一方面必须倾听他患有癌症这一事实，同时必须去考虑这一切意味着什么；另一方面，他还必须和一个头颅中了枪的人同住一间狭促的房间，得忍受他疼痛时发出的叫喊声。

“他们不能给你提供好一点的条件吗？”我问，“不能给你一点独处的空间吗？”

“这也不算太糟糕，”杰克说，“大部分时间我都可以不理会他。”

即使在这个时候，他都没有生气。虽然从医生那里得知了诊断结果，虽然必须困在医院的病房里，听一个头部中弹的人喊叫……但是，即使在这个当口，杰克还是杰克。

但是话又说回来，那也不算什么大意外。尽管他是我们中第一个没有母亲的，后来又是我们中第一个父母全无的——我们中的第一个孤儿——但是，这么多年之后，我可以告诉你，我听过杰克抱怨过几次：

零。

从来没有。一次也没有。

因此，尽管在医院的病房里，尽管旁边传来折磨人的疼痛声，但是他却只是提醒我过阵子再来俄亥俄州。他说，他得去印第安纳州。他的声音似乎也被用了镇定剂，但是那里面还是夹杂着希望。兰斯·阿姆斯特朗的主治医生已经答应见他了。而且查克也会随车同去。

再次听到他的声音时，我几乎都辨认不出来了。

他总是能那么成功地将生活中的忧愁藏在心底。从他的声音里，我从来没有听到过害怕和悲伤的讯息。

但是，那次的声音中却有了这些东西——又是电话留言机，又是那种最不人道、最不令人满意的单向对话。

就在他们坐大巴去印第安纳州的那一天。

我知道他说的每一个字，因为——就像查克留下的第一条信息——我将它储存了起来。倒不是因为我会有勇气听；那段录音已经保存了近一年，现在杰克已经去世了，之前，我花了一两分钟播放它，因此，我在打这句话时可以确保无误。我永远不想删掉他的声音，但是我根本没有勇气听。

那天，见过艾因霍恩医生后，下午他打来电话说：

“格林，是我。哦，伙计。今天的消息可不太好，老兄。如果有工夫，给我打个电话。等会儿再和你说吧。”

那是受伤之后的声音……

“帮个忙吧？”

这几个字我们这辈子老是听到。卡辛汉姆小学后面有个棒球球场，我们还是孩子的时候，站在球场上，我们不是说这几个字，就是回应这几个字，那得看在球场的不同方位，是我们让球滑脱了，还是别人让球滑脱了。

“帮个忙吧？”意思是：帮我一下——帮我把球扔回来。这是美国少年在球场上的一句简略表达。

我们感到一只球滑到我们的脚边，然后，我们会听到，另外一块草地上有人在叫：“帮个忙吧？”我们弯腰捡起球，看看声音从哪里传来，然后把球扔回去。

我们长大后，一起在贝克斯利闲逛时，经常会再听到这句话。这些话像遗失已久的回声，又让我想起几乎快要忘却的东西。在我们二十岁、三十岁、四十岁时，我们走在鲍威尔路上、斯坦胡德路上或雷明顿路上，这些话从临街的院子里传来，就像一张已经褪了色的明信片，在邮局资料房的狭缝里存放了几十年，现在找出来，又被邮递了出去。我们正在闲逛——然后，老兄们——那个声音传到我们耳里：

“帮个忙吧？”

我们在街上看到了一只球，然后我们中的一个弯下腰，捡起那只球。而在某一个院子里，那个孩子正在等着。

你岁数越大，就越难开口求助。当你在生活中遇到更严峻的麻烦时——当你的难题不再是暂时不方便捡回那只出了轨的棒球——你却不愿大声说出你的需要。你可能再也不会对某人说：“我遇上难题了，我需要帮助。”生活教化了我们，但是却让我们丢了求助的本能。

过去，当问题容易搞定时，求助如同吃家常便饭。

“帮个忙吧?”

我们现在可以帮点忙了。在我准备给杰克回电话时,我这么想。我们现在应该帮点小忙了。

即使在最糟糕的日子里——那些日子,你知道一切都会和从前不一样了——我们也必须照管生存需要。那天,从一大早起,大家就都没吃东西。在哥伦布市,杰克、查克、他们的妻子(杰克和查克娶了一对双胞胎,克利夫兰市的一对双胞胎姐妹——我是知道的,这样的几率又有多大啊?),杰克二十四岁的女儿也丢下在纽约的工作赶来了,还有查克的大女儿……他们都一起坐大巴去了印第安纳州,当时,大半天已经过去,他们已经在回家的路上,但是还是没吃东西。根本没人想吃。

但是,他们不得不吃点东西,所以车停在了高速公路旁的饭店前,除了杰克,大家都到店里买了外带的三明治。仅仅从外表看的话,一个不知情的人会以为他们要去俄亥俄体育馆观看周六的橄榄球比赛呢。

我打通了杰克的电话,当时,其他人都去买三明治了。

他说,艾因霍恩医生很谦和、很和善,也很周到。他只是考虑杰克病情的需要,一点也不吝惜时间。杰克给医生看了他在哥伦布市检查时的X光片和他所有的化验结果。杰克认为,渴望奇迹的人就应该去找艾因霍恩医生。兰斯·阿姆斯特朗就是一个例子。

艾因霍恩医生悲哀却现实地告诉杰克和他的家人,如果杰克立即接受射线疗法和化学疗法——他的意思是立刻开始,从周一就开始——那么也许他还能坚持一两年。这种癌症、这种癌变程度是不可能治愈的。那位医生希望自己能说出不同的诊断结果,但是他却无能为力。

“他真是个好人,”杰克说,“你能够看得出来,他对他所谈的事情再清楚不过了。”

我无言以对。我听到有人来了。其他人买了吃的,已经回到大巴上,而大巴接着无情地往回开。

然后，杰克把他听到的信息给我总结了一下。一个月前，他每天都在辛苦地工作，他和家人、朋友一起说笑，他还在制定假期旅行，还处于极其成功的状态，而且他还在努力使自己保持那种状态。不到三个星期之前，我生日那天，他还笑着和我说："如果你觉得五十七不好，那就一起等七十吧。"

现在他却得知这一切消息，并且清晰而镇定地告诉我：

"我这次遇到大麻烦了。"

就是那样子。这时，别人的说话声更大了，因为其余的人也都走上了大巴的过道。

我说我很快就会回贝克斯利。我们挂了电话。我想起了贝克斯利的公交车，在那辆车上，从来没有意外，也从来没有任何不期而至的拐弯。

五

我去芝加哥机场，拿到登机牌，顺便到报摊看看。我上了飞机，坐在我的座位上；在飞行过程中，我一直看着窗外；在哥伦布机场等着行李传送带把包传送过来。我搭旅馆的车到了预定的旅馆，住进了预定的房间，把行李放在第二张床上，因为我不会睡这张床。

这一切我已经做过一千遍了，我将一切做得和以前一模一样，和任何一趟别的行程一样，因为，只要有可能，我还是想欺骗自己，把这次当成一次平常的行程。

在我们上一年级的时候——至少我认为是一年级，也许要晚点，因为我记得，那时候，杰克和我给田纳西·厄尼·福特的歌《十六吨》编写了新的歌词。而《十六吨》这首歌也许是在我们上一年级之后才发行的，因此，我可能记错年级了……

不管那是哪个学年，在那一年，我和杰克改写了《十六吨》这首歌的歌词，编一些数学、地图之类的东西，唱给班里的同学听；有一天下午，校医务室的护士敲开了教室的门。

她和老师说了两句。然后，两人一起走到一位女孩的课桌旁。这位女孩很不错，而且也是我和杰克的朋友。他们悄悄地和她说了些什么，然后把她领出了教室。这之后好几个星期我们都没有再见到她。

他们告诉她——那天之后我们才知道——她的母亲去世了。我们当时还不明白那意味着什么。那时候，在我们的生命中，还从来没有碰到过死亡，杰克母亲的逝世也是在几年之后；因此，当时我和他坐在教室里，你看我，我看你；那天放学后，我们可能谈论过这件事，也有可能什么也没说。但是，有些事情还是改变了。

我住的旅馆在哥伦布机场郊外，我从那里叫了一辆出租车去贝克斯利看杰克。也许，多年前教室发生的那件事可以解释为什么我现在还没有完全缓过神来，为什么我大多时候感到麻木。一分钟前，我和杰克还一直在给《十六吨》编写可笑的新歌词，一分钟后，我们却第一次发现有些人的世界眨眼之间已经发生了巨变。他们把那个姑娘领出教室，从那时起，她的生活就被毁了。我猜，从那之后我就一直在担心那样的事情会再次发生。

通常它不会出现；但有的时候它却真的会来。我在旅店的前台等着，出租车停了下来，十分准时，一刻也不差。

我把我想去的确切方向一条街一条街地告诉出租车司机，因为见杰克之前，我想从他家旧房子门前走一趟。

因此，我们从机场出发，沿詹姆斯路往南走到布罗德街，然后从布罗德街开到贝克斯利镇，然后经过卡辛汉姆小学，在离它一街区远的地方，我让司机从阿德莫尔路左拐，然后一直开到埃尔姆路。

那天傍晚时分，贝克斯利正在下雨，奥迪莫菲山上的草平滑而幽暗，我抬头看了看老房子的二楼，看了看杰克卧室的窗户。

我们用胶布把一只纸盒子粘在杰克卧室的门上；我们用透明胶带把盒子固定在墙上，我们缠了许多胶带，因为那个盒子将有大用处。我们把盒子底部挖掉，这样，你从顶部扔下的东西才能直接落下去。

这就是它的用途。我们又将杰克的袜子一双双卷起来，然后玩起了卧室篮球。放学后，我们日复一日地玩那个东西。我们一会儿佯攻，一会儿突进，总是试图通过自己的移动来骗倒对方；我们会背对着篮筐，尝试着钩手投篮，其实我们手里拿着的不过是卷起的袜子，聊以充当篮球而已。

我们玩得大汗淋漓——在这样狭窄的地方，很少有人能出这么多汗，但是我们却做到了，我们很爱玩那些游戏。我们还记分。比赛时，那个房间里的笑声，获胜或战败时的叫喊声……这使我们的冬天变得温暖无比。也许杰克家房子的外面正在发生重大的事情——政治、罪行和其他头条新闻的素材——但是，每次的那几个小时，我们的笑声和我们的记分卡构成了一个完整、自足的天地。其他的，我们什么都不需要。

楼下飘来正在烘烤的托儿豪斯饼的香味，当时，我正在进行防守，杰克左看看，右瞧瞧，然后跳起，把揉成球的袜子投向纸盒子的顶部。我们装扮成对手；假装我们属于对立方。

坐在出租车上，我能够看到那扇窗户。房间里没有灯光。现在，我不知道那扇玻璃窗后每天夜里睡的是谁，也不知道每天早晨醒来的是谁，不知道它成了谁的房间。也不知道谁的生命在那里演绎。我让司机开到杰克现在住的地方。

“嗨。”

还是那样点头，只是向下点了一下。抿嘴笑了笑。这些我才看了不过五十几年。

他站在家门口——那栋房子坐落在贝克斯利公园路上，是杰克和贾尼丝在二十世纪九十年代末建造的；从那时起，他们已经暗暗打算好在这栋房子里度过余生。

我们只是看着彼此。出租车开走了。

我直视着他,他又那样冲我点了点头。这样就概括了这段时期发生的一切。我们之间总是那样——不管我们是十五分钟没见,还是六个月没见,我们之间都无需多言,也不需要费劲介绍近况。仿佛我们只是在说话间停顿了一下,现在再接着说,没有必要,而且也不想再复述。我俩之间总会有个短暂的沉默,就像是无形的省略号,然后就会回到从前的所在,回到我们一直守护的所在。

“下雨了。”他说,同时,因为意外而声音上扬,但是很显然,这个声音永远不会理会什么内在的控制机制,也根本不会区别对待大小不同的意外;而且,不管是因为正在听晚间新闻发布的开战报道,还是因为外面在下雨,只要他之前没有注意到那个事实,他的声音都会上扬。从他小时候起,这种上扬的声音就和卡通人物拍自己的额头意思一样,不过它是通过声音来表现的——是遇到小小意外时的一种快速、显然无意识的表达方式罢了。

“我乘坐的飞机降落时就已经在下了。”我说。

“我都好几个小时没看外面了。”他说。他戴了一顶棒球帽;脑部的射线治疗和化疗已经开始了,他的头发也开始脱落了。

我们到客厅坐下。

“伙计,格林。”他说。

“我知道。”我说。

然后,他接着说,但是听起来,一点也没为已经发生的和即将要发生的事情感到哀伤或骇惧;听起来,他好像得了世界职业棒球锦标赛冠军一样,因为,他说的那句话——他最先说的那句话是:

“你真应该看看梅伦在医生办公室的表现。我真为她感到骄傲。”

梅伦是他的女儿;她在纽约从事服饰产业工作,她特地飞回来陪杰克,陪他和贾尼丝去哥伦布市看医生。

"她坐在那儿,手里拿着笔记本。"他说,声音里充满了生气和兴奋,"她把医生说的事情都记了下来,包括我们需要做的,包括我们应该料想到的。她那么有责任心,把所有该问的问题都问了……她已经长成一个这么优秀的年轻姑娘了。我坐在那儿,看着她,真的感觉好开心。"

别人听到这些诊断细节时,也许会畏缩,甚至会哀叹,而他的感觉却是那样的。他说他感觉很开心。他的女儿给了他这种感觉。

我不知道该说些什么,只是由衷地说了一句:

"很高兴见到你。"

贾尼丝走进房间,说:

"所以……今天晚上要吃大餐喽?"

今天晚上 ABCDJ 再次相聚。聚会的重要性和迫切性已经无需赘述。

"你一起去吗?"我问道。我知道她不会去。

"哦,格林,你希望我去吗?"她说。意思是:不要装作除了你们几个男人外,你们还希望其他人参加。

她很疲惫;事实上,自从那天,她发现杰克昏倒在卧室的地上,她一直寸步不离地守着他。今晚,她、她的妹妹,还有一些女朋友们会到别的地方去吃饭,把所有这一切暂时忘却几小时。

杰克打开了电视机。一位播音员在报道海外发生的事件。好像是关于有争议的条约。

我看了看杰克。他戴着棒球帽,显得很疲惫。我暗暗下定决心。不管接下来会发生什么——不管那些医生的诊断是否正确,不管这是不是一次不可避免地走向死亡的征途,也不管这是不是命中注定的分别方式——我不允许自己沉浸在朋友死亡的阴影中。现在我应该关注他的生活;他的生活以及我们的友谊。其他事情——其他不好的事情——我无能为力。他的生活以及我们的友谊——所有的这一切,半个世纪前就开始了,一直延续到今天晚上,不管还能够持续多久……

他的生活,还有我们的友谊才是最重要的。这些才是一切。

“你在看什么?”他看了我一眼说。

“在看新闻。”我说。

“那么就盯着电视,别盯着我。”他说。一如既往,他又洞悉了真相。

六

除去几百次的干酪汉堡，这次晚餐可能也已经是我们在一起吃过的第一千次饭了。然而，这也是我们二十年以来第一次在一起吃饭。

我们五个人已经走上了不同的道路。但是，我们依然记得夏天一起度过的夜晚。我们挤进艾伦的蓝色福特轿车，车内收音机正在播放“漂亮女人”或“晨光中的屋子”或者“我们的爱去了哪里”（我们总是把胳膊伸到车窗外，每次至上合唱团开始唱那句“宝贝，宝——贝，我们的爱去了哪里”中“宝贝”一词的第一个音节时，我们就一起用手在金属车顶上敲击）……

我们依然记得冬天周末一起度过的下午，在没有其他事情可做的时候，我们会慢慢开车（把暖气打到最大，挡风玻璃上被蒸汽弄得一片模糊）到“兰奇免下车餐馆”或者“奥拉马汉堡男孩食品店”去吃一天中的第三顿或第四顿饭……

我们也依然记得那些大清早。尽管前一天晚上我们一起闲逛到深更半夜才回家，但是那些早上我们依然特别希望大家能在一起——我们在睡觉之前到底可能有什么话没说，非得要一大早和大家说呢？在夜里两点到早晨七点之间又能发生什么重要的事，使我们必须聚在一起吃早饭呢？——那些早晨，我们会一个接一个地走到“伊斯特摩尔免下车餐馆”，这家餐馆就在东大街上贝克斯利运输公司外面。新的一天开始了，我们又在一起了，好像这就是俄亥俄州的法令决议，好像真的有法律规定我们必须每天在一起……

ABCDJ。

艾伦是我们当中唯一不住在贝克斯利镇上的。他的父母在号称是“哥伦布市唯一的豪华超高层公寓大楼”的顶楼有可供出租的房产。人们称这栋公寓大楼为“公园大厦”，它共有十七层。艾伦很瘦，但很结实；非常幽默，但眼神里总带着点讽刺；走路时总是昂首阔步，但是步伐里永远不会透露他的心理。大部分时间，艾伦是司机——那辆蓝色的福特轿车就是他的（我想他可能是从他父亲开的那家给旅馆、饭店供应窗帘桌布的公司里租借来的）。我们一直不知道——甚至都很难相信——我们也从来没有直接问过艾伦，在艾伦念高中的时候，他父母为什么把他送进军校；从此之后，他和我们在一起的时间远没有他所希望的和我们所期望的那么多了。不过，我们和他在一起的时间还是比这个世界上大多数人渴望在一起的时间要多得多：在夏天，一般是二十个小时左右，在学校放假时，或者周末他从西弗吉尼亚回家时，我们可能每天要待上十六到十八个小时。他是被强迫的。那就是我们对他上军校、穿军服这一事实的总结。他是被强行送到了那里，但是，不管他遭强迫之前还是之后，他依然是我们中的一员。

B就是我。

C是查克。他是我们当中第一个留甲壳虫乐队发型的人，不过这种发型只是凸显了他的世界观，即什么也不能使笑容从我脸上消失。他的父亲是个商人，经历了许多很高的高峰，也经历了一些很深的低谷。虽然查克可能也受到了影响，但看起来那并没有给他的心灵留下阴影，因为他通常都在忙着费力摆脱一些无足轻重的迷惑。有一次，一些女孩约我们在某个地方见面，我们按照她们电话里讲述的行车路线向哥伦布市的北面开，一直开到俄亥俄州立大学校区附近。查克——脚上穿着软拖鞋，没穿袜子;身上穿着百慕大短裤,一件白色的T恤,外面罩一件礼服衬衫,衬衫的扣子全部解开,袖子也卷了一半;那就是我们所有人夏天的装束,也是我们夏天每一天的装束;那天我当然也是那么穿的——开车,手里拿着他记下的方位。"我找不到那家'奥尔德唐基店'。"他一边说,一边把小纸条递给坐在副驾驶座上的我。我看了看,按他的记录,我们应该在"奥尔德唐基店"处转弯,他说那些女孩就是这么跟他说的。我和他一样感到迷惑,于是,我们像迷了路一般,沿着奥兰唐基河来来回回地开,却没有想到奥兰唐基就是那个"奥尔德唐基"。

丹是我们中最捉摸不透的。他个子不高(如果不是因为个子小,他可能会参加主流体育运动项目,可能会成为一名了不起的运动员),他的世界似乎和其他人的很不一样,他有自己的精神生活。他的祖父和父亲在哥伦布市区开了一个鱼市,丹喜欢在冷藏库工作——他喜欢冷藏库,只要有机会,他就待在那儿,我想他连吃饭都不离开冷藏库。迪克家族所有孩子的名字都是以D开头的——他的哥哥叫迪基·迪克(Dicky Dick),姐姐叫达里安妮·迪克(Darianne Dick),两个弟弟叫唐纳德·迪克(Donald Dick)和大卫·迪克(David Dick)。丹过去常常提到一只假想的青蛙——这是一只特殊的青蛙,丹说它的名字叫里迪普·里夫斯——丹十几岁时,经常会无缘无故地凭空说出这样的话:"不要班门弄斧。"上高一那年的九月,在橄榄球赛季开始后的第一个周五晚上,丹和我们其他人一起坐在看台上,在比赛进行到上半场的后半段时,他突然大声地说:"踢得真恶心。"——他对球队的表现不满意,认为他们虽然名声大,但是踢得并不好——然后起身便走了。比赛结束后,我们找到了他。他正在他家的前院里,独自一个人来回疯狂地快速冲刺;他气喘吁吁地告诉我们,他离开体育场后这么跑了近两个小时,中间一直没有休息。他说,他希望这一学年能长高点,如果他真的长高了,长到能踢橄榄球的身高时,他打算参加下一赛季的比赛。

J 就是杰克。

这次聚餐很可能已经是 ABCDJ 在一起吃过的第一千次饭了。

在离开芝加哥去哥伦布之前，我打了那些电话。

艾伦正在坎顿市的律师事务所里；他立即分析了我告诉他的关于杰克的情况，然后我可以感觉到他已经决定取消所有的预约，请求将他的出庭时间延期，艾伦知道这件事应该优先考虑，所以连一个问题都没多问。丹和他的一个弟弟在哥伦布市的西区开了一家冷藏公司，因此，我直接打电话到他的公司；我和前台小姐说，我找丹·迪克，她的回答却是："你找哪个丹啊？"我没明白她的意思，因此，她解释说，老丹·迪克和小丹·迪克都在这家公司上班；当我告诉她我要找的是老丹·迪克时，她却笑出声来，我说那也许就是我想找的那个。我让她叫丹接电话，她说："他在冷藏室里。"

丹终于来了。我告诉他聚餐一事，他说他肯定会去的。就在我准备离开家去机场时，我伸手拿钥匙，没想到，碰倒了锡镴啤酒杯。那只啤酒杯一直放在放钥匙的架子上。杯子现在落满了灰尘，大部分时间我是不会注意到它的存在的；杯子里满是硬币，因为这些年来，每天晚上回家，我都把口袋里的硬币掏出来，放进杯子里。二十五分币、十分币、五分币和一分币一直堆到杯口。在杯子的正面，稍稍靠上的地方刻着一些字母。一九六五年九月，我们即将离开家去上大学，我们必须开始迎接前方等待我们的一切，当时，我们互赠了这样的杯子。这是杰克的高见；我们中也只有他会想到这么做，也只有他知道，有一天我们会为曾经这么做而感到高兴。

我先看了一下手表，确定我不会错过飞机，然后匆匆去抓钥匙，我的手不巧碰倒了那只旧啤酒杯，杯子上刻着短短的一串字母：ABCDJ。

查克的车停在杰克家门前时，天正下着瓢泼大雨。

查克事先给托普打电话预订过了；当然会选托普了。二十世纪五十年代中期，住在贝克斯利的那些父亲从战场回来后，已经成功地在中西部建立了自己的事业和家园，这时，在小镇境外几街区远处、在东大街和切斯特菲尔德路交叉口开了一家托普牛排餐厅。店主们本来打算在贝克斯利镇上开这家餐厅，不过，当时的贝克斯利还在禁酒，在那里依法根本连一口酒都买不到；然而，如果一对夫妻用餐时打算来点河虾鸡尾酒、纽约薯条和烤土豆的话，他们肯定也希望来点马提尼酒。因此，托普最后开在离贝克斯利边境九十秒钟车距的地方。

敲响热闹的钟声——这就是开店的初衷。如果弗兰克·西纳特拉曾经来过贝克斯利（事实上他从来没有来过，一次也没有），那么这位市长肯定也会选择托普。黑皮座位，微暗的灯光和那种立即行动的感觉——对，这种立即行动的感觉至少比你在拐角处的拉尔夫和吉姆的理发店感受到的要强烈，也比在这条街上的天鹅干洗店感受到的要强烈——在那儿开一家托普有一条理由：给贝克斯利的男人和女人们提供一个地方，让他们在几小时内感觉走进了拉斯维加斯或者曼哈顿或者芝加哥，感受一下短暂的时髦，然后，再重新回到有迈达斯穆夫尔店、欢乐鸡肉店和俄亥俄国立银行分行的梅因大街，并且在街灯亮后不久，匆匆地、安全地回到家中，回到孩子身边——也就是回到我们身边。

大约十八岁时，我们开始自己去托普，那些重要的夜晚，我们就在那里约会，坐在那些我们的父母们最先坐过的椅子上，手里拿着同样的大菜单，在昏暗中品尝牛腰肉；只要置身于那些墙内，不知道为什么，我们就会感觉自己更加老练；而店主也没有赶我们走，没有因为我们什么也不是，不会给这家豪华的餐厅带来多少商业利润而赶我们走。看来托普的时兴并不短暂，因为，这么多年之后，我们所有人晚上陪杰克出去吃饭时，最终还是选了这里，当然，除了托普，还会有别的地方吗？

查克的车停在杰克家外面的街上，在倾盆大雨中，我扶着杰克走到车旁，并帮他打了伞，虽然知道他会了解，但还是希望他不会注意到我正在努力保护他。

然后我们到了托普，感觉一切依旧。

托普给我们预留了一张靠里的长桌子——这家饭店并不宽敞，似乎已经坐满了，但是他们在靠近火炉的地方加了一张桌子，尽管春天已经来了，但是，火炉里依然燃烧着木柴。一开始，看着大家，我以为我们还是从蓝色福特金属顶盖式汽车上下来的男孩，或是在夏天的街道上度过无数夜晚的男孩……再看看如今的我们。

艾伦是从坐落在俄亥俄州北端的律师事务所直接开车过来的；他穿着出庭时的装束：黑色外衣，印着图案的价值不菲的领带，蓝色衬衣和对比强烈的白色翻领。他浑身散发出审判律师拥有的坚定和自信：就算对方请了旗鼓相当的同行对手，他也敢走进俄亥俄州八十八个镇中的任何一个法庭，展开辩论，同时脉搏都不会多跳一下。当年爱嘲讽的孩子已经变成一位刀枪不入的职业律师了，而少年时的昂首阔步也只是他在法庭上走动架势的预演。

丹穿了一件衬衫，领口敞着，没有扎领带。他已经长皱纹了，头发有点灰白，不过只有你靠近看，并且关注他脸上的每个细节时才能发现；他身上依然有一些很孩子气的东西，依然不设防，依然那么迟缓，那么坦然；认识他四十年的人都会发现，现在和我们坐在一起的不是一位饱经风霜的男人，相反，他骨子里永远是一个孩子。那只丹想象出来的青蛙，里迪普·里夫斯，似乎正隐隐坐在他的肩膀上。丹谢了我两次，感谢我将他列入聚餐人员名单；我不太明白他为什么这么说——聚餐怎么可能没有他，没有他聚餐就不完整了——但是，他确实是近年来我们见的最少的，他也很后悔没有多和我们走动走动。他似乎认为我们已经忘了他。

查克穿了一件黑色的 T 恤和一件牛仔裤，头发已经掉了，但是笑容灿烂依旧；这些年我常常见他，因此，对我而言，他身体上的变化是个渐进的过程，我甚至认为它们一直就是那样的。一个膝盖已经没救了，另外一个是个疑问。他的棕色眼睛还是和以前一样明亮，但是我猜他应该使用助听器了，他吃惊的神情愈来愈频繁。和平时吃饭一样，他的面前放着一杯伏特加；他环顾桌子四周，看了看我们所有在座的人，然后，笑得更开心了；当然，我不知道那是由于和朋友聚在一起而露出的满足笑容，还是因为酒精作用的结果。

杰克穿了三层衣服——一件黑色汗衫，一件衬衫，还有一件一直拉到脖子的厚运动衫。他告诉我，那些治疗使他对于温度的变化十分敏感；他说他的温度调节装置阻塞了，所以才常常觉得冷。他问我，饭店的店主会不会介意他一直戴着棒球帽，我说，他们不会反对的——在贝克斯利，消息传得很快，每个人都知道杰克在接受放射性治疗和化疗。他的大门牙之间有个豁口，因为其中有一颗好像碎了，但是，这个豁口却产生了一个永远的影响，那就是使他显得有点脆弱，不具威胁性，在我们还是孩子时，任何人在我们五个人的合影中看到杰克时，总是会说同样的话："他是个好孩子，是吗？"

我们又在托普相聚了。大家都不提杰克现在正在经受的那些具体的事情——傍晚时，他就给我们递了一个眼色，告诉我们：不要提——而我们只是尽可能地制造笑声，他也和我们一起笑。最初的笑声是由我的袜子引起的。不知道是在杰克家门前，还是在托普门口，我的袜子被雨水弄湿了。我低头看看能不能把袜子脱了，可是，大家都顺势发现我的袜子满是洞。艾伦说真是可怜——他抛了一美元在桌上，开始筹款帮我买新袜子，然后，查克和丹也出了钱，杰克掏了一下口袋，也在桌上放了一美元。尽管这不是什么品质最佳的喜剧内容，但是今天晚上，能看到杰克在笑声中被点燃激情，看到他和其他人一起笑，对我们而言是一份礼物，因为，这许多天以来，他第一次可以忘记正在他身上演绎的不幸。我们讲了一些快被岁月冲走的故事。有些回忆似乎让杰克感到十分欢快。其间，我提到了在拉丁俱乐部宴会上偷吃鸡肉一事。

我其实是想说起因特网的一家搜索引擎——在我们交往之初，谁也不曾料想到会有这个东西。我说，最近的某个晚上，我正在摆弄电脑，我在一家搜索引擎上输入丹的名字，想看看会不会搜出什么内容。

搜出的内容竟然是：

以下同学请到校长办公室来一下：丹·迪克和鲍勃·格林。

这是电脑给我的反馈。一九六四年，我和丹是学校网球代表队的成员。有一天，训练结束后，我们闯进了冷库——发现那儿的一条木制长凳上堆着许多盒子，盒子是威拉德饭店送来的，里面装着炸鸡饭。那天晚上，学校的拉丁俱乐部将在体育馆召开年度宴会，不知为什么，竟然将炸鸡饭放在冷库里。

丹和我对视了一下。训练之后，我们很饿。因此……

我们估计少一两份饭没人会注意到，于是就吃了个精光。很快，在固定教室上课的时候，学校大楼里每个教室的扬声系统都在宣布通知："以下同学请到……"

奥佩尔·威利是我们学校的拉丁语老师，也是拉丁俱乐部的顾问。宴会上突然少了两份炸鸡饭，这让她心烦不已，所以上报给了 C. W. 琼斯校长。校长展开了调查。因此，在很久以前的那个早上，我和丹从各自的教室走了出来，在一楼空荡荡的走廊里会面，一起走向校长办公室，当然也是一起去领受相应的处罚……

我曾经写过这件事，不过那已经是二三十年前的事了，没想到因特网会把公开发表的文字都网罗到一起——因此，只要你在流行的搜索引擎上输入丹·迪克，你的电脑屏幕上就会出现：以下同学请到校长办公室来一下：丹·迪克和鲍勃·格林。

我想这简直太不可思议了，都让人有点发晕。没想到，现在全球各个角落的电脑使用者都有可能会知道我们偷吃了拉丁俱乐部的鸡肉，也没想到我会有机会在托普向丹和其他人讲述电脑搜索的故事。

然而，丹却说：

"我没有偷吃鸡肉。"

我说："你到底在说什么？"

他以为我是在指控他，所以他正竭力虚张声势以求蒙混过关。"我没有偷吃鸡肉。"他又说了一遍。

"丹，这不是故事的关键，"我说，"我们偷吃了鸡肉。那是四十年前的事了。故事的关键是因特网。"

他踌躇了一会儿。"噢，"他说，"噢，好吧。"

杰克笑得太厉害了，我想也许泪水都顺着面颊流下来了吧。艾伦说："丹，故事的关键不是偷吃鸡肉。大家早已经知道你俩偷吃了鸡肉。"丹说："可是，我不知道为什么那句话会出现在格林的电脑上。"查克又要了一杯酒。这一切都让我由衷地感激，感谢那天晚上弥漫着的笑声。

查克的女儿带着相机来了。阿利莎·申克二十八岁了；她知道这样的夜晚我们会去哪里，她想给我们拍张照片留念。我们的另外一个老朋友——庞吉——也加入了我们的晚餐，阿利莎让我们所有人站起来，在餐厅的侧墙前摆好姿势。

我们刚结识的时候，谁也不曾想到：查克会有一个女儿？这个女儿这么快就长大成人了？有一天她会告诉我们拍照时需要站在哪个位置？他的女儿会在托普帮我们拍照？但是，事情就那样发生了，我们把胳膊搭在彼此的肩上，阿利莎提醒我们要面带微笑；当她按下快门、闪光灯亮起的时候，我问我自己：照片上的男人们——我们——看上去是不是像五十七岁的男人，是不是和我们父亲五十七岁时在托普的情形一样？现在填满我们心灵的东西、塑造了我们的东西，和曾经填满我们父亲心灵的东西，以及让他们开怀的东西类似吗？我们和他们五十七岁时看起来一样吗？——如果他们和我们今天晚上一样，为什么我们没有看到呢？那个时候，他们似乎老多了——至少在我们看来，他们的五十七岁似乎那么的苛刻而僵化。

可能就是那样子——我们的父亲像我们这么大时，我们对他们的看法就是那样，也许那更多的是因为我们的眼睛太年轻，而不是由于父亲的生活现实苛刻而僵化。我们把胳膊搭在彼此的肩上，为了安全起见，阿利莎拍了好几张，几个星期后，放大的照片拿回来了，并且寄给了我们，我看着照片上那些男人的脸——看着我们——我所看到的毫无疑问正是五十七岁男人的脸，一天都不比它更年轻。我们也是那样——照片上的我们确实和当年的父亲们一样。

而我知道一件事情：

不管在什么时候，不管谁看到这张照片，不管注视这张照片的人是多么的陌生，尽管他会看到几个男人在饭店的墙前微笑，但是他肯定可以挑出站在中间的那位男士，那位穿着T恤衫、普通衬衫和运动服的男人，那位两颗大门牙之间有个豁口的男士，那位微笑中流露出一些疲惫的男士——那个陌生人一定会挑出杰克，而且会说：

"他是个好男人，对吗？"

吃完晚饭，我们冒雨匆忙回到杰克家，路过门前时，我注意到从人行道通往杰克家的那条混凝土加石头铺的步行道上有一条很大的裂缝。我知道，杰克对他的财产、任何财产向来都经管得特别仔细——他的每一双袜子都不可能有洞——所以我的第一想法就是，他可能身体还不太好，因此没有修补它。我的第二个想法更糟了。不知道他还能不能修补。这项任务会不会彻底落到贾尼丝的肩上，因为她将是那房子里唯一的居住者。这个我不愿再想下去。

我也没法再多想，因为我们到杰克家时，贾尼丝已经在屋里了，并且把家里弄得明亮而舒适；她一边问我们晚餐吃得怎么样，一边让我们到客厅的沙发和椅子上就座。接下来的几个小时，我们十分尽力地——当然，这并不很费劲，因为我们大家都真心渴望这一切——将客厅变成一辆蓝色的旧福特汽车，将窗外风雨交加的夜晚变成六月中午晴朗无云的天空，让我们重新回到当年的那个时空，在那里，我们遭遇到的任何麻烦都会减轻，因为我们会共同面对；在那里，无论再怎么烦恼，车内收音机会一直开着，哥伦布 WCOL 电台里播放的海滨男孩或四陀螺的歌声会始终陪伴着我们，而我们需要做的就是踩下油门，加快速度，那样肯定就能把烦恼甩掉。

我们坐在杰克家里，不想离开，也不想回家；如果把我们的话写下来，任何读者都会觉得愚蠢，但是说的内容并不重要，重要的是那些笑声。艾伦住在市区的海厄特酒店；我记得有一次他住在那儿的时候，提到他希望能搞到政府的酒店住房补贴，因为，他在哥伦布市处理的一件法庭案件和政府有关，因此，我现在对他说："这趟出行你有没有搞到政府补贴呢？你在登记房间时，一定穿着你那套旧的军校制服吧？"

他看了我一眼，不屑地摇摇头。查克对他说："你也许确实穿了你的军校制服，然后说你是军人。"杰克和丹开始笑出声来，而我则开始同时扮演艾伦和接待生。"你穿着旧的绿色制服走到服务台，袖子卷起了一半，裤脚离鞋有六英寸高，"我说，因为一边笑一边还得说，所以感觉呼吸都很困难。"你还戴着你那顶军校帽子。然后接待生，"——现在，我完全控制不了了，肆无忌惮地笑瘫了；我喜欢这一刻，我喜欢看到杰克坐在那把椅子上，也笑得直擦眼泪——"负责接待的店员认出了你，并且向你敬礼，然后"——我也就地敬了个礼——"你给她回了礼，然后她说：'欢迎您再次光临，舒尔曼上校，依然享受往常的政府住店补贴？'"

"我不明白你的意思。"艾伦说，让自己尽量不要笑出来。

“谢谢您为我们国家作出的贡献，舒尔曼上校，”查克说，向艾伦站的位置敬了个礼，开始扮起了接待生。“上校，在您住店期间，我们有什么能为您效劳的吗？”杰克握紧了拳头，不过不是因为疼痛；我真希望查克的女儿带着相机跟我们一起回来，因为，我想永远保存着这样的场景以及杰克脸上单纯的喜悦，接着，丹站了起来——仿佛这多少也是讨论的一部分，仿佛他将要说的才是下一个合情合理的思路——他宣布：

“上个周末，我家附近的教堂上演了青蛙之夜。”

查克的脸变得通红，他笑得那么厉害，我想他快要倒在地上了。他对丹说：“什么？”

“它们只是偶尔为之。”丹非常严肃地说，大概他指的就是那些青蛙之夜吧，不过据我猜测，这跟里迪普·里夫斯没有关系，可是，谁知道呢？

“你究竟在说什么？”查克说，喘得几乎说不出话来。

“这可以使孩子不上街乱跑啊。”丹严肃地说。

“丹，你到底有没有在听我们讲话啊？”艾伦问他。

丹转过身来给他敬了个礼。“舒尔曼上校，关于您的事迹我们已经讲得够多了。”他说。笑声，那么多笑声充满了那个小房间，我知道这也许很难理解，但是那些笑声，那些不断响起、相互混合的笑声听起来真的像一种祈祷。

七

那天晚上，艾伦开车把我送回到机场附近的那家旅馆。他原先计划回坎顿，次日早上好上班工作。不过，我们俩都在思考同一件事情；我们坐在车里，在旅馆门前停了几分钟，开始谁也没有吭声，后来他说："告诉你，我打算再待一天。"我说："我正要问你能不能再待一天呢。"

我们计划好了第二天早上去看望杰克，然后，艾伦就开车去了市区的海厄特酒店。我躺在床上，睁着眼睛看天花板，半夜时，床头桌上的电话铃响了。我拿起话筒。艾伦说："我睡不着。"

我说我知道。

他说："这一切有点过于真实了。"

我说，他能留下来过夜，我很高兴。我们说好明天一早在杰克家碰面。

但是我们到那里时，杰克太疲劳了，只能和我们见几分钟；治疗加上前一天晚上外出度过的盛大夜晚，耗尽了他的精力。查克邀请我们所有人到他家去吃饭，杰克说他要小睡一下，因为他很期待那顿饭。我们说好在查克家等他。

黄昏时分，艾伦和我又回到了托普。在酒吧间里坐坐，一起聊一聊。

我想起来了,我在饭店吃过那么多次饭,可是我这辈子从来没有在托普的酒吧间喝过一杯酒。酒吧间的男招待是个上了年纪的男人,据别人说自饭店开张起,他就一直在那里工作了。

“我想知道当年答复我们关于一百五十一度酒的疑问的人是不是他。”我问艾伦。

“也许是吧。”他说。

我更愿意回忆关于一百五十一度酒的那个夜晚,而不喜欢展望今晚的情形,因此,我一面透过眼角看着那位酒吧男招待,一面沉浸在回忆中。那个夜晚,我们打电话到托普向当差的服务员咨询。我强忍着笑容。

那次,我们偷了一瓶酒。我可不想给大家造成一个惯偷的印象;拉丁俱乐部的炸鸡和一瓶酒是我们偷的全部东西。那是个冬天,我们正在念高三,丹、查克和我绕着贝克斯利漫游。我们当时很迷电视剧《捣蛋鬼》,该剧的主角是大卫·尼文、吉戈·扬和查尔斯·博耶;这部电视剧讲的是一群很有魅力的骗子,他们总是能够成功而又文雅地偷窃;那天晚上,我们也想当一回捣蛋鬼,看看我们能不能照他们的方式偷到点东西。

因此我们提出了一个类似捣蛋鬼的计划,其实只是俄亥俄州中部三个十七岁男孩的设计罢了。我们首先侦察房子前面停放的车辆;如果看到许多车,那就可以断定,也许有许多成年人在那里聚会。丹和我穿着学校网球队发的印着学校运动队字样的夹克衫。我们的计划是这样的:我们去按门铃,假装我们走错了屋子;如果聚会的人喝得太多的话,他们一定会注意到我俩夹克上的字,肯定会和我们探讨贝克斯利的体育运动;当开门的人被我们的体育故事分散了注意力时,我们中的一个就去找酒柜并且偷一瓶酒。

我知道——这不是什么值得称赞的计划。成功偷到酒后,我感到非常羞愧。我们一共试了三个地方,在第三个地方,聚会刚好达到高潮,一切正如我们设计的那样发生了。如果我们走出屋子时被抓到,我也不知道该怎么办。幸好我们没被抓到。

第二天,尽管深受良心责备,但是我们发现了一个和道德毫不相关的难题。我们从聚会上偷来的那瓶酒大约重五分之一加仑,几乎是一整瓶一百五十一度的朗姆酒。那个一百五十一度让我们感到十分紧张。

这听起来好像有许多酒精成分,很唬人。我们能让别人帮我们买到的啤酒只有三点二的酒精度。这瓶偷来的朗姆酒的标签上明明白白地标着一百五十一度。我们不可能把它还回去——我们该怎么做呢,拿到我们借着神侃功夫混进去的那家房子门前,然后说“对不起,昨天晚上这个东西粘在了我们印了字的夹克上”?——但是我们都不敢喝那瓶酒。

第二天晚上,我们闲坐着,干瞪着那瓶酒。它要是贴着骷髅头和交叉腿骨的图形,这样反倒好了。我们大家都希望喝点朗姆酒加可乐——我们以前听说过朗姆酒加可乐,而我们对这样的喝法也十分有兴趣——但是,我们担心自己喝下去的会是砒霜加可乐。真是一群淘气鬼。

“也许这种酒和其他普通酒的喝法不太一样,”我说,“如果真是一百五十一度的话,也许喝多了会致命的。”

查克想到一个办法,那就是往托普打电话。还有什么地方会比那家店更了解酒呢?但是我们不能说出真实身份。因为我们的父母也许正好在那儿吃饭呢。

电话是我打的。酒吧间的男招待来接电话时,我尽量压低声音,然后慢吞吞地说:

“我刚买了一瓶朗姆酒,”我说,努力让自己听起来像《十诫》电影里的查尔顿·赫斯顿,努力让自己变成一位对享乐感到厌倦的中音老男人。“我突然发现那是一百五十一度的。你能告诉我,我应该怎样调配朗姆酒和可乐吗?”

那位男招待笑着说:“你是问我怎样调配朗姆酒和可乐吗?”

“嗯。”我说,真希望我的声音可以使红海的水分流(或者至少可以使奥兰唐基河的河水分流),“我曾经将可乐和许多普通的朗姆酒调配过。但是,我想问你,一百五十一度的朗姆酒你有没有什么不同的调配法?”

“在杯子里放点冰块,”一九六四年的冬天,那位男招待这样回答,“往杯子里倒小半杯朗姆酒。然后用可乐把杯子注满。”

“难道我不需要特别注意朗姆酒的量吗?”我问,“我是说,那是一百五十一度的朗姆酒哦?”

那位男招待在电话那头又笑了一遍,然后说:“我想不会有问题的。”

现在,我注视着酒吧间的那位男招待。他的年龄倒是够大了;如果一九六四年他刚刚二十出头,那么他应该就是当年那个招待。

“两位先生还想再来一杯吗?”他说,声音里没有一点活力,因为对他而言,这只不过是另一个晚班罢了。

我本想和他叙叙旧,但是我没有这么做。我本打算问问他,我们担心一小杯朗姆酒会浓得害死我们的那天晚上是不是他在当班。但是,无论如何,在这个特别的夜晚,我不想大声讲述那个幽默故事,因为那个幽默故事的高潮是潜在的死亡,而且是个荒谬的高潮。相反,我转过头去对艾伦说:“你知道吗?我们的父亲总爱到这里来,但是杰克的父亲却从没来过。”

欧文·罗思和其他父亲不一样。

我们的父亲属于坐办公室的男人——他们上班的时候,总是穿着衬衫,扎着领带,他们恪守着传统的上班时间;如果将这些男人稍作改变,他们可能会成为《穿着灰色法兰绒西服的男人》中的人物。他们属于那样的一代人——他们从二战战场上回来,彻头彻尾地厌倦了战时生活,急切地渴望脱掉军装,然后,渴望尽自己最大的努力去拥抱一种更加优雅的生活。这就是他们的心愿。

我们从来没见过他们早先的样子——我们看到他们时,他们已经是父亲了，穿着浆过的白衬衣，戴着软呢帽，早上从私人车道开车出去，九点之前赶到办公室，晚上，为了能和家人共进晚餐，五点多一点就回到家中。那就是他们给我们的印象。

欧文·罗思不穿灰色法兰绒或其他西服，即使上班的时候也不这么穿。他一头乌黑的头发，个头不高，但很结实，看上去比实际年龄老一些；胳膊很粗，满是肌肉，声音中似乎铺了一层砂金，但是很沉静。每天，当哥伦布市还笼罩在夜色之中，当太阳还未升起之时，杰克的父亲已经在打点他的果蔬生意了。这不是一桩气派的生意——杰克的父亲只是个中间人，从那些坐落在起伏的俄亥俄山坡上的农场进货，然后销售给当地的饭店、宾馆和食堂，这其中的利润非常微薄，但是竞争却激烈而残酷。那是他的事业——他拥有它，经营它，他每天必须在日出时监督着那吵闹、忙乱的交易，必须盯着那一袋袋、一盒盒运进来的苹果、土豆和洋葱，必须在分类账页上标出价目，必须确保货物被装到指定的车上，并且按时运到最终的目的地，否则一切都没法顺利运转。

在我的记忆中，他永远是一个很疲倦的人。到了晚上，他的脸上、眼里满是倦容。艾伦·舒尔曼的父亲总是衣冠楚楚。他总爱穿着欧式西服和雪白的衬衫，如果让他出演黑白电影，他一定可以和乔治·拉夫特相媲美，或者至少不会比本·加扎拉逊色——他看上去很有亲和力，也有电影明星的气质。我们一直听说，艾伦的父亲是托普酒吧的常客。每天，暮色降临时，他总是会要一杯加冰威士忌，不过只是用来庆祝日落，因为每天都有无尽的商机，喝酒的时候还不是仔细盘点一天的时候。我父亲有时会和他一起——他们在阿克伦大学念书时就是好朋友了。杰克的父亲从来不是他们中的一员。我们的父亲从来没有和欧文·罗思喝过酒。他们几乎都没听说过这个人。

“他的世界和他们的不一样。”艾伦对我说。我们就坐在半个世纪前父亲们坐过的地方。“还记得那时候，周六下午总是找不到杰克吗？”

我说。

他总是去市场帮他的父亲。我们十一、二岁时，有一阵子，一到周末，我们中的几个就会坐公交车去市里，去东大街上的老纪念馆。当地雪佛兰经销商莱克斯·迈耶赞助了一部名为《雷克斯的现场摔跤》的电视节目。每周六下午播出，活力男孩组合罗杰兄弟力搏弗兰基·泰拉伯或弗里茨·冯·戈林——当然雷克斯只是为了推销他的二手雪弗莱车；在职业组的比赛中，英俊的约翰尼·巴伦德和健美的莫里斯将对阵可爱的达迪·塞奇和奥亚玛·卡托，但是，比赛潜藏的目的就是以最快的速度让其中一个倒下，这样，镜头可以迅速离开拳击场，然后对准赛台下面，因为肥硕、絮聒的雷克斯正戴着厚厚的眼镜站在那里。他站在一辆已经跑过一些公里数的雪弗莱旁，一边挥舞着手，一边宣称，购买这辆四轮汽车是一个明智而实惠的决定。

这就是转播比赛的原因——向坐在家里的观众展示莱克斯经销的车。当然，莱克斯也会主持拳击场的比赛，他是详尽赛况的主要播报员，但是他的热情主要在于销售他的车。尽管莱克斯关注的是那些坐在家里的观众，但是他也需要吸引一些观众到老纪念馆来，来为转播提供叫喊声和背景画面。门票仅售五十美分，因此，童年中有几年，每个星期六，我们中的一些都会坐在那里面。对于一个孩子来说，那很令人兴奋。

“我记得，有一个周六我们的父亲一起去打牌，我爸回家的时候，我以为他会杀了我。”我告诉艾伦。

那天，大人们去了温丁霍洛乡村俱乐部，他们坐在棋牌室里，开着电视打牌；打着打着，一位牌家——甚至可能就是艾伦的父亲——抬头看了一下屏幕，然后问我父亲：“哎，那不是博比吗？”

拳击比赛中出现特别残酷的动作时，雷克斯的镜头会移到观众席上，拍摄一下观众的反应；这些动作的设计就是为了引起观众的狂乱；很明显，我自己十一岁左右露出的狂乱表情已经通过电视信号播了出去，在哥伦布市高大的国家电台发射塔转播范围内的每一台电视都可以看到。这当然包括温丁霍洛乡村俱乐部的那间棋牌室里的电视。

“你就是这样打发星期六的吗?”那天晚上,我父亲回家后大声地质问我。“你就是这样利用周末时间的吗?”很显然,他不喜欢看到儿子因为那些敏捷的大力士或者“4”形的缠腿动作而兴奋地上蹿下跳。我猜想他们当时一定在那间棋牌室里嘲笑我们了。

“那很好玩。”这是我的回答,或者也算是灵感突发吧。因为尽管这句话不能让父亲满意,但至少它使我们之间的谈话赶紧结束了;相反,如果我果真说出我所想说的,那么事情就不会这么简单了,因为我想说的是:你难道更希望我去打牌和赌博吗?

那些星期六,杰克既没有去看拳击赛,也没有去打牌。杰克在果蔬市场里待着,和他的父亲在一起。他的父亲从来没有被邀请去加入温丁霍洛乡村俱乐部,也从来没去过托普的酒吧;他父亲每天日出前起床,经常半夜在客厅的沙发上睡着;电视机里的笑声依然在喧嚣,但是欧文·罗思对周围的一切已经漠然处之了。

酒吧里,坐在我和艾伦对面的顾客没有对周围一切漠然处之,也没有忘了电视机的存在。他正抬着头,看着屏幕;电视里正在播报晚间新闻。

是关于伊拉克的报道。是关于一位阵亡士兵的感人事迹。

坐在那里的一位顾客已经叫了餐;酒吧服务员把饭放在他面前。

我们大家都在一起看那条新闻报道。这则报道比较动人,我想许多观众看了都会落泪。

“唉,”我们对面的那个男子说,“真是不幸啊。”

我们都很赞成。

他转过身对服务员说:“能给这份色拉加点胡椒粉吗?”

服务员走过来,递给他一个胡椒瓶。艾伦对我说:“哎,从‘那位士兵的事迹真让人伤心'到'给我来点胡椒粉'用不了多长时间。"

"而且,对于一个死后能上晚间新闻的人不过那样,"我说,"一位在战斗中牺牲、被全世界谈论的人也只能得到那样的待遇。如果说他还能让大家难过两秒钟,然后再开口大吃,我们其他人的一生恐怕也不过是个短暂现象吧?"

"不会的,那些爱我们的人不会这样认为。"艾伦说。我们离开酒吧,去和杰克会面。

"你最要好的朋友在别的房间里。"查克说。

许多年来,他总是爱用这个概念——那个"最要好的朋友"的概念。我已经说了许多次,杰克一直是我最好的朋友,然而,查克每次打电话到我办公室或我家的时候,总是和接电话的人说:"告诉他,我是他最要好的朋友。"而每次我拿起听筒时,他总是会问:"为什么我不是你最要好的朋友呢?"他的语气中流露出,他不希望我做出这样的区分。

这是杰克生病以来他第一次提到这个概念,而且今天晚上他的语气听起来不太一样,似乎有一种柔情在里面。杰克正坐在查克家的日光浴室里。查克家是我见过的最漂亮而且最豪华的房子之一。这些年他干得很不错;家里摆满了世界级的艺术品,房子周围的地皮面积很大,而且经过了精心的修整;有游泳池,有网球场,而且从固定装备到陈设品都是最精巧的。

杰克戴着棒球帽,坐在查克的妻子乔伊斯和贾尼丝之间。我依然分不清这对双胞胎——当她俩一起出现时,我可以很好地区分开来,但是,如果碰上一个在,另外一个不在时,我就经常对错参半。我至今还是觉得这简直太不可思议了——我们五人中的两个人居然娶了一对双胞胎姐妹——也许就是这种感觉使我不能将她俩区分开来。

"坐啊,"杰克一边说,一边拍了拍他身旁的椅子,我坐了下来。"今天感觉怎么样?”我问。他做了一个抬眼向头顶看的动作,意思是:别问了。他已经开始习惯那个事实了,我们也是——事实就是,他的美好日子已经一去不复返;每一天,每一个夜晚,癌症或者药物或者两者一起总是会从他的身体里带走一些东西。

“你和艾伦去哪儿了?”他问,我告诉他,我们去喝了点东西,他和往常一样,默默地点了点头。他那种默默的应答式点头我这辈子看了无数次,那不同于前一天晚上他迎接我时的点头。我以前从来没有注意到他很喜欢点头——有些人喜欢,有些人不喜欢——但是,我现在正在努力关注他的每一件事,因为,我不想让任何一部分、任何和他相关的部分从我身边溜走。查克和乔伊斯家的音响设备正在放甲克虫乐队的一张精选 CD,他家各个房间里的扬声器都隐蔽得非常巧妙,但是其中传来的音乐的音量却正好合适。正在播放的曲目是《她爱你》,从一九六四年起,保罗·麦卡特尼的嗓音一直在唱,而且一直唱得不赖。

不管这首歌会让我们想起什么,此时,我们只打算尽情享受。我能闻到厨房里飘出的食物的香味,然后查克和艾伦也到日光浴室来了,我们聊了起来。麦卡特尼的歌声几乎成了背景音乐,几乎淹没在我们的谈话声中了。但是我依然听到一句:

……知道吗,你应当快乐……

是的,是这样的,我想。虽然目前是这个样子,但是我们一起经过了这么多年。不要悲伤,至少现在不要。以后我们有时间去悲伤。我们依然在一起,我们的友谊依然还在。我们依然拥有它,过去拥有,现在还在拥有,而这是一份礼物,准确地说,是人生的一份真正的奇迹。

杰克凑近艾伦,想要听清他在说什么。我想告诉他们我刚刚的想法,但我还是没有说。我看着他们,希望能找到一种方式表达出来。

我想告诉他们,我们是在一起的。我们依然还在一起。

知道,你应当快乐。

晚餐很可口;查克和乔伊斯家的餐厅里放了一张长桌子,我们就在那里用餐。感觉一切都那么美好;突然,杰克转向我,轻声说:“我想给食物加点佐料。”

我不太确定他是什么意思;莫说那些食物非常可口,即使不太好吃,在别人家做客时,杰克也不可能表示主人招待的东西不够好。他是这个世界上最不可能这么做的人。

“我好像再也尝不出味道了。”他对我说。

他认为这是放射治疗引起的;他认为脑部进行的放射治疗使他失去了辨别食物味道的能力,他说,也可能是因为化疗。“感觉从嘴巴到大脑之间的信号不通了。”他又说。

其他人还在聊他们的,我知道他不想让这件事情破坏他们的晚餐。我问他,是不是放射治疗一开始,他就失去味觉了。

“起初,所有东西吃起来都像锡。”他说。

那现在呢?

“现在所有东西吃起来都像软糊糊,”他说,“不管吃什么。”

“那么你真的想加点佐料吗?”我问。

“只要来一点就行,只要能让我尝出食物的味道就行。”他说。

我借口离开了饭桌,去厨房找了点热的酱汁。

饭后,我们都回到了日光浴室。那里很嘈杂,很喧嚣。申克家的狗一直在吠,大家的谈话声也此起彼伏,电视也打开了,又多了一种背景声音。我突然看到杰克在直直地凝视着前方。

“你是不是有点受不了?”我问他。

“没有,我很开心。”他说。但是每次我打量他时,他都在恍惚地凝视着什么。

“你想回家了?”我问。

"再等会儿吧,"他说,"听……"

"什么?"我说。

"明天陪我去做点事情吧?"他说,"你能帮我个忙吗?"

"你想做些什么?"我说。

"也许是因为没有锻炼,所以我才会这么累,"他说,"明天和我一起散散步吧?"

"没问题。"我说。

八

"你认为是那间吗?"

杰克问我。我之前指了指卡辛汉姆小学教学楼一楼的一扇窗户。

"我不能确定,但是似乎就是那间,或者是旁边的那间。"我说。

"我简直不敢相信你那时正在画一个穿着比基尼的女人。"他说。

"你为什么不敢相信?"我说,"就因为我们才上三年级吗?"

"我救了你。"他说。

"你确实救了我。"我说。

我们走了大约十分钟——从他家到我们现在站的地方,也就是学校前的人行道正好需要十分钟左右时间。他正在咧着嘴笑;今天的精力比昨晚好多了。

"你究竟为什么要画一个穿着比基尼的女人呢?"他说。

"我想是因为罗斯·拉罗斯。"我说。

罗斯·拉罗斯是一位脱衣舞娘。倒不是说我在三年级时已经看过她的表演。在哥伦布市的市区有一家滑稽歌舞杂剧院——盖尔体滑稽歌舞杂剧院——那时候,盖尔体剧院常常在哥伦布市的三家日报上刊登小小的表演广告,即《哥伦布市民报》、《哥伦布快报》和《俄亥俄州日报》。他们的广告版面不大——可能只有一英寸半或两英寸高,只有一栏宽。那些特别感兴趣的读者可以看到，在某一周都会有哪些脱衣舞艺术家在那里表演。我就属于特别感兴趣的读者。

盖尔体剧院不可能在广告里透露太多——通常只是刊登一张肯定是过时了的小照片，照片上的人就是那周会出演的脱衣舞娘，她通常向后倾斜，摆出一副放荡的姿势，有时还会一只手摸着头发。广告上的脱衣舞娘不是全裸的——她们通常上身会穿着漂亮结实的三角背心，下身穿的比你今天在大街上（甚至在机场候机室里）看到的短裤的布料要多得多。脱衣舞娘的金属照片雕版可能会在报社的排字房放上好几年，会被反复使用，而且那个年代美国报业印刷车间的机器会使照片看起来像是印在一片片神奇面包上，所以盖尔体剧院广告上的脱衣舞娘看起来也既像被涂污的墨水指纹图谱，又像美丽迷人的女人。

不过那对我来说丝毫没有影响。盖尔体剧院那些小幅广告让我十分着迷。而罗斯·拉罗斯——这位脱衣舞娘一头黑发，身材婀娜多姿，而且经常进行巡回演出——是我最喜欢的舞娘。我从来不在意报纸的首页上写的什么，但是我总是会把报纸翻开来，看看罗斯是不是来我们镇了。

三年级时，终于有一天，就在凯尔斯塔特小姐的课上，对罗斯·拉罗斯的迷恋促使我打开笔记本，试图在格子纸上画一幅穿着比基尼的女人。我画了腿，画了穿着比基尼的下身，画了躯体，画了脖子……

然后我听到了杰克的声音。

他有点像在吹口哨，跟“嘘”还不太像，但是你明白他的用意。他又来了一遍。

他坐在我隔壁（分开了一年之后，三年级时，我们又像原来那样挨着坐了），他看到凯尔斯塔特小姐沿着过道走过来。而且杰克也看到了我在笔记本上画的画。

我抬起头，看见杰克用头示意了一下凯尔斯塔特小姐的方位，然后——我立刻做了这个决定——我在那个穿比基尼的女人的脖子上画了个烟囱。

我还在烟囱口画了浓浓的烟雾。

因此,我的笔记本上画的是穿着比基尼的女人的身体,但是,在该画头的地方,却画上了一个大大的烟囱,而且这个烟囱正在做它该做的事情。

凯尔斯塔特小姐在我的课桌边停了下来。低头看了看。

"你画的是什么?"她问我。

"一家工厂。"我回答道。

"是一家工厂。"她说。

她在我桌子旁多停留了一两秒钟。

然后她走了,没有再提这件事。

"我真是救了你,"如今,我们站在卡辛汉姆路上,望着那栋教学楼,杰克这么说。"如果你当时不改变你的画,真不知道她会怎么处理。"

"我几乎可以肯定就是那间教室。"我一边说,一边越过临街的草坪凝视着那扇窗户。

他认为,因为不活动——闲坐在家中,在医生的办公室和医院里花了这么多的时间——所以现在行动迟缓。这就是他邀我一起走遍全镇的原因:再给他的身体充充电。至少这是他给出的原因。

但是,我们一起散步时,我感觉我们似乎正在从事另外一项工作。他在重访他的一生——我们的一生。我们走过的每个角落、拐进的每条街道都将他带进一个不同的地方,将他从人生的一个关头带到另一个当口。电影放映机都没法提供比这更生动的画面。从他游览的方式中我可以看出,他正在审读一个故事。

那是一个春天的下午,天气比较温暖。"伙计,我都不知道我昨晚怎么了,"他说,"我真的感觉疲惫不堪。"

“就在二楼，”我指着初中教学楼说，“八四年的 LJR。”

“我想，我真的相信那样的事会发生。”他说。

那是一九六〇年，当时肯尼迪和尼克松正在进行总统竞选。那个秋天我们上初二，教室就在教学楼二楼。有些学生别着肯尼迪徽章，有的学生别着尼克松徽章，大多数人什么政治徽章都不带。

但是杰克给自己做了一个徽章。上面刻着“八四年的 LJR”。

他特地坐下来算过。根据美国宪法，年龄不低于三十五岁的公民才有资格参加总统竞选。他计算了一下，他三十五周岁生日后的第一次总统竞选应该是在一九八四年。那年他三十七岁。

就我所知，他是个谦卑的男孩——他从来不爱卖弄。不知道是什么东西促使了他，反正，那个秋天，他大部分时间都别着那个徽章。L 代表路易斯；他生下来时叫路易斯·杰克·罗思，尽管他一直不喜欢路易斯这三个字，但是，也许 L 在政治口号中还是有点作用的，所以他在徽章上刻的是“八四年的 LJR”。别着那枚一九六〇年的徽章。

“你当时为什么那么做？”我现在问他。

“我想，是因为总统竞选活动真的让我很兴奋，”他说，“有一段时间，你也许真的会相信，任何一个孩子长大后都可能成为一位总统。我猜我只是想让自己早点起动罢了。”

“其他的孩子没问你这事吗？”我说。

“大多数都在问‘八四年’的含义，”他说，“我只得向他们解释，一九八四年将是我第一次有资格参选的年份。”

“而且你还收到了洛克菲勒的回信。”我说。

他笑得更开心了。“我都忘了那事了。”他说。

我没忘。几乎在给自己做了“八四年的 LJR”徽章的同时，杰克还给纽约的纳尔逊·洛克菲勒写了一封信。他可能只是在杂志或者电视上看到过洛克菲勒，但是，他却在那间位于阿德莫尔路的卧室里给洛克菲勒写了一封信，说他希望有一天可以步入政坛。而洛克菲勒居然给他回了信，还祝他好运呢。

“这封信以前一直贴在冰箱门上。”我对他说。

“我母亲说我应该把它贴在那儿。”他说，沉默了一会儿才继续说。他是收到了洛克菲勒的回信，但是大约两年后，他的母亲就去世了。

“她说，应该让所有来我们家的人都能看到这封信。”杰克说。

“我记得信纸不是绸纹纸，就是镌刻纸，”我说，“那上面盖着深蓝色的官印，我想，那个印应该是金的吧。那时他是纽约州的州长吗？”

“竟然直接贴在了冰箱门上。”杰克说，为当初的这个想法感到惊奇：洛克菲勒的来信开头写着“亲爱的杰克”，可是这封信竟然就放在米尔德里德·罗思的狭窄的厨房里。

“但愿我每天都可以跑步。”他说。

他寻访了那条街道，看了看那条再熟悉不过的路线——每个周末的早晨和每天下班后他都会光临那条跑步路线。

他以前坚持跑了那么长的时间，从来没有觉得这是生活中一件幸运的事情。过去跑步只是他日常生活的一个组成部分。但是现在，这部分已经不存在了——现在他太虚弱，根本跑不动了……

“哎，我们的父亲有些事从来不曾做过呢。”我告诉他。

这个想法让他笑了出来。欧文·罗思或者老罗伯特·格林会穿着跑步服在贝克斯利的街道上横冲直撞吗？这几乎是不可能的，就像你不可能看到他俩戴着抢劫面具去抢劫俄亥俄州联邦储蓄和信贷银行。抢劫银行的事情永远不会发生在我们的父亲身上，所以他们也不可能出来轻快地跑步。

“我想那时候好像更习惯久坐，”杰克说，“那时，长大成人后，大家就不再跑步了。从此几乎就得静静地坐着。”

“哦,但是男人们可以打高尔夫或者保龄球。”我说。

“但是那些是比赛啊,”他说,“小时候,我从来没有看到我们的父亲或者母亲跑过步。”

“如果谁去跑步,别人一定会叫他们‘健康的疯子’。”我说。

“有人甚至会打电话报警,”杰克说,“人们看到一个成年人在街道上跑,总会以为他是在试图摆脱什么。”

他站在那里,又凝视了一下他最近还经常跑步经过的那条路。

“无论如何……”他说。

我想,他在找寻的不只是跑步锻炼。我想他是渴望每天看一看这座小镇。他渴望可以跑着穿过他所深爱着的地方。

在拐角处,有一块棒球比赛场,加里·赫沃尔德就是在那里打出了一个本垒打;杰克想去那块场地看看。

那时候,我们正上初中——差不多和“八四年的 LJR”徽章是同时候的事。在学校后面的棒球比赛场有一场比赛,是我们学校和另一所初中之间的一场正式比赛。加里·赫沃尔德是我们的同学,长着一头深黄色的卷发,因为脾气很好,所以大家都喜欢他。他走到本垒处。

他面对着对方的投手,挥动了一下球拍,成功地击到了球;那球朝左侧的外野球员飞去,然后飞回来,再飞回来……

最后那只球掉在了用链条连接着的高高的栅栏上,这个栅栏将初中的棒球比赛场和高中的运动场隔了开来。加里居然把球打到了那个栅栏上。

这种事情以前从未发生过。我们中——我们认识的所有人中——从来没有人在真正的比赛中把球打到栅栏上,并打出一个本垒打。我们本来在一定程度上是平等的——都属于从来没打出本垒打的男孩群——但是，加里改变了这一切。他让自己不同于我们这一群人。现在他是一个打出过本垒打的击球员——他已经登上了那个全新的成功王国，从他踏上本垒板的那一刻起，他就不再是原来的他了。他站在那儿，我们其他人都无法企及。

"那天你嫉妒他吗？"我问杰克，此时，我们已经到了那块棒球比赛场。

"当然嫉妒了，"他说，"所有人都嫉妒得要命。我为加里感到高兴，但是我也希望打出这球的人是我。"

这是我们第一次经历那样的事情。后来，进入成人世界后，周围充斥着商场竞争、令人痛苦的野心，我们所有人都被抛进了那个更大、更冷酷的世界，一再地经历着这样的事情：看见别人走在自己前面，看见别人成功了——或者得到了其他人只能渴望的东西。它好像钻进了你的胃，但是你也感觉到似乎有沙子在流动。别人超过了你，你只是个见证者。别人摇身一变——变得更好了——变得不同于以前的他或者以前的你。而你能做的只有眼睁睁地看着这一切发生。

"有一次我问加里那天到底怎么回事。"我告诉杰克。加里在克利夫兰市北部一家公司的销售部工作，我每隔几年都能碰到他。

"他说什么？"杰克问。

"我问他，球越过栅栏后，他绕着垒跑时，心里在想什么？加里的回答是：也许我再也不可能打出这样的球了。"

"那就是加里，"杰克说，"他肯定会那样说。"

"他说他是认真的，"我说，"他说他这辈子再也没有打出过本垒打。"

"我连一次都没有过，"杰克说，"我不知道哪种情况更糟——是从没击出过一个本垒打，还是击出一个、但同时也知道这将不可能再出现呢。"

在这样一个春光美好的日子，我们站在垒的附近，看着那块棒球比赛场，看着那排曾经显得那么遥远的栅栏。

他想到那条跑道上走走。那曾经是他下班后跑步路线的一部分——那时，他在去贝克斯利街道上跑步之前，总会穿过费尔大街上一扇开着的大门，然后拐到高中的那条跑道上，绕着那条跑道跑上几圈，然后再从那扇门出来，跑回到街道上——然而，今天他对我说，他想去那里。

我们真去了。这天下午当然不会跑步——只是慢慢地逆时针走了走，经过了主场大看台，接着来到橄榄球比赛的记分板下面，经过了为客场球队建的露天看台。跑道上有许多人在坚持慢跑，杰克和我待在外围，以免挡了别人的道。

“你看过那块砖吗？”他问我。

“你告诉过我它就在那儿，但是我从来没看到过。”我说。

“我们绕着跑道走一圈，然后我带你去看。”他说。

跑道西北拐角处的栅栏有一个口子，杰克领着我从那儿走到高中楼前面的广场。那片广场是这几年才建的，以前那里长满了草；它的修建是为了能够筹集资金，同时也为了保护小镇遗产。

那片户外广场的地面是用砖头铺成的，砖头上刻着在这所学校念过书的一届又一届学生的名字。不过，大家得花钱购买在砖头上刻名字的机会；我想，在一块小一点的砖头上刻名字可能需要五十美元，大一点的砖头价格更高。通常一块砖头只刻一个人的名字，名字下方会刻上他或她毕业的年份；也有的砖头上刻着一家人的名字。

杰克独自做了这件事情。他只是在那块砖安顿好之后向我们知会了一声。

“它就在那里，”他说，“他们真的把它放在了一个不错的位置。就挨着临街的人行道。”

我跟着他在广场上走——许多砖头上面都有名字，还有许多没有；据了解，这是一项进行中的工作。目的是为了在接下来的一百年甚至更多的年头中，不断地往那儿加名字。

“在这儿。”他说。

我低头看了一下。只有那块砖刻的不是某个人的名字，或家人的名字。那块砖头上刻着：

ABCDJ

1965

“我觉得它很好看。”他说。

“是很好看。”我说。

“这可以证明我们曾经在这里待过。”他说。

我们正朝他家老房子走去。这时，他说：“我想，这儿肯定就是当时杰里·霍克曼和我们打招呼的地方。”

每走一步，每注视一个方向，他都能找回一些东西。他正在巡视他的过去；他是一位考古学家，尽管不能自己决定工作限期，但还是挖掘到了许多丢失许久的喜悦。我可能是和他一起挖掘的最佳人选；在这个世界上，只有我完全了解他所指的是什么，包括他提到的杰里·霍克曼。

真有意思，某个人的一次友好的表示居然能在我们心中逗留那么久——想不到某个人作出的一次再小不过的选择竟然会产生这么多年的反响。我们经常会听说一些残忍和无理的卑劣——在历史记载中，似乎也没有友善的地盘。然而，它却以另外一种方式存在。片刻的友善也能够永远回响。

那时我们还是小学生，一天，走在人行道上，我们看到杰里·霍克曼沿着同一条道朝我们走来。那年，杰里·霍克曼是高中的明星运动员——比我们大，和我们生活在不同的太阳系里，而且早已习惯了喝彩声。他肯定不知道我们是谁。我们太小，而且又太不引人注目。

那天，杰里·霍克曼穿着印着体育代表队字样的蓝色夹克，胸前别着一个白色的字母B，他走近时，我们像是见到了约翰尼·尤尼塔斯，又像是见到了米基·曼特尔。那年，在那座镇上，他确实享有那么大的名声。

我们快要碰上了。

在这样的时刻，我们应该怎么做呢？闪到一边让他过去？称赞他一下？让他签名？我们没料到会和他碰面——这种场合都有些什么惯例呢？

而我们怎么做的呢？我们低头看着那条路，借以逃避他的目光；我们沉默不语，感觉自己十分渺小。

然而杰里·霍克曼却和我们打了招呼。他说："你们好，小家伙。"就说了这句——他注意到了我们的存在。我们抬起头，他冲我们笑了笑，经过时还点了点头。这对他来说，只是一个细小的选择——是选择忽略这两个孩子，还是选择让他们感觉自己很特别呢。然而这个细小的选择——已经五十七岁的杰克依然记得。

"我们都不能确定那是不是真的发生过，"我说，"我们也不能确定我们有没有听错——杰里·霍克曼真的和我们说话了吗？"

"第二天上学的时候，大家都认为我们在说谎，"他说，"他们觉得我们是在编故事。"

"如果你必须二选一——纳尔逊·洛克菲勒的回信或者杰里·霍克曼的问候——你会选哪个？"我问。

"我根本不需要选择，"他说，"这才是最棒的。"

"但是，如果你必须选呢，"我说，因为喜欢这样的时刻，所以不愿意就此结束，"如果有人逼你只能二选一呢。"

"当然会选杰里·霍克曼的问候喽，"他说，"因为那时候我们更小。而且那件事感觉更难以置信。"

站在奥迪莫菲山下——在埃尔姆路和杰克家原来的临街草坪之间，有一条狭长的人行道上，我们站在那里——我们讨论要不要踏进那块地方。

“我想他们不会介意的。”我说。

“是的，但是如果他们向窗外看，发现有两个家伙在围着他们家的房子转，也许会让他们感到害怕的。”他说。

“我们没有那么吓人吧。”我说。

“不过，我不知道现在这里住的是谁，”他说，“我想我们就站在这里看看算了。”

所以我们就站在那里看。那栋房子看起来更旧了——距离我第一次来这里已经五十多年，那时候，我们假装自己就是奥迪・莫菲①，蹲在草地上，拿着棍棒充当来复枪，慢慢爬上那座柔软的小山坡，去寻找敌兵。我们向东走了几英尺，看了看后院，我问杰克：“那个木头东西是干什么用的？”

“我不知道，”他说，“我想我的父母从来没打开过。”

那是一组式样古怪的木头门——是卧式门——从房子一直伸到后院。它们修建时被设计成从上面开，门的下面肯定建了通向地下室的台阶。我一直认为这些门有些怪异。简直就像活板门。

“那些门在我父母搬进去前就有了，但是我们从来没碰过它们。”杰克说。

那些门的左上方就是餐厅的窗户。

“你姐姐海伦在餐厅讲的关于查克・贝里的事情真的让我很困惑。”我说。

杰克放声大笑——今天他那样笑了许多次，能听到这样的笑声真是棒极了。“‘把硬币直接投到投币口里’。”他说。

查克・贝里的歌《学生时代》发行了，创造了畅销唱片史上又一个巨大的成功。那是一九五七年；我们才十岁。查克・贝里似乎就是这么一个神秘、好像又有点危险的人物，听起来他好像来自一个更广阔的世界，

---

① 二战中表现杰出的美国大兵，战后成为电影明星。

这个世界充满了潜在的愉悦和陷阱,但是我们只能猜想这个世界的本质;他的声音里夹带着明显的卷舌音和鼻音,有点挑逗的味道;有一天,杰克家厨房里的收音机开着,我们正在餐厅里喝牛奶、吃托儿豪斯饼。查克·贝里正在唱“你正好走进那家小酒馆”,接着唱出了那句著名的歌词:

“把硬币直接投到投币口里……”

他用卷舌音唱出了那一个字:“投儿儿儿……”

比杰克大两岁的海伦·罗思走进餐厅,对我们说:“你们能听懂他正在唱什么吧?”

我们抬起头,一脸茫然。

“是投币式自动电唱机啊。”我说。

“听上去是投币式自动电唱机,”海伦说。“但是你们知道他真正要唱的是什么吗?”

我们只是看着她。

“一个女人。”海伦说。

我们怎么也没想到我们会听到这样的答案。这让我们吃惊不已。

“投币口就是一个女人。”海伦说。

我不知道她说得对不对。我仍然认为那句歌词唱的是投币式自动电唱机,而且唱的只是投币式自动电唱机。但是那天,听到这样的说法是始料不及的,那么的猥亵,那么的让人迷惑——因为,查克·贝里可能唱的是关于一个投币式自动电唱机的故事,但是实际上却偷偷地将一个性意象带进罗思家里……

“我第一次坐头等机舱就是因为查克·贝里。”我说。

“我知道,”杰克说,“你事后给我打过电话。”

当时,我刚刚到芝加哥当记者,正好被派往圣路易斯去调查一个新闻。我来到奥海尔,准备坐飞机去密苏里。其他乘客在环球航空公司登机区等候的时候,有一个人的吉他盒子顶到了他旁边的座位,那个人就是查克·贝里。当时我像是看到了亚伯拉罕·林肯。

安检人员开始检票时,我跟着查克·贝里走到检票台前。他买的是头等舱的票。因此,我一时心血来潮,为了和查克·贝里坐同一个机舱,补了钱,把我的票换成了头等舱。

整个飞行过程中,我没有和他说过一个字。我就坐在他的后排,大部分时间我都在看他和空姐互相调情。飞机在圣路易斯降落后,我走进机场,直接走到付费电话前,兴奋地给杰克打了个电话。

正如我所预料到的那样,他问我:"你搞清楚'把硬币直接投到投币口里'的意思了吗?"

"没有,"我说,"我太紧张了,没敢和他交谈。我想去问他的,但是我却没做到。"

因此,这依然是个谜;这个谜永远地锁在了阿德莫尔路上的那个餐厅里。我们看着那栋房子——看着另外一个谜滞留的地方。那个谜就是那套和地面平行的两扇木头门;它们甚至比查克·贝里的歌词更有预示性且更含糊;它们看起来似乎非常陈旧,而且最为平凡,但是你永远也说不清楚。

"我的陀螺仪好像坏了。"他说。

他指了指他的脚。

"有的时候我的步子好像迈不到一起。"

"你的陀螺仪,你的温度调节装置……"我说。

"对啊。"他说。

"可能是因为放射治疗的缘故吧。"我说。

"托德尔饼屋的盘子真是太棒了,"他说,我们又回到快乐的回忆中,"真想不到你居然能找到这样一个盘子。"

"说到这儿,你想去托德尔饼屋原来的店址看看吗?"我问。这段路不需要陀螺仪或指南针。我们闭着眼睛也能走到那里。

九

如果你有袖珍计算器——那时候，没有人有袖珍计算器，因此，这可能需要那样一台庞大的需要占几个房间的通用计算机，然后输出长长的带孔卡片……

不过，如果你设法弄到一只袖珍计算器，然后分别计算一下我们五个人在一百个特定的地方(包括去各家玩)渡过的时间总和，你会发现，大获全胜的一定是托德尔饼屋。

我都不知道它是怎么经营下去的——店里没有桌子，没有小隔间，只有一个柜台式长桌，和大约十二张凳子。它一年到头，连圣诞节都营业，而且每天营业二十四小时，这也就是说它的老板每天得支付三个轮班的快餐厨师。每天，店里当班的通常只有厨师一人；我至今依然感到困惑，那十二张凳子带来的收入是如何使托德尔饼屋运营下去的。

可以确定的是，其间的五张凳子常常被 ABCDJ 包了。我们在托德尔饼屋里思考，在托德尔饼屋里郁闷，在托德尔饼屋里密谋——有时在那里根本什么也不聊。托德尔饼屋像是我们的小教堂，只是这个教堂里还可以买到干酪汉堡、土豆煎饼、可乐和香蕉奶油派。

它就在梅因大街上。全美国以前有许多托德尔饼屋，不过现在都已经关闭了。我们的托德尔饼屋就位于从雷明顿路岔出的梅因大街上；以前，只要我们在别的地方找不到其他人，我们就会前往托德尔饼屋，因为那是我们的大本营。所有人都会到场的。

（托德尔饼屋的某位快餐厨师或者只是某位女服务员接电话时，总爱用真假嗓音变换着尖声说："托德尔饼屋！"她的声音非常怪异，音调极高，而且极其颤抖。总之，很难用文字描述她的嗓音——那声音感觉像是从瑞士的阿尔卑斯山传来的，感觉那位女士正在召唤旁边山路上的麋鹿或是其他什么动物。后来的那些年头里，只要我们之间有人碰头一起吃饭，桌上总会有人突然以最高音量用真假嗓音变换着叫："托德尔饼屋！"那一声叫喊就像是一首赞美诗。）

我第一次听说杰克的病情时——我第一次收到查克的电话留言时——我就明白我得送他什么东西了，当然绝不是一张品质证明卡片。

在我们去托德尔饼屋原店址的路上，杰克说起了他的生意。明确地说，他提到他十分担心生意的前景。

他给自己打工。他在商品批发这一行业干了许多年，被许多的公司雇用过，但是，后来他开始自己干，包装个体企业生产的食品，并向全国的零售企业销售这些食品。我从来没有真正搞清楚这一切都是怎么运转的——我对那种经营的详情十分陌生。但是那是他的事业，也是他现在感到困扰的事情。

"我不知道这一切将会变成什么样子，"他说，"在我接受这些放射治疗期间，我甚至都不能自己开车。而且我讨厌叫贾尼丝开车送我去办公室。"

"我知道，我说这话倒是轻松，"我告诉他。我们正在朝梅因大街走去。"但是你现在不能再想着生意了。你得想想怎样康复。"

事实上，我说得太轻松了——都有点油腔滑调了。我不需要支付杰克家的家庭开销，我不必支付他的保险费，我也不需要支付他的办公区的租金。但是他却必须一面和体内的癌细胞作战，一面权衡所有那些烦恼的事。

“谁曾想到有一天必须考虑生意的事?”他说。

“我想，童年时代的我们只考虑我们是谁，其他的都不考虑，”我说，“想象一下，我们坐在托德尔饼屋里谈论办公费用。”

“我依然记得我们在拉撒路仓库碰到迈克·英格拉姆的情形。”杰克说。

二十世纪五十年代末，迈克·英格拉姆是俄亥俄州橄榄球球队的一名后卫。我认为，他资格老一些后一定会当上队长。因为他强壮而且坚韧，而且是哥伦布市的英雄，是穿着红灰相间队服的斗士。

某一个假期，我和杰克去了城里的富乐拉撒路商场。我们看见一个人搬了一大堆纸板盒，很明显他在拉撒路商场的仓库工作。那人就是俄亥俄州橄榄球球队的后卫迈克·英格拉姆。

我们目不转睛地看着他——我们怎么控制得住自己呢？而迈克·英格拉姆就地站住了，也看着我们，并且说：“对，是我。”他的语气里饱含着刺痛感，意思是：如果你们觉得有必要的话，就来看吧。

这真的不能怪他。他的工作并没有什么不妥之处——他只是在仓库里做工赚钱。以前，他的世界完全沐浴在阳光中，而且可以远离那些无从选择的单调乏味，但是现在他已经从那个世界走了出来，踏上了真正的社会；这不同于站在俄亥俄体育场里，听着七万八千名喜爱他和他队友的观众心满意足的叫喊。他和其他人一样，已经演完了人生的第一个角色。不幸的是，他太小就出名了；那个假期，肯定有许许多多二十几岁的男士在拉撒路商场的仓库工作，但是，只有迈克·英格拉姆注定会吸引好奇得目瞪口呆的人。只因为他不再是大家心目中的他了。

“梅尔·诺埃尔在联合商场工作。”我说。联合商场位于东布罗德街的乡镇购物中心，那里也发生过同样的事情。那时我们才十几岁，有一天，我们去了那家商场，结果发现在男装部卖领带的人竟然是梅尔·诺埃尔，俄亥俄州大学生体育协会一九六〇年冠军篮球队的一名后卫。美国最棒的大学篮球队的队员有：杰里·卢卡斯、约翰·哈夫利切克、梅尔·诺埃尔、拉里·西格弗里德和乔·罗伯茨。然而后来，沿着那条路往南走不太远，他却穿着衬衫，扎着领带，站在联合商场的一楼卖领带。就我所知，这可能是他的一份兼职，拉撒路商场的仓库工作也可能是迈克·英格拉姆的兼职。但是就英格拉姆而言，俄亥俄体育场的赛场时钟已经走到了零位，同样对诺埃尔来说，圣约翰赛场的比赛时钟也已经归零。是该上演第二幕的时候了。我们每个人都经历过这个阶段。

梅因大街就在我们的正前方了。

“童年时代最好，因为不知道那些事情将会变得多么复杂，”杰克说，“不过，这一切都无可避免。”

真庆幸圣诞节时托德尔饼屋总在营业，因为圣诞节时我们总是去那儿(通常是晚上比较晚时才去，那时节日的气氛已经开始消退)；感恩节我们也总是去那儿(通常是一大早就去，赶在各家齐聚一堂，吃火鸡宴之前)；新年那天，我们也会去那儿(一般是在中午，因为前一天晚上的聚会使所有人，包括我们，激动得暂时无法入眠)。我们感觉自己很受欢迎；许多次我们是厨师仅有的同伴。我感到，许多个夜晚，我们帮助当班的人驱散了寂寞，就像当初我和杰克也曾帮贝克斯利公交车司机驱散过寂寞。我们的声音填满了周围的空间。

在托德尔饼屋，虽然我们有时会自在地沉默不语，但是，如果我们着实相互交谈，我们随时会说一些想不到的私事或者由衷的话，而我记得，那些事情我们从来没在其他场合说过。现在回忆一下，我想原因可能是：坐在柜台前那些并排而设的凳子上，我们不用看着彼此的脸。我们可以直视着前面的烤架，或者干脆低头吃汉堡、喝可乐，这样我们可以在没有目光接触的情形下畅所欲言。我们可以说一些事情，但同时不用理会别人的反应。

我听说杰克生病时，想要送他一样东西，但是我当时并不知道该到哪里去买。后来我想到，因特网之所以存在，一定有过人的益处。

“今天能出来走走真是不错，我想我们应该去一趟莫·格拉斯曼服装店。”杰克说。

以前每年暮春时节，我们都会那么做；那是我们为夏天的到来必做的准备。莫·格拉斯曼服装店位于俄亥俄州立大学的校区内，它向本科的男生推销衣服。在上大学之前，我们所有人也去那里买软拖鞋。光脚穿软拖鞋就是我们对夏天的定义。我不知道那是怎么开始的。

“我们还是孩子时，夏天一到，我们所有人都穿着同样的衣服，那一定看起来很怪吧。”我说。成熟的百慕大短裤，白色的T恤，外罩一件礼服衬衫，衬衫的扣子全部解开，袖子卷起来——我不知道是谁第一个这么穿的（或许是查克吧），我也不知道这都是谁的主意，但是，一切就总是那样进行着，每年，空气中开始有一点夏天的味道时，这一切就又开始了，我们又驱车前往莫·格拉斯曼服装店。

“想象一下，你长大后，和你的同事们穿着一样的衣服，”我说。“外面的人看见了，一定认为你们都是怪物。”

“你在说什么？”杰克说。“现在的人三十岁、四十岁、五十岁时，都是穿着和同事一样的衣服啊。你可以去任何一间商务办公室看看。”

我认为他说得也有道理。但是统一穿衬衫、领带、休闲裤和清一色的光脚穿软拖鞋还是不可同日而语。

“每年春天去莫·格拉斯曼服装店时，感觉有点像去参加俱乐部一样。”我说。

“不同的是，我们已经是会员了。”杰克说。托德尔饼屋的旧址就在前面拐角处。

有一次，杰克到芝加哥办事，我们正在市区的一条街上走着，突然有人大声争吵起来。一辆出租车停在路边让乘客下车；那位乘客慢条斯理地走下车。出租车后面那辆车的司机尖声叫喊道："让开，你这个……"接下来的话极其污秽粗鲁。接着，这个街区喇叭声四起，那位出租车司机认为这是挑衅，因此拒绝挪动。接下来，声音越来越多，咒骂越来越多。我和杰克站在人行道上，感觉离家乡特别遥远。尽管芝加哥已经是我的新故乡了。

在我们的家乡，你几乎可以在任何一条街上下车，而且，如果你愿意，你可以花一个小时慢慢地下，因为几乎可以肯定的是，你的后面不会有其他人；而且，即使在某个特别的日子，你的后面竟然有人的话，他或她也会有足够的空间绕过去。在我们的家乡，在街道上大喊大叫绝对是一件不寻常的事。那里的街道甚至没有停车计时器，因为根本就不需要。

现在，杰克说，他不想沿着梅因大街再走上半街区，直接去托德尔饼屋的旧址，相反，他想先穿过那条小巷。"我正在努力回忆我们以前经常停车的地方，"他说，"我想，从这后面过去，应该有一小块地方。"

因此，我们朝西走，走进了那条小巷。他说得没错，在那栋橘红色砖头砌起的大楼后面，确实有一小块铺砌好的停车场，而且从后墙根往前画出了为数不多的几组线。三四十年后，再看到这片停车场时，我们感到很震撼；你根本不需要细想，就知道你曾经到这里来过许多次；你感觉，自己好像把车开到了那两条线内，并且一直顶到了砖墙。今天下午，尽管是在光天化日之下，尽管我们步行而来，我仿佛看到我的车前灯照在那堵砖墙上；天空中日头高挂，我正在步行，但是我仿佛看到我关掉车前灯的前一刻，它们撞上了那堵墙。

"不知道这些线有没有重描过。"杰克一边看着地面，一边说。

过去停车就像是一支序曲。虽然只是将车开上托德尔饼屋后面的那段柏油路,但是它却有一种神秘的魔力。就像管弦乐队在表演前进行热身,而演员们又一次在晚上相聚。

我在因特网上找到了我要找的东西。

刚刚听说杰克病情的那些日子,我搜遍了全球的网络,竟然真的找到了。在南方腹地的一个家庭经营的古董店里有售。

那是托德尔饼屋连锁店用过的一只旧餐盘——就是过去我们常用来吃干酪汉堡和派的重重的瓷盘。

我想,如果没有因特网,我可能永远无法送给杰克这个盘子。至少不可能及时送上。

但是,它的一张图片偏偏就出现在了屏幕上。

盘子的一周印着褐红色的小卡通厨师图案和店名。店名选用的是不正但很醒目的字体;每个字母的角度都不一样,有点像是在欢快地跳舞。甚至有点像在蹒跚学步。

盘子上还有一条广告语。我想我都已经忘记了。但是它就印在餐盘上"托德尔饼屋"几个字下面,出现在我的电脑屏幕上。

这条广告语和你看过的其他广告语一样忸怩又自豪——它没有伪装和专横,但是却十分自信。

"和最好的一样好。"

那就是托德尔饼屋的承诺。我们也许不是最好的,但是我们却和他们一样好。

这种心情我们非常理解,虽然那家店和俄亥俄州中部地区一样沉默,但是那显然只是一种伪装。

"超级比萨店"。

店前的招牌告诉我们，这家店现在叫超级比萨店，那是它现阶段的经营项目。杰克和我从后面的停车场绕过来了，我们从临街的窗户往里看。当时店里只有一两名顾客。

“这家超级比萨店已经开了许多年。”杰克说。

我看到，店里既没有长餐桌，也没有凳子；整个布局已经被改换了，在原来放快餐烤架的地方放上了比萨饼烤箱和意大利三明治加热器。从外观看，该店的主要经营模式也许是外带式。正在店里工作的两个小伙子有理由不了解以前在这里发生的一切，因为虽然我们在那间小店面里度过了那些白天和夜晚，但他们显然是在许多年后才出生的。

“四十年后，现在来这里买比萨和意大利三明治的孩子也会回忆起这个地方，他们对这家店的感情和我们对托德尔饼屋的感情是一样的。”我说。

“我表示怀疑，”杰克说，“如果总是食物外带，那感情就会不一样。我们当年在意的不是食物，而是可以一起闲坐着。”

“食物也无可挑剔，”我说，“能够一起闲坐着是很棒，但是，回想一下托德尔饼屋的巧克力派吧。”

“边喝冰可乐边吃，那巧克力派的味道真是特别……”杰克说。

我还在朝窗子里看，突然，我想起了一件事——这事我已经好多年没想起过了——他几乎让我不寒而栗。我立刻意识到，我不能向杰克提起这件事。

我们上大学之后，每个夏天还是会到托德尔饼屋聚聚。有一个夏天的晚上，那时我们大概十九、二十岁左右，天已经很晚了，我们碰巧遇见了一个和我们同一届的家伙——他尽管不是我们的密友，但和我们也是自小认识。他穿着白色衬衣，扎着领带，和他自己的几个朋友一起来托德尔饼屋吃饭。

我们都坐在那个长桌旁。他暑假在殡仪馆找了一份工作；他的任务是,先到刚过世的人的家中,帮忙抬尸体,然后运到殡仪馆,准备安葬。这份工作要求当差的人态度要忧郁。

下班之后当然是另外一回事。那天晚上他在托德尔饼屋谈笑风生,说了许多在工作中遇到的细琐而且不愉快的故事。他描述了那些尸体;并且带着嘲弄地模仿那些家人最悲痛时刻的模样。我想,这当中包含着大难前的幽默;这也可能就是他对付那种阴暗事件的方式。而且,年轻时,总感觉死亡离我们那么的遥远,所以,当你突然需要每天勇敢地面对死亡时,也许某种防卫机制就会破门而入。

但是,我依然记得,那个场面是多么的令人烦扰:我们坐在那个长桌子旁,胃口全无,听他(那天晚上他不用上班)过于生动地取笑最近一次当班看到的情形。令人厌恶的不只是那些可怕的细节,当然这些细节也够糟糕的,而且还是在一家饭店里听到。更令人厌恶的是他在嘲笑——不管那是不是防卫机制——他所目睹的痛楚。也许他只是在炫耀。也许他是想让我们以为他比真实的他更坚强。而且他的衣服上都是甲醛味。

"我们进去吧。"杰克说,我欣然同意了。

我为杰克定购了那只餐盘。

这很简单;把他的名字和地址输入电脑,再输入我的信用卡账号,就可以了。

几分钟后,我收到南部那家古董店发来的邮件。很明显,这家店是夫妻俩开的,那个妻子还在邮件中感谢我照顾生意。她似乎真的很感激,尽管因特网分布范围那么广泛,但是它的广度要比它的深度大得多。虽然全球网络都在鼓吹它的现代性,可是它并没有改变人的地位,比如,不算大的网站的操作员可能每隔几个小时就得紧张地查看一下电子邮件,看看有没有人定购,同样,小镇上的老派商人也许成天都得从临街的窗口向外张望,希望能有顾客光临,他们之间也许并没有太大差别。我想,这位女士的小店不可能收到铺天盖地的购买托德尔饼屋餐盘的订单。

她问我,要不要随餐盘送上一张礼品卡片。我拿出笔,写了许多种我想让她寄给杰克的便条——竭力去找寻合适的词来概括这件事中所包含的情感;可是写的都不满意;我们不愿大声说出自己的真实情感,相反,喜欢将它藏在一则笑话中,所以,虽然我想写些感伤的内容,但是那看上去总是有点不太合适。托德尔饼屋从来就和悲伤没有任何联系。我想到的只是我们五人一起坐在凳子上度过的那些夜晚,以及一起分享的那些欢笑。

想到此,我自己就笑了,而且还想到了一件事,我知道杰克看了一定也会笑。我给古董店的那位女士回了信,问她给杰克寄的卡片可不可以由她代为署名。她说可以。

因此,杰克收到那只包裹时——里面安全地装着那只结实的托德尔饼屋的餐盘——同时还收到了署着店主名字的卡片,上面写道:

亲爱的罗思先生——

查克不是一位可靠的朋友。

我们走进超级比萨店。“先生,有什么能为你们服务的吗?”登记处的那个年轻的小伙子说。

杰克抬头看了看墙上的菜单。

“我们只是看看。”我说。

店看上去很小,不过这一点也不奇怪。以前托德尔饼屋也从来没有闲逛的地方——临街的窗户和那排凳子之间的过道总是不够宽,根本没法乱转,它的宽度只够你走到你想坐的地方。改装过的比萨店的格局使我们几乎无法推测出我们曾经在这里度过了多少时光。也许那正是我们觉得店太小的原因——它太小了,根本装不下所有的记忆。

“一顿饭通常要花多少钱，一美元十美分吗?”杰克问我。

那几乎就是我能想到的价钱，一分都不差——我脑海中的数字就是一点一美元。一个干酪汉堡，一份土豆煎饼，一杯可乐。这个价钱听起来不太可能，但是你可以列一个细目算算。汉堡五十美分，土豆煎饼三十五美分，可乐二十五美分。“一美元十美分可能都太贵了，”我说，“我想可乐不值二十五美分。”

“也许一美元十美分中已经包含了税收。”杰克说。

这些年中，有许多次，我坐在大城市中需要穿西装打领带的餐馆或其他店里——有的店根本不是什么特别高贵的饭店，不过是美国最著名的城市中众多铺着白台布的饭店中的一家而已，但是它们都实行了现行收费标准——只要看一眼账单，我就会想到这里。在一些饭店里，就算只点了干酪汉堡、洋葱土豆丝(他们喜欢把这种加了洋葱的土豆称作土豆煎饼)，和几瓶饮料，你最后都得花费四十到五十美元。也许更多。通货膨胀得负部分责任，而且，一杯鸡尾酒当然比一杯可乐要贵。然而，尽管花了那么多钱，我发现那些饭就算再好吃，还是比不上我们在这儿吃过的。四十年后，我们又回到了这里。

我看了看杰克。他还在四处凝视，而且正在研究比萨饼烤箱后面的那堵墙，那个当班的小伙子一定以为他还在看菜单呢。

“我们这儿还有你可以拿在手里看的菜单。”那个小伙子说，希望能帮上点忙。

“不用，谢谢，”杰克说，“我只是在推算那堵后墙以前是不是还要往后些。”

那个小伙子耸了耸肩膀。“从我来这里工作起，它就是这样了。”他说。

杰克似乎想把一切都记在心中——他在寻找最后需要的外卖食物，他想牢牢记住眼前的一切和以前的一切。这才是最有价值的外卖。“冰箱原来是在那儿的,对吗?”他对我说。

“对啊,”我轻声地说,“就在长桌子的那头。”

“嗯,那些派的顶上总是涂满了生奶油,”他说,“我总是特别喜欢最上面的那块,而很讨厌最下面的那块。”

“最下面的那块有点没有烤透。”

“不是有点,”他说,“而是很多都没有烤透。”

他站在那儿,看着那些幻影——穿着软拖鞋的幻影,挽着袖子的幻影——然后,像往日那样,点了一下头,表示已经完全理解某事了。

他上下打量了我一下,说:“我得回家了。”

“我们在家了。”我说。

我们转身走出那家店,他用真假嗓音——没有很大声,因为他不想让登记台后面的那个小伙子以为他在开玩笑——变换着喊了那几个字:

“托德尔饼屋。”他从容地喊道,像多年前那个女服务员接电话的声音,又像一位快餐厨师招呼一只麋鹿的声音。

我们还是从后面的那条路往家走,再次穿过饭店后面的那条巷子。停车场的砖墙上写着一条标语;进来时我没有注意到,但是现在我俩都看到了。标语写着,“笑一笑,你正在被监视”——这是在告知大家,那儿有一只监控摄像头。

“你看到摄像头了吗?”杰克问。

我看了看所有可能装摄像头的地方,说:“没有啊。”

“也许写一条标语要比真去安装一只摄像头便宜吧。”他说。

然后又说:

“我很担心贾尼丝。”

他根本不需要解释。这一切已经给她带来了很大的伤害,而且这种伤害只会更重。尽管周围的人不断说一些充满希望、乐观向上的话,但事实是，贾尼丝的未来可以用一个冷酷但明确的词来概括，那就是“寡妇”。她知道这点，他也知道这点。

“我多么希望我能告诉她，一切都会好起来的。”他说。

就像大部分人那样，他是在人生的那个特定阶段遇见她的，在那个阶段，不管一切进行得顺利或者不顺利，都会感觉人生好像刚刚起锚。刚走出大学校门的那几年，大家都没有一张人生道路图；你以前所依赖的那些人和那些事仿佛都已经改变了。其实他们并没有改变，只是他们也得开始面对一个新的环境。从各方面来讲，你都不是原来的你了；你正踏上一条新的路途，然而一路上的速度和步幅并不总由你决定。你原来一直倚重、会对你的表现进行评判的人现在也不再随时出现了，而且，即使他们在场，他们对于自己的表现都不再那么确信了。

对于一些人来说，二三十岁时，老朋友经常互相展现各自的事业进展得多么辉煌；都想相互之间口头上能占个上风。然而在那傲气的外表之下，包含着几分恐惧的产物；如果在别人还没有机会问你之前，你就告诉他，你在新领域里干得多好，那么你就更加暴露了。也许。

我记得我们从来没有那么做过；我想我们五个人没有掉进那个圈套。虽然我们从来不曾相互吹牛，可是刚开始时我们也不再像从前那样陪伴在彼此的生命里。杰克大学一毕业就在芝加哥地区当起了教师，他结婚了，不过这段婚姻很短暂，而且一点也不幸福。查克则把他父亲在哥伦布市的生意打点得很好；他遇上了乔伊斯，他和乔伊斯把乔伊斯的双胞胎姐姐介绍给了刚离婚、感情上受了伤的杰克。接着，在大家知道之前，这两个朋友就已经娶了一对双胞胎姐妹。

因此，虽然我们其他人从来没有刻意地向别人鼓吹自己的成功或者失败，但是这在查克和杰克之间是避免不了的。杰克回到了哥伦布市，开了一家小书店，店名源于鲍勃·迪伦的一首歌，叫《我的偶数页》。他喜欢书，喜欢那份工作，更喜欢那份独立。虽然查克在商业界突飞猛进，杰克只是靠书店一周一周的收入维生，但是他们娶了一对双胞胎姐妹。

“我知道她真的很累。”如今他这么说。

虽然没有当众讨论过那一对双胞胎和她们的丈夫分别过着怎样的生活，但是一直以来，许多事情已经表明她们各自的生活是截然不同的，贾尼丝是杰克一生的最爱，我知道杰克一直都希望能够给她一些物质享受。

而现在他知道自己行将离开这个世界。

“我们以前每天晚上来这儿的时候，他们好像并不需要摄像头来帮忙监视。”他说，还在看有没有摄像头对着我们，不过依然没有找到。

“我知道，”我说，“没有人监视我们。”

“除了我们自己。”他说。

她正在前门那儿等我们。

“我还以为格林把你塞进了飞机，飞往法国里维埃拉之类的地方去了呢。”她说，“你们出去了很长时间。”

“我有点累，”他对她说，“我们走了好多路。”

“你想吃点东西吗?”她问。

“我想先睡一会儿。”他说。

他上了楼。估摸着他听不到了，贾尼丝就问我，“那么，他今天还好吗?”

我说他今天很不错，虽然这是事实，虽然我是这么说了，但是我真讨厌我们现在必须进入这种新的生活领域，在这种新的生活领域里，她的问题不但是贴切的，也是必须的。然而就在一个月前，她可能从来没有想过问我这样的问题。

我们坐了下来，谈了几分钟，然后我说我得走了。在往门外走的过程中，我看到了那个盘子的摆放位置。

我们都在上面签了名——那天晚上，我们所有人相约在托普吃完饭后，一起来到杰克家；贾尼丝找来了一支粗粗的黑色记号笔，我们大家都在那只托德尔饼屋的餐盘上签了名。杰克第一个签了，他签完后，我们其他人在他的名字四周分别签上了我们的名字。

我们的签名又黑又粗，在盘子雪白瓷面的映衬下显得格外扎眼。在房间的这边我都可以看到放在房间另一边的那只盘子——而且我也能看清楚我们所有人的名字。贾尼丝把那只盘子陈列在他们家中，好像那是一件无价的艺术品；其实，盘子还是盘子，只是突然有了许多重要的意义。

十

艾伦已经回坎顿了——他必须为一场审判做些准备——在他离开贝克斯利前，他告诉我，他很高兴这次能来和杰克相聚。他——我们所有的人——知道，像这样的机会也许不会很多了。

“杰克对现实情况很了解，”艾伦告诉我。他私下里和杰克聊了聊；他说，杰克很清楚，他几乎已经没有治愈的可能了。

“我告诉他，我们所有人终究会在五分钟内再次碰面的，”艾伦说，“在世事的安排中——在无穷无尽的时间长河中——我们所有人似乎都会在五分钟内相继死去。”

“那真是个可爱的想法。”我说。

“得啦，鲍勃，这是真的，”他说，“杰克是病了，但是即使他没有生病，我们大家也都在向人生的尽头走去。游戏也许没有结束。但是，在人生的这个阶段，我们都在朝着第十四条球道前进。”

我们还可以奢侈地从那个角度来看待发生的这一切——可以提出一些看法，并让这一切显得像生命中的一部分永恒叙述。毫无疑问，其中有一些真理性的东西。

然而，杰克每天醒来时都感到很揪心。为了能够接到所有的电话业务往来,他已经把办公室的电话转到家里的号码上。虽然放射治疗和化疗使他很虚弱,但他每天都会拨出一部分时间,坐在家里的电脑前处理那些销售账目。他竭力使自己继续做下去。

但是,不用别人对他大声直言,他也知道,这个世界不可能长期包容一个人的悲痛,他的经营就靠他一个人;尽管他在某些项目上有合作人,也有一些长期可以信赖的同事(他们都有自己的公司),但是他也必须记住,一旦某个人从贸易的雷达网上消失,不管消失的理由是多么可以理解,他都几乎不可能再是一个经销人了。也许偶尔还会有人问:“杰克·罗思现在怎么样?”但是,大家不得不维持自己的生计、照顾自己的家人,因此,他们也只能这样了。

“生意就是生意,”有一天他对我说,向我解释,为什么他必须尽可能多花些时间守在电脑旁,核对电话信息,检查电子邮件。他说这句话时并没有什么愤世嫉俗的意思——他说“生意就是生意”时的意思完全不同于一个更倒霉的人说“人吃人”时的意思。他不是在说他对收益的渴望。他的意思是,如果他不尽最大的努力去履行生意职责的话,别的企业的某个人就会钻进来补上空缺。这个领域没有私事,“杰克·罗思现在怎么样?”也只是顺便问一下而已。因为生意就是生意。

“我得支付车款,别人也得支付。”他说。

“从什么时候起那样的事情成了生活中的重头戏?”我问他,不过已经知道答案了。

“你是说付款吗?”他说。

“我说的是诸如你有辆什么车,你住在哪个区,你会到哪里度假这样的事情。”我说。

“从我们有了第一份工作起。”他说。

夏天就要来了。我提醒他回想一下我们得到第一份工作的体会。

“我猜,我们第一次工作就是在我们给庞基帮忙的那个夏天。”我说。

当然，杰克一直在果蔬市场帮他父亲，不过他认为那是在尽家庭义务。但是那个夏天我们帮朋友庞基是不一样的。那有点像娱乐。尽管我们称它是工作，但是对我们而言，它是娱乐，因为没什么事情得依靠这份工作。

庞基的爸爸在俄亥俄中部开了一家皇冠可乐批发公司。有一个夏天，庞基是送货线上的一位临时替工。我们和他一起推车出去——我敢肯定，他没付给我们工钱；我们推着金属手推车，冒着夏天的炎热，把一盒盒的汽水送到凉爽、开着空调的超市。那份工作非常诱人，也很新鲜。它最大的优点就是——新鲜，或者是一种新鲜的错觉。每家店里都有新鲜的脸孔，每次转弯时都会踏上新的街道，人们的眼睛里流露出新奇，这样的眼神我们以前从来没有见过——在那些人的眼里，我们不再是只会待在屋里的孩子，不再是那个熟悉街区里他们熟知的孩子，我们是皇冠公司负责送饮料的员工——如果那就是工作，那么，工作现在怎么会变得如此糟糕呢？你怎么会对新鲜的事情感到厌倦了呢？

“新鲜的东西会很快变旧的。”杰克说。

“如果不会的话，我们现在还在推着那些皇冠可乐饮料瓶呢，还在想为什么大家都不喜欢工作呢。”我说。

“我要去查看一下电脑了。”杰克说，仿佛他能在屏幕上找到些答案。

有一天下午，我们正在聊着，贾尼丝走进房间问道：“杰克，我给你做份奶昔好吗？”

她的语气有点太欢快了，我知道为什么会这样。杰克的体重一直在下降。他没有胃口，吃的东西达不到该摄入的量。这可不是好事。

贾尼丝的声音里透着琼·克利弗的欢快味道，但是，她的提议虽然微不足道，但是却再次证实，一切已经发生了改变。她知道她必须得小心翼翼；如果杰克感到她在屈就他，他会很苦恼。他不是个孩子。然而她必须让他摄入更多的营养。

“过会儿再吃吧。”他说。

“我这就给你做去，”她说，声音还是那么精神饱满，“我想你没有吃午饭，对吗？”

“那么，好吧。”他说得有点突然。他知道她为什么坚持。

她到厨房去了，我和杰克假装没有发生什么有意义的事。不一会儿，她端着奶昔回来了——他自己永远不会主动去做的——并且和我们一起坐着。我们三个人一起对着一台小电视，好像是在谈论各种各样的事，又像什么都没谈。

大概过了半小时，她说：“我给你做了奶昔，可是你只喝了两小口。”她说那句话时也非常注意表达方式——她竭力想让他相信，她在意的是，她在厨房所做的努力白费了，而不是她在担心他吃不下饭这个事实。

“简，我一会儿想喝时一定喝完，好吗？”他说。我真讨厌这样子，我讨厌我们无力改变任何事，不管是这样的小事，还是这样的大事。

有一天，他说：“每年的七月四日，我就会感觉我认识的人越来越少了。”

这个镇子有一项传统，那就是每个人都要参加七月四日的游行，之后一起去杰弗里庄园——贝克斯利的一座公园，也是公众的集会中心，曾经一位富有的市政领导在那儿居住了许多年，后来以私人财产的名义遗赠了——举行野餐会，而且市长会亲自组织烧烤。晚上还可以看烟火。

我们总是一起去参加游行。童年时代，我们就坐在我家那个街区末端的布赖登路的路边。后来我们独自出去闯世界了，我父母把家搬到了哥伦布市更东边的地方，搬出了贝克斯利镇。每年的七月四日那天，我都会从芝加哥赶回来，和杰克在我叔叔婶婶的家中碰头，我叔叔婶婶住在布伦特伍德路上，我们在那里等着游行队伍从他家私人车道前经过。后来，杰克把家安在了贝克斯利的公园路上，而碰巧他的一位朋友的家就在罗斯福大街上，所以我们后来就在他家院子里观看游行。

“一直以来，我们都觉得那是我们的镇子，但是我想事情正在改变，”他说，“过去我认识每一张脸。”

我感到很吃惊。并不是他所说的老实话让我感到吃惊——我想，大家可能都有这样的经历；我们一天天变老，新的家庭也一个个搬进那个社区，因此，社区里的脸孔不像以前那么熟悉了。让我吃惊的是他讲到的时间。现在不但没到七月四日，而且离那个日子还远着呢。但是他却想到了那一天。

“你可以推测一下，五年或十年之后，游行队伍中的人我们可能一个都不认识。”他说。

我不置可否。

“我现在真希望我以前多认识些人。”他说。我想他的意思可能有两种。一种可能是，他希望时光倒流，回到没有暴风雨的日子，在那些日子里，他认识游行队伍中、杰弗里庄园里和烟火现场的每一张脸和每一个声音。另一种可能是，他不是希望自己过去认识更多的人——但是希望更多的人曾经认识他。永生，和我们对永生的渴望，会以多种形式出现，一些还伴随着仲夏早晨游行的乐队。

他向我讲述他父亲——比以前任何时候说得都多。

我们正在讨论生活将我们领上了多么不同的道路。我说，这在我们去上不同的大学时就开始了。在那之前，我们做的每一件事、认识的每一个人都是在同一块背景幕前上演的。然后，我去了伊利诺伊州的埃文斯通市，去西北大学就读，因为我听说他们计划把一部分学生培养成新闻工作者。杰克去了俄亥俄州南部的雅典市，念的是俄亥俄大学。

现在，坐在他家客厅里，我说：“有趣的是，以前我认为这两所学校没有什么不同，唯一的不同就是你去了这所，而我去了另外一所。”西北大学是一所私立学校，学费极其昂贵（那个时候，我想是一学期六百美元）；俄亥俄大学是公立大学，学费不太贵。

“我的单子上，可选择的学校只有公立学校一种，”他说，“我父亲只能负担得起那种学校。”

当时，我们丝毫没有讨论过这些。我感觉，欧文·罗思一定不会明说，由于经济原因必须限制杰克选择大学的范围；也许在某天晚上，心知肚明的罗思先生在饭桌上告诉杰克，他应该选择俄亥俄州公立大学，可能就是那样。不需要有什么疑问，也不欢迎任何疑问。

“他的一生过得那么艰难，”如今杰克告诉我，“他出生在波兰一个并不富裕的家庭，后来他的父亲来到了美国，当了一个小贩，过上了一种新的生活。但是，我父亲小时候并没有和父母、他的弟弟妹妹们一起来美国。我想那是因为没有足够的钱吧。”

“那么谁照顾你父亲的呢？”我问。

“他是家里的长子，”杰克说，“他被送到波兰的叔叔婶婶家。他们抚养了他；他真的很爱他们。他在学校里学得很好，各方面也做得不错，而且他想继续下去。但十四岁那年，他的父亲让他去美国。他根本不想去。因为那时候，他早已经把叔叔婶婶当成了自己的父母。他请求他们不要送他去美国。”

“然后呢？”我问。

“他到底还是来了美国。在他自己家里，他感觉自己像个陌生人。他十四岁来美国时，连一句英语都不会说。他只能忘掉以前在波兰的一切——他的学校，他的朋友，所有的一切。虽然他父亲知道他不愿意来，但是他终究还是来这儿了，而且必须重新开始。”

他自学了那门新语言。他发现，来到俄亥俄州的父亲每天推着手推车沿街叫卖，并靠此养家糊口，所以他暗暗下了一个决心，那就是，等他长大结婚、有了自己的家庭后，他一定要过上一种比这更好的生活。因此，这个来到俄亥俄州中部地区的年轻人因为生活所迫，也因为想要自力更生，起初是在一家小杂货店打工，后来，就开始经营果蔬市场，并且支撑着整个家。那些年，在阿德莫尔路上的那栋房子里我也见到过他，但那时我对他没有什么概念，只是觉得他那么沉默，那么坚韧。但是他也只是罗思先生，只是杰克的父亲，只是一个日出前就去上班、晚上显得特别疲惫的人。

"他经常因为被迫离开波兰而感到遗憾吗？"我问。

"如果他不离开，也许他早已经丧命了，"杰克说，"纳粹分子围捕了养育过他的叔叔婶婶。他们在一所集中营内被杀害了。如果他还待在那里，他也会经历同样的遭遇。"

杰克的父亲说，俄亥俄州的公立大学是他该选的地方。他没有说任何理由，罗思先生总是把大部分事情藏在心里。

我从收音机里听说，快帆队将在镇上举行一场主场赛。我问杰克今天晚上想不想去看比赛。

"也许吧，"他说，"那得看我是不是有精力。"

快帆队是哥伦布市的一支二流棒球队。他们的比赛场地是西芒德路上的老棒球场，不过那个居民区这些年特别富裕。快帆队刚开始时叫哥伦布红鸟队；我们还是孩子时，经历过喷气时代，那时，他们改名为哥伦布喷气队；现在他们叫快帆队。唯一不变的就是左球场栅栏前的那块墓地。

"带上你的喷气式飞机徽章。"我提醒他。

他笑了笑。我们上小学时，花半美元可以买到喷气式飞机徽章——圆形的蓝色金属徽章，后面有金属别针。整个赛季中，一些特殊的夜晚——无疑是出席率比较惨淡的夜晚——你可以凭喷气式飞机徽章免费入场，不过，你必须由一位已经付了费的大人带着。这是一条很机敏的市场策略——喷气式飞机徽章(更确切地说，是那些别着喷气式飞机徽章的孩子)是个诱饵，诱使那些父亲晚上来买票；相反，如果没有它们，那些父亲也许会坐在家里看电视。没有持票的大人陪同，别着喷气式飞机徽章的孩子就进不去；虽然那些父亲被迫待在那里，但是他们确实去了。而且棒球比赛也不赖。

至少我们觉得不赖。"刚开始走进喷气队体育场的那几次，你会以为你到了扬基队体育场呢。"我对杰克说。

"我们那时知道什么?"他说，"那些队员们穿着干净的运动服，而且也会击球。"

在过去的那些年里，我们复习了许多遍，从童年时代起一直复习到现在。我们对棒球手这一角色的理解是不断发展变化的，而这些不断变化发展的理解确切地折射出我们对于生活前景的看法。

"我们第一次走进喷气队体育场时，我觉得哥伦布喷气队的球员都处在人生的最佳时刻，"杰克说，"可以当着球迷的面有偿表演球技。"

"我们二三十岁时就不那样认为了。"我说。

在那个年龄阶段，我们去喷气队体育场——那时候，为了纪念喷气队以前的总经理、现在的镇委员哈罗德·库珀，这家体育场已经改名为库珀体育场——主要是为了玩乐。我们坐在那里，边聊天边喝啤酒；实际上赛事根本不是重点。

"我想，直到那时候我们才看清球员的真面貌，"杰克说，"那些队员都在为某个不太可能出现的机会而奋斗。"

那就是二流球队必须面对的现实。一些球员能闯进职业体育总会，大部分球员根本不可能；如果你能够站在球场上近距离地看着他们，你可能会看到，他们中的一些人会流露出挫折和忧虑的眼神。尤其是那些年纪大的球员——身为二流球队的一名未能入会的老队员，看着后来的队员跑得更快、身体更壮、发展得更好，而自己却只能等待，真的有一种说不出的辛酸。

“我总是坐在那儿，想着那些表现正在下滑的球员。”杰克说。

那样的球员不是很多——曾经打进了美国职棒联盟，在那儿服役了很短时间，或是很长时间，然后被免除资格，并且被告知不再留用，但还坚持在二流小俱乐部联合会打球的球员不是很多。我们四十来岁时，坐在位于西芒德路的看台上，总是喜欢讨论那样的球员。那些球员当然不是因为身体需要恢复而被免除资格，也不是为了磨砺他们的意志，以便能够杀回职棒联盟。我们四十来岁时，总是喜欢看那些选择在那儿打球的球员——那些曾经属于职棒联盟的老球员，明知自己再也不可能杀回去，但是还是决定，无论如何继续留在二流球队参加棒球比赛。他们或许是因为喜欢棒球运动，或许只是因为他们不知道除了这个，自己还能做点什么。

“有的时候，”杰克说，“你开始明白，为什么你在球场看到的那些球员虽然很想得到一些东西，但是却永远也得不到。”

这种情形和大部分的行业相似，只是在这儿，人们需要花钱观看，而且无论你是成功还是失败，他们只顾着吃他们的花生。那里只有一种寂静的绝望和外场栅栏那边的墓地。

我们一起谈论七月四日，谈论快帆队，谈论老喷气队体育场……尽管夏天还没有来，但是夏天总是代表着希望，夏天也意味着在我们的正前方有好的事情在等候。杰克的一些话可能有些沮丧，然而，只要他在谈论夏天——只要想到夏天——就有很特别的意义。如果你在想着夏天，在你的心中一定有着最美好的期待。

因此，当他突然冒出一句：“格林，你觉得会不会是滴滴涕(DDT)引起的？”我有点措手不及。

我们拿滴滴涕开玩笑开了许多年。滴滴涕卡车是我们许多个夏天固有的内容。在美国禁止使用滴滴涕前的好些年,这些卡车总是沿着指定的路线隆隆地驶过贝克斯利的街道。喷出一团团浓浓的白色滴滴涕杀虫剂。当时,父母们没有让我们远离那些滴滴涕卡车,所以我们时常追着那些卡车跑,一直跑到滴滴涕雾团里,嗅它、喝它,并且将它吸进体内。滴滴涕很美味,而且散发着夏天的芳香;我们认为滴滴涕的气味就是嬉笑的味道。我们甚至在吃它。我们的父母警告我们,不能离滴滴涕卡车的后车轮太近,因为卡车可能会突然停下并且往后倒;他们不希望我们被车轮辗过。但是他们没让我们提防滴滴涕,提防从卡车后面的大罐子中喷涌出来的滴滴涕——那只是雾气,对大家不会有害的;夏天就意味着冰激凌和滴滴涕。

后来,我们三四十岁时,还经常开玩笑地说起那事。你能想象那个情形吗?我们相互说起那事。我们日复一日地喝下滴滴涕雾团。竟然一直都不知道我们不应该那么做。

现在杰克问我,虽然声音并不哀怨——其实语气中更多的是好奇——但是他问得非常直接。这不是在开玩笑。

"我一直在想,到底是什么导致的?"他说,"我从来不抽烟,我总是吃得很好。我怎么会患上这么严重的病?"

夏天就要来了。充满希望的季节就要到了。

他不能去看球赛了。他到最后时刻才告诉我,他感觉身体不太舒服;我跟他说没关系,并建议他休息一下。我不知道该怎么打发那个夜晚,所以决定打电话给丹·迪克。没想到,发出一个邀请会那么棘手——四十年前,那只是我们的一种习惯动作,可现在却让我十分犹豫。这是周六晚上;丹和妻子住在橡树湖附近,我不想在最后的时刻打电话破坏他们的计划。

我们五个人刚成为最要好的朋友时,都觉得周末的晚上当然该在一起过。托德尔饼屋就是理所当然的去处。但是——除了我们 ABCDJ 一起聚餐的那个晚上——我最近几年都没见过丹,所以,虽然给他打电话曾经是最容易的事情,现在却让我隐隐约约地觉得有点不合适。

结果是,他的妻子那天正好不在市里,而且丹那天晚上也没有安排。我一问他想不想来点活动,他就开始推荐一些餐馆,列举不同风格的食物,好像吃饭就是重点一样。我说:"丹,我们没必要计划去什么地方。你只要来接我就行了。"

甚至在我们谈论碰面的具体地点时,我都觉得有点笨拙——我们已经这么长时间没有周六晚上一起出去闲逛了。"我去你房间接你吗?"他问。"只要停在旅店门口就可以了。"我说。

一会儿之后,我和丹开始一起驾车闲逛,而且,就像以前的许多次那样,脑海中没有目的地。他立刻让我笑了起来。我告诉他,艾伦·舒尔曼说我们大家都在面临死亡的侵袭——虽然我以前没那么想过,但是我认为艾伦说得一点没错。杰克是病了,但是我们都到了人生的这个阶段,所以我们大家其实都已经踏上了同一条无情的道路。

"因此,艾伦对此的表述是,"我告诉丹,"我们都在朝着第十四条球道前进。"

丹坐在驾驶位上,点了点头。

几秒钟过去了。

然后他说:

"我不明白。"

"不明白什么?"我问他。

"第十四条球道。"他回答道。

我向他解释了艾伦的意思。我说,生命就是一段行程,我们都已经在路上了。它有它的时令;随着年龄的增长,你会明白终点即将出现。球场上只有十八条球道;虽然你没法确切地预测出所有的事情,但是,一旦你已经五十好几了，那就意味着你和你的朋友基本上已经处于球场上的相同位置。你现在处于人生的后九穴，但是你已经在向第十四条球道迈进了。

“你明白了吗？”我问他。

“嗯，我在猜，”他说，“你是不是高尔夫球员。”

我笑出声来。他转过头，看了看我，也笑了起来；我们继续漫无目的地开着车。我突然想起了一件事情，我想他可能还不知道。我跟他提了一下，他确实毫不知情，因此我们开车到了那个地方，下了车，一起站在那儿向下看。那块刻着 ABCDJ 的砖头，那块杰克花钱买下、来纪念我们友谊的砖头。“他真了不起，”丹说，“他真的很了不起。”

不一会儿，我们饿了。我说，听说拓展后的伊斯顿新商业开发区有一家史密斯沃伦斯基牛排餐厅。丹不太清楚怎样可以找到那家餐馆；他有点迷路了，最后只能大声向车窗外正要去参加舞会的情侣问路。（“你俩看起来棒极了！你知道史密斯莫雷斯科牛排餐厅怎么走吗？”）我认识丹太久了，所以清楚地知道，纠正他是没有用的——今天晚上，史密斯莫雷斯科这个相近的店名一定能帮他找到史密斯沃伦斯基牛排餐厅。我没想到自已能笑得那么厉害。很快，我们来到一小片商业地带，这地方还不算是伊斯顿商业群的一部分。丹一边不停地大声问车窗外的陌生人，一边找那家令人困惑的史密斯莫雷斯科牛排餐厅。车内的笑声就像音乐，就像一首遗忘了许久的歌。

我们终于找到了那家店，在拥挤的酒吧间里等座位。酒吧间有几位迷人的女人，丹十分认真地说：“她们都是‘天鹅’节目的产物。”我不用问就知道他的意思。他指的是那档给女选手提供整容手术的电视节目，而且他是想说，如今的女性想要什么样的容貌就可以有什么样的容貌——他并不是说那家牛排餐厅的那些与众不同的女人都整过容，当然也不是说那些女人都真的上过那档电视节目。十万人中也许才有一个人能理解丹那么说的意思，而我就是那仅有的一个；从里迪普·里夫斯起，丹这一生常用一些特殊的词汇，因为了解这些词汇，所以我特别清楚他的意思；我告诉他我同意他的说法，她们都是“天鹅”节目的产物。接着我们等到了座位。

自由自在、没有压力的时光就像会蒸发一样，过得很快。我们离开那家餐厅时，还在饭钱问题上引起了一个小误会——我们把钱放在了桌上，但是服务员显然没有看到。我们走出餐厅、上了丹的车后，经理跑了出来，想要了解事情的原委，并且试图解释整件事。当时，我真的快笑翻了，笑得眼泪都流了出来。丹加大油门，把车开了出去，并问我是怎么回事。我说，没什么——真的没什么。只是笑经理居然跑出来拦我们，只是笑饭钱引起的小混乱——我告诉他，四十年过去了，我们却还是因为从拉丁俱乐部的宴会上偷了鸡肉而受到指责。我一边笑，一边试图说出那些话——还是因为宴会上的鸡肉，我说，我们五十七岁，却还因为宴会上的鸡肉受到指责。

“我吃了一块。”丹说，他只得这么说，而我又笑翻了。他把我送到旅店门口，我走到房间门口，打开门，里面一片死寂，没有一点说话声。那时，我又想到了杰克。和丹一起度过的时间只是一种短暂的缓歇，但是站在旅店房间里，看着那些整理得很干净的床铺，看着我的箱子，我想起了我来这里的原因。晚上的欢笑结束了，我感到孤单而凄凉；很少感到那么的孤单和凄凉。

十一

回到芝加哥，我从机场回到家，到家的第一件事就是给杰克打电话。似乎很有必要确认一下他是否还好，也很有必要听一下他的声音——以前从来没觉得这么必要。第二天，他打电话给我，晚上我又打给他，次日早上又给他打了一次。虽然我们谁也没说，但是我们似乎都知道彼此已经决定了某件事。当然，"决定"这个词太正式了，而且代表的是一种刻意的想法，而我们的事要自然得多。但是，即使不说，我俩也知道将会发生什么事情，那就是，在剩下的生命历程中，我们每天都会聊一聊。

"我正在给以梅伦的名字命名的橄榄油做一些标记呢，"他说，"它们看起来真的帅极了。"

我是搞不懂那些橄榄油生意的细节。那种事情是他的生存之道——想办法进一些未包装的产品，进一些大多数人根本没想过的产品，并且大量地购买，然后给它们加上一层极富想象力的包装，再分送给主要的零售店——一些人早已习惯了各种各样错综复杂的生意事务，但是，在我看来，那总是和量子物理一样难懂。真不知道杰克是怎么通过自学学会应对那种事情、还将它作为谋生手段的。某一天，我们还一起在他卧室里玩，往门上粘着的鞋盒子球筐里扔袜子，可第二天，他就在给私人装瓶的橄榄油的用户定制并设计标记了。

电话那头传来了他的声音，而且他的那句惯用语——“他们看起来真的帅极了”——让我咧开嘴笑了起来。我并不怀疑装橄榄油的玻璃瓶上的标记是否真的很帅——只要杰克说他的标记很帅，那么我压根不需要怀疑。让我欣喜的就是他说的那个字——帅。这个字他说了五十年，但是如今在交谈中却很少听到了。

他一直将“帅”视作“好”或“酷”的近义字；从童年时代起，他表达肯定时都会用那个轻快的字眼。回想一下，他也许曾经用它来描述一件马德拉斯布衬衫；或者我们去拉撒路买校服时，他可能曾经从一堆衣服中挑出一件，看了很长时间，然后宣布道：“帅。”这个字，就像那颗豁牙一样，已经成了他的一部分。听到它时，我总是忍不住想起杰克。

所以，听到电话那头的他正在充满热情地做事，我很开心——只要他的声音里有热情，那就是很好的消息，因为，只要有事情让他兴奋，只要他受到鼓舞，那么，至少一天当中的一部分时间，他会把一些忧惧抛在脑后。即使他是因为橄榄油的标记而兴奋，我也会很开心——任何能让他兴奋的事情在我看来都是太好了。虽然我开心主要是因为他说的“帅”字，如果我能把那个声音放进剪贴簿里，我一定会那么做的。

这件事我从来没告诉过他——我甚至从来没跟他提过，我早已留意他说的这个字了。他不知道那个字是他的一个特别之处；而我们也从来没有讨论过。因为，我担心，如果现在向他说破这一点，他会因为难为情而从此都不再说了。

过去打电话是一件很了不得的事情，就在那时，我们已经爱上了打电话。那个时代，父亲常常会不停地敲你的房门，让你赶紧挂上电话，因为你一直占着家里仅有的一根电话线；那些日子，一次电话只能打五分钟，家里的年轻成员什么时候打和打多久，父母们都会严格规定。现在我们进入了新的技术时代，通信联络已经成了一项生来就有的权利，每个人都有手机，日日夜夜都可以发短信，正因为这样，电话所拥有的光环即使没有完全消失，也已经发生了重大改变。

因此，杰克和我刚开始相互通电话时，电话的魔力是巨大的。主要是因为那时候我们才那么小；你五岁时，你的父亲或者母亲接电话后告诉你是找你的，你几乎不敢相信。你几乎不敢摸听筒。是找你的？你该怎么办呢？

不过，你很快就习惯了；就算有人想起给你打电话，你也不会感到惊讶。我还清晰地记得杰克打过的三次电话，每次都和女孩有关：

四年级时，他迷恋过一个叫沙伦·韦纳的女孩。他的房间有一张双层床，他坐在下床上，把家里楼上的黑色电话机从门下面拖到房间里。然后把门关上、锁上，这样他在打电话时可以不被人听见（只是不被他家人听见，也就是说，我可以待在房间里，保全个人隐私的概念不会累及到我）。他拨了她的号码，那个女孩接了电话。杰克对她说：

"你好啊，甜心。"

真让人难以置信。这种话我肯定说不出口。"你好啊，甜心？"他都可以去和阿妮塔·艾克伯格角逐蒙特卡洛浪漫电影的主演资格了；虽然才九岁，他满可以穿上缎面吸烟服，给漂亮的淡金发女配角喂糖果。"你好啊，甜心？"他坐在下床上，称她为"甜心"，而我坐在上床上，脑子一片混乱；他居然叫她"甜心"——他竟然有足够的勇气打电话给一个真实存在的女孩，而且还称她为"甜心"。沙伦·韦纳肯定不知道，竟然有一位听众倾听了这个重大的事件，但是，我当时确实在场。沙伦·韦纳。甜心。

第二次是：

好几年之后，有一个周末，我和杰克坐在他家的客厅里，因为，我俩都不走运，都没能在电话里把各自心仪的女孩约出来——我们想约的女孩告诉我们，她们已经有约了，而且言辞之中明显没有什么遗憾——杰克的姐姐海伦(她就是当年重新阐释查克·贝里和“把硬币直接投到投币口里”那句歌词的人)下楼来,看到我们坐在那儿,满脸的阴郁和沮丧,压根没有问我们,就已经推断出事情的原委,她问:“怎么了,伙计们,被小妞拒绝了?”语气中既有欢快,也有温和的嘲骂。

她的措词太到位了,我们就是介于心情恶劣和顺从接受之间——对,那些小妞确实拒绝了我们,而且通过多种方式拒绝了我们。

还有一次电话是:

跟前一次时间差不多——也是在我们年轻的时候,那时,我们会使尽浑身解数让女孩不要挂断我们的电话,不管是真正的挂断,还是象征性的挂断——我们发明了一个方法来减轻可能感受到的刺痛。如果我俩中有谁想约某个女孩出去,就会把女孩的名字告诉另外一个。然后杰克会打电话给我想约的女孩,告诉对方他就是我,并且约那个女孩出来;我也会打电话给他想约的女孩,称自己就是杰克,并且约她出来。尽管遭到小妞拒绝的可能没有消除,甚至都没有变小。但是,这样我们就不觉得太关乎个人了。即使她拒绝了,拒绝的也是另外一个家伙——那个声称是另外一个家伙的人。

现在,我们每天都通电话,而且经常不止一次;那么多年以来,我们都已经太习惯于互通电话了,所以,现在都很难想起,什么时候我们对通电话感到那么新鲜,什么时候互通电话充满着戏剧色彩。现在,我们虽然不明说每天电话交流背后所包含的戏剧色彩,但是那必然属于不同的类型。

查克已经学会使用电脑的即时信息功能了,而且也学会了怎样可以知道我在家有没有登录电脑(如果我知道怎样可以阻止这条信息发送出来的话,我一定会阻止的),而且每次我一登录,他就喜欢来招惹我。

这也是他的“谁是杰克最好的朋友”恶作剧的一部分,我一回到芝加哥,他就开始变本加厉了。

比如，我正在电脑旁工作，突然屏幕上出现一条即时消息，查克写道：“杰克不想见到你。”

我啪地按一下鼠标，把他的即时信息删除，接着，又一条出现了：“他特别交待，他不想见到你。”

我删掉那一条后，他立刻又发来一条新的：“为什么你还要到这里来？”

因为是在网上交流，我们看不到对方的脸，也听不到对方的声音。但是，从在艾伦的蓝色福特轿车里度过的那些夏天一直到现在，我们之间的玩笑总是为了达到同样的目的，隔着数里开开玩笑也一样是为了隐藏我们的感受——假装什么都没有感受到，因为这似乎是最好的选择。

所以查克现在才老这么恶作剧，我知道，我们从来不会说起，杰克自己经受的痛苦会让他多么痛苦，我们也不会说起，这一切正在如何撕扯着他的心。这就是查克；这个家伙依然希望，全世界都认为他不会受任何事情的影响，一天早上，我们在网上你来我往地发即时信息，但是并没有聊什么特别的东西——这天他没有出拳攻击，只是在新一天的早晨发一些问候的话罢了——然后，他发消息说：

“我现在得下了。我得开车送杰克去做脑部射线治疗。”

这些天查克一直在做这些事情。他会开车送杰克去市里的医院接受射线治疗或者化疗，把他扶进医院，然后等他，然后再将他送回家。他这个样子告诉我，似乎这只是他日常事务中若无其事、轻松简单的一部分，而不是在承担什么近乎神圣的职责。不管怎样，他在热心做的事情让我很感动，感动得很想鞠上一躬以示钦佩。

我第一次从事新闻工作的那个夏天——我在高中三年级结束后、四年级开始前，曾经在《哥伦布市民报》做过一名送稿生——我上晚班，职责就是整理每天晚上发生的紧急事件和火灾。

这是一项基本工作:打电话给所有当地和周边的消防署和警察部门。问他们什么时间、因为什么原因出动了救护车和消防车,然后用打字机把它们全打出来,并送到编辑的办公桌上。时间、地点和救助对象的姓名——现在这个时代已经通过了隐私保护法,所以,大家都学会适当谨慎地对待这些具体细节和信息,因此,再也不可能那么轻率地发表这些了。

那时,我打电话给警察和调度员,然后把信息打出来,这些信息会用小小的七号铅字印在次日的晨报上。

杰克也想上报纸。他告诉我,他真的很想上报纸。

因此,一天晚上——现在,不管你做这种事情时有多么好、多么无可争辩的理由,只要这么做了,那人就会被拉到小镇新闻工作者的道德规范广场上,并被绑在火刑柱上活活烧死——我真的这么做了。受到杰克的煽动,我真的在打字机上打出了下面的一则消息,并且把它夹在当天的其他紧急事件中间:

下午二点十七分,贝克斯利镇的阿德莫尔南路二百二十八号杰克·罗思,十七岁,被斩首,经医治已出院。

第二天早上它真的见报了。从开始做这件事起,我就一直感到忐忑不安,一整夜没合眼。我本来认为这只是一次毫无恶意的恶作剧,可是到了黎明时,我感到自己犯了严重的判断错误——就像当年偷了一瓶一百五十一度的朗姆酒一样,不过,这次市民报的印刷新闻把我的犯规证据四处散播,扔到了俄亥俄中部地区的无数个门前台阶上。我等着惩罚降临,我想,来惩罚我的一定是那个从来快乐不起来的比尔·穆尔(他是市里的编辑,每天,我都跑到布罗德街与海伊路岔口上的格雷烟草店去帮他买三十五美分一包的云雀牌香烟)。

不过惩罚从来没有降临。杰克的一位姨妈读到那则紧急事件报道,烦乱地都快昏过去了，但是除了她，根本没有人注意过这则报道，所以我才没受到惩罚。那只是一个玩笑——杰克认为，说他被斩首很有趣。那是那个夏天开的一个大玩笑。

“我今天去参加野餐了，我一直都参加。”他说。

我感觉有点不对劲。他第一句话还没有说完，我就已经听出来了。

他说，那个社团每年都会组织一次野餐。他一直都在为一年一度的野餐活动出力，他说：这种事情他很喜欢。

“我去了野餐地点，给每个人准备热狗，”他说，“通常这都是我的工作。”

“野餐到底进行得怎么样？”我问。到现在为止，电话那头传来的细节还是不能解释他语气中的无力。

“野餐搞得很好，”他说，“然后，一批人要在马克·马瑟家集合，贾尼丝开车把我送到那里。”

“但是，我却突然哭了起来……”

他的声音越来越小，我可以断定，此刻他一定正在努力让自己不要哭。

“事情就这么发生了……”他说，已经控制不了自己，哭了。我坐在电话这头，等着。

“之前也发生过几次，而我甚至不知道眼泪是什么时候来的，”他说，“而且，我根本控制不住自己。”

“你回忆一下，是不是因为什么特别的事情？”我说。

“我每年都可以看到那些人，我也很期待这个活动，但是，一想到……”

他说不下去了。

我等着，然后说：“想到明年的情形？”

我知道，数百英里之外的他一定正在点头。

又过了几秒钟，他才开口继续说：

“当时我想，明年我肯定也很希望看到那些人，但是我也许看不到了。”他说。

我们坐在电话线的两端，谁也没有挂断。

他第一次去俄亥俄大学时，还带上了我——之前，他的父亲告诉他，公立大学才是他最好的选择，所以，他申请了，并被录取了，后来收到了一封邮件，知道自己被安排在了哪间宿舍。

那是在秋学期开始前的那个夏天；学校邀请被录取的大一新生花一天时间去认认方向，在他们的宿舍里过上一夜。杰克的父亲给他买了一辆二手车——一辆小小的绿色跑车，记不清是凯旋还是名爵。欧文·罗思不像是愿意让杰克开速度那么快的车的父亲，但是我想，他可能也有一种放手的感觉——杰克很快就要离家去上大学，今后得完全靠自己了——他的父亲同意了。我们一起来到梅因大街上的一家二手车经销处，站在那片碎石铺就的二手车交易场里，我记得，杰克的父亲问推销员，那辆车有没有翻车保护杆；我没有吭声，但是感到非常惊讶，罗思先生竟然知道问这样的问题；只有在报道高速汽车赛车道和赛车的情况的杂志上才会出现“翻车保护杆”这样的术语，但是，显然罗思先生已经研读过这些杂志，而且他想确定一下，开这样的车时，杰克的安全有没有保障。

所以我们开着那辆小跑车踏上了去俄亥俄大学的路；我们在三十三号公路上飕飕往南飞驰。那周正好甲壳虫乐队推出了一首新歌：《我有点沮丧》，歌中，麦卡特尼用调子很高的假声在领唱。我们一边闲聊，一边查看地图，以确保我们走对了去雅典市的路，不过，这真的没有必要，因为只要沿着三十三号公路笔直往前开就行了。我们是第一次听麦卡特尼唱那首歌——那段时间，甲壳虫乐队频繁地推出单曲唱片，所以听众很难跟得上潮流——车内收音机里不断传来他跳动的声音：“……你没有哭，因为你在笑话我……”我们沿途经过小镇、小农场和长满树的小村庄；虽然我们坐在车里，虽然我们还没有开到杰克的学校，但是我们已经感觉到一切都在改变。

我们到那儿的时候，宿舍多半还是空的。杰克找到了分给他的那间；房间里有一张双层床，床上有床垫，我们把带来的手提箱扔到床上，就出去勘察校园了。我已经记不太清楚我们是怎么在那里度过一天半时间的了；我只记得那个镇上有一家小酒吧，记不清店名是叫“星光”，还是“星火”，还是其他什么名字；那间酒吧没有问我们要身份证就卖啤酒给我们了，这本来肯定会让我感到兴奋不已，但是当时却没有；杰克来核实他的大学校园，我只是随车跟来的罢了。我的心情有点阴郁。

那天晚上，我们就睡在床垫上——我们忘了带床单或者毯子——第二天，报了名，领了东西，把它们装进手提箱里。之后，杰克坐进了那辆跑车的驾驶座，而我坐进乘客座，然后，我们沿着三十三号公路往北开。虽然路还是前一天我们来时走过的路，但是，感觉已经不一样了。我们现在还在一起，但是我们知道就快结束了，无论如何，我们在一起的时光似乎就快结束了。我们不知道过去一起经历的生活会变成什么样子，我们的友谊会变成什么样子；他将要去一个地方，而我得去另外一个地方。回贝克斯利的路上，收音机一直开着，我记得，我们谁也没有说什么。

“我这儿的风景很好。”

他正在向我描绘他在化疗时看到的景色。其实，他肯定是在竭力让我以为，化疗过程中还是有些开心事的。

“每次我都坐在同一张椅子上，这椅子很舒服，”他说，“我正好坐在一扇朝着市区的大窗子前，可以看到街道上的树……我喜欢窗外的风景。那多少让人感到轻松。”

他总是会给我讲化疗过程的细节部署——在若干个小时内，一定量的化学药品会滴进他胳膊里，并以一种精确的速度进入体内；他可以听音乐，也可以看电视；整个过程不会感觉痛，时间过得也比他预期得要快。

他会告诉我去洗手间的程序，也会说其他化疗病人的模样，不过每次说到这里，他总是会回转话题，描述一下风景："我喜欢看外面的树。"他总是这么说。

"是不是感觉很单调无聊？"我总是会问。

"哪里，它让我有时间考虑一些事情，"他说，"因此，在这儿，我觉得我完成了一些事情。我没有真的感到无聊过。"

他说，贾尼丝和查克会一直等他，等他化疗结束后带他回家。"那时，药物才开始生效——一到家，我就会真的觉得累，而且感到恶心。"

但是，他说他真的很喜欢医院外的风景，他说："只要想想其他医院的情形，我就觉得，我坐的地方真不错。"

我不知道这是不是他的真实想法；我感觉，他这么说，无非是希望，我不会因为他正经受的痛苦而感到忧心。

"你可以看看 DVD。"他说，这就是我了解的他，即使在这样的境遇下，还是那么的好心。

还得提一点：

也许这算不了什么，但是五十多年以来，无论什么时候，只要我在电话里听到他的声音，或者他在电话里听到我的声音——只要听到第一句话，无论那是"你好"，还是"一切还好吗？"，或者是"嗨"……

无论什么时候，只要电话铃响，只要我俩中的一个拿起听筒，听到对方的声音，我们从来不用说我们是谁，或者问对方是谁。一次也没有。

这种情形只存在于最要好的朋友之间；一生中，上百甚至上千个人在你的世界里进进出出，商业伙伴和同事会变，你会从一个城市挪到另一个城市，开始一份新的工作，进入一个新的社会圈。你的耳际充斥着杂七杂八的说话声，这么多的声音交迭在一起，都在争取能够引起某个人一辈子的关注。

成千上万种声音。然而，事情就这样发生了：

半个世纪过去了，数百英里之外传来一声“你好”。但是你从来不需要多问。

你知道的。

你一直都知道。

十二

我再次回哥伦布之前，杰克给我打了一次电话，这次电话的重要意义我当时没能立即理解。

他打电话来时，我肯定还在外面；因为他留了一条电话留言，只有两句话：

“格林，我有个问题要请教你。记得给我回电话。”

我想那肯定是个无足轻重的问题——可能只是一直以来，我们用来连续追问对方的那种问题。比如，某首晦涩的歌是哪位红极一时的歌手唱的，歌名是什么（答案是，歌手是博比·詹姆森，歌名叫《我很寂寞》，有好几个月，这个歌手成了克利夫兰强档电台、费城 KYW 电台的音乐节目主持人杰里·G 的最爱，他的歌经常一播就是一个小时）；或者是只播放了一季的电视剧是什么，是哪个演员主演的（答案是：尼克·亚当斯主演的，剧名叫《圣人和罪人》，拍的内容和报业有关）。那些问题都是用来娱乐对方的。

我当时就该想到，这次的问题会不一样。“格林，我有个问题要请教你。”这句话里有一种急迫感。

在你的一生中，少数很了解你的人知道，有些时候，什么都不说比说什么都好，有的时候，需要做的事情就是陪你坐着——要么在同一个房间里陪你坐着，要么在电话线的另一头陪你坐着。只要在那儿就够了。

那些人——无论你在交友方面多么幸运，一生中最多也只会碰到几个——会在你身边，陪你度过人生中最落寞的时光。当你觉得难以承受这个世界给你的打击时，那些朋友会默默地陪着你，而他们的陪伴就是你的全部，也是你唯一在意的东西。

那时候，我的人生处于一个痛苦的关口，偏偏妻子又过世了，我感觉自己麻木得像是死了一样。妻子咽气后的那几个小时里，我和孩子们压根不知道下一步该怎么办，我们该怎样熬过一个又一个小时；我们也很努力地在想，可是一切努力都是徒劳；那时候，电话铃肯定一直在响，但是我一点也不记得了。

第二天早晨——有那么些早晨，你醒来，眨眨眼睛，准备迎接新的一天，突然，悲从中来，下一秒，你重新意识到发生了什么，接着，感觉有块巨石把你压在地上，石头那么重，你真怕自己永远站不起来了——电话铃响了，是杰克打来的。

我不想听到任何声音——甚至包括他的声音。我只想把自己淹没在黑暗里。

我知道他可能会问我有什么需要帮助的。但是，我当时却不知道，他已经在帮忙了。

“我在芝加哥。”他说。

我误会他的意思了；我以为，他是问我，他需不需要到芝加哥来一趟。我打算谢谢他，但是告诉他，没有必要那么做。

可情况不是那样的。

“我坐了今天早上的第一班飞机。”他说。他已经听说了我家里发生的事；他事先没有打电话，也没有接到邀请，就订了飞往芝加哥的机票，现在飞机已经降落，他已经在芝加哥了。

“我知道你可能不想见任何人，”他说，“没关系。我已经登记入住了一家酒店，我会一直坐在房间里，以防你有什么事情需要我帮忙。我可以帮你做任何事情，当然，也可以什么都不做。只要你需要帮助，我都在。”

他说到做到。他知道，他能为我做的最好的事情就是陪我待在同一座小镇上，在我需要帮助时，随时准备出现。同时，还告诉我不用勉强，不用去考虑他的到来。他说，他会一直在那里。哪里也不去。

他真的就坐在那里——我想，他会看看电视，或者做点其他事情，但是他就一直在酒店等着，一直等到我有勇气开口说，我需要他的帮助。头几天，我只让他帮我做了一件事，这事换了别人，肯定不会委托他们做——你要多么信任一个人，才会让他帮你把妻子的死亡证明书送到该送的地方去呢？——大部分时间，他只是陪我坐着；他知道，我不需要交谈，不欢迎闲聊，除了需要知道他在哪里之外，什么也不想知道。他给孩子们带了吃的；和我一起分担沉默，帮我度过了那些痛苦的日子。

所以，如今在收到他的电话留言时——“格林，我有个问题要请教你。记得给我回电话。”——我就应该想到，那可能会是一件重要的事情。“记得给我回电话。”听到那句话我就该想到才是。

“你母亲知道怎样雇请长期看护吗？”

这就是他想问我的问题；这就是他打电话来的原因。

这是一件很基本的事情，也是他很快就得安排的事情，只是他不知道怎么进行罢了。他的病情会加重——他也知道这一点是毋庸置疑的；可能过不多久，他和贾尼丝就无法应对会发生的所有医疗紧急事件了。但是，他不知道找看护应该从哪里开始。

他也没幻想过我会清楚这件事——我甚至对类似的最基本的事情都很迟钝。我都不知道怎样填写保险单。而且除非真的需要，否则你根本不会关注长期看护这件事。因此，他才会问我的母亲能不能帮他。

他开口跟我说这些话一定很难吧！我们一生以来曾经讨论过的只有汽水、体育队、电影和奶昔，可是，现在，他却不得不问我，等他自己不能照顾自己时，怎样才能确保找到看护，可以想象，说这样的话是多么让他为难！

他不知道该怎么办。我也不知道该怎么做。

但是他知道，我认识某个无所不知的人。

我母亲是我碰到的最能干的人。

她的一生都忙于扮演好妻子和好母亲，忙于照顾弟弟、妹妹和我，不过，如果当初她决定做生意，我敢肯定，在商场上，无论她想升到多高，她一定可以做到。她那个时代，只要夫妻俩能负担得起，已婚女性通常会待在家里、抚养孩子；她也选择这样做，而且满怀着爱心和大智慧。她还担任了许多市民团体（这些团体都是本着自愿的原则组建的）的领导职务，而且领导起来，活脱一个很有经验的执行总裁(CEO)。她还是一名很不错的作家；尽管她一生的大部分时间都是在给家人写东西，但是，一过完八十岁生日，丈夫就死了，她成了一位寡妇，然而，这也是六十年以来，她第一次有了独处的时间。她写了一本书，那本书被《纽约时报》列进了持续畅销书榜单中，接着又出版了第二本。长期以来，我一直认为，没有什么事情是她办不到的。

十五岁之后的杰克一定也时常很想和母亲分享幸福、悲痛和艰辛，但是，那时候，他的母亲就已经不在了。高中毕业、大学毕业、获得荣誉、取得成功、结婚、生孩子——每次碰到那样的大事，我们其他人都会本能地做一些事情，那就是向母亲求助，但是，杰克却学会了将这些本能埋在心里。二三十岁时，我们其他人经常会拿起电话，告诉母亲生意上的好消息，或者遇到挫折时的悲伤心情，或者当一切都很好、很稳定时，只是想听听母亲的声音，并再次确信，这才是最重要的东西。那时候，这些母亲依然都在……杰克却给不了自己这些。他想听听母亲声音、问问母亲意见的时候，他知道他办不到。在人生如此重大的境遇里，杰克却那么的孤单。

他愉悦的情绪——他善良的本质——偶尔会遮掩住另外一种内在品质：受到内心驱策的自信，这份自信的产生不是由于自视甚高，而是因为迫不得已。他母亲先去世了，后来，父亲也过世了，从那之后，杰克知道，他就剩下自己了——假使他不能应对生活，那么他都无处可以求助。他相信自己最终一定能够成功，因为除了相信自己之外，他没有其他选择。他只能听到自己鼓励自己继续前进的声音。生命中最早遇到的两个声音——父母的声音，最重要的声音——已经都不在了。

因此，当他问我，我母亲是否知道怎么才可以雇请到长期看护时，我感觉四周弥漫着一种凄凉。他之所以会向我母亲求助，是因为他已经认识我母亲五十年了，而且他也知道，一旦她认为需要做的事情很重要，或者她很在意，她可以多么精明、多么坚决、多么坚持。而且他也知道，他对她来说是很重要的——杰克才五岁时，我母亲就开始在意他了。他也知道，除非她已经了解清楚看护工作的每个细节和每个规定，已经知道该采取哪些谨慎的步骤、该避免哪些雷区，否则她是不会罢休的。他也知道他找不到更值得信赖的人了。

整件事情的描述我用了不到一句话。

我向母亲解释，杰克打电话来，问她能否帮忙，才刚说了十二个字，她就打断了我。

“我已经知道该给谁打电话了，”她说，“首先，你得问一下杰克和贾尼丝，他们投了哪种保险。”

她已经八十五岁了。但听起来就像一位刚毕业的大学生，找到了一份重要工作，这是上班的第一天——她的声音中包含着那种成功的决心和自信。

我告诉她，我会向他们转达她的问题的。她说，她已经有主意了，但是得打几通电话，而且想立刻就办。她让我告诉杰克，不用担心。

这件事发生在二十一世纪，要知道，杰克和我以前一直都认为，到了二十一世纪，我们就会什么事情都清楚明白了。

我们生于一九四七年。从童年时代起，我们偶尔会花很长时间去猜测一下世纪之交时我们会是什么样子——我们会做什么工作，会和谁结婚，会住在哪里，会有哪些朋友。我们明确知道一件事情：我们知道届时我们就五十三岁了（从一九九九年跨进二〇〇〇年时，我们五十二岁；新世纪的第一个三月底，我们就五十三岁了）。

我们总是难以定夺哪件事更深不可测：是二十一世纪的生活方式，还是五十三岁的概念呢。也许五十三岁的概念更深不可测；我们对于二〇〇〇年的基本生活情况有个大概的理解：可以让机器人帮我们打扫屋子，可以坐私人气垫船去上班，可以不用吃饭，只要将冷冻干燥后的牛排土豆药丸放进嘴里，咽下去就可以了，还可以去火星上度假。我们看过《大众科学》，知道美国人的生活将会是什么样子。

但是，五十三岁是一个更难想象的概念。只有一件事情可以确定：我们肯定已经知道了很多事情。到了五十三岁时，我们会拥有各种各样的答案。只要你活过那么大把年纪，你将再也没有什么弄不清楚的事情了。

我们十一二岁时，总是跑到布罗德街上去坐公交车，从贝克斯利镇一直坐到哥伦布市的市区；那样的日子里，我们通常会花一点时间，从俄亥俄州的州府向东步行一街区，一直走到市里的布罗德街和第三大街相接的拐角处。我们站在哥伦布电讯总部大楼前，抬头看着楼顶上那块巨大的电子广告牌；橘黄色的霓虹灯上刻着古老的英语，广告牌上显示：“俄亥俄本地最棒的报纸”。在我们眼里，那栋大楼就是世界上所有知识的源泉和威力无比的事实浸泡盆；我俩站在街角处，站在广告牌的正下方，凝视着耀眼的广告牌，我们想，我们只是两个孩子，对世事一无所知，而大楼里的工作人员一定什么都知道。

我们相信，有一天我们也会那样；等到世纪之交的时候，等到我们五十三岁的时候，我们就会彻底明白这一切。当然，七年之后的夏天，我真的走进了那栋电讯大楼，尽管我很喜欢那份送稿生的工作，但是，我不是给俄亥俄本地最棒的报纸工作，而是给《哥伦布市民报》工作，这家报纸规模较小，也不太景气，但是它可以分享哥伦布电讯大楼的办公空间，也可以享用它的印刷机，因为，哥伦布电讯总部已经和联邦政府签订了一份联合运作协议，要保护《哥伦布市民报》这样的报纸，不让它倒闭和消失(事实上，联合运作协议期满后，该报纸立马在一九八五年消失了)；当我真的走进那栋电讯大楼，走进我们伟大的星球提供的智慧宝库和打上期限的信息仓库时，我都做了什么？我把杰克的名字写在了紧急事件报道栏里，报道说他的头被割了，而事实并非如此。

二〇〇〇年终于来到了——随之而来的不是牛排药丸和气垫船，而是紧张不安；每个人都在担心，个人电脑(个人电脑！为什么《大众科学》没告诉我们这事呢?)会因为编码不正确而在半夜崩溃，结果证明，这些紧张不安一点好处也没有……

二〇〇〇年真的到来时，杰克和我，也许全世界所有其他的人，都发现，我们一直以来没想到一件事——那就是，新世纪到来了，而我们终究还不是什么都知道。我们依然感觉，自己尽管不是什么都不知道，但是知道的也不够多。以前我们认为到了那个时间，我们就会找到所有的答案，但是，那一天真正到来时，我们才发现，我们大部分时间发现的是问题。而且问题比以前还多。

杰克总是会本能地理解和接受新发明。虽然，日常生活中充满着机器和产品，但是对于它们的变化我总是接受得很慢。那些机器和产品在我看来都没有什么用处，更不消说那些改进了。我们三四十岁时，杰克总是属于第一批试用新产品的人——然后总是想尽各种办法来说服我。

他买了一台最早的CD播放机，还向我展示了一张压缩光盘，而我却问他："那声音从哪儿来的？"他解释说，音乐从CD上释放出来的原理和以前聚乙烯唱片的原理一样奇妙。他说，这就是将来的发展趋势。

"唱片有的功能，CD都有，但是，它的音质更好。"他说。

"你怎么从一首歌换到另一首呢？"我问。

"相信我，那很简单。"他说。

"但是如果你想听一首歌的中间部分呢？"我说，"使用唱片时，你只需要把唱机针放到一首歌中间的凹槽处就可以了。"

"首先，你又有多少次会真的那么做呢？"他说，"第二，就算你想，在CD上也能操作。相信我，你会习惯它的。"

对于自动取款机也是一样。有一天，银行关门后，他突然需要取点钱，于是，我们就开车去了梅因大街上的一家分行。他把卡插进一台第一代自动出纳机，我问："你在做什么？"

他给我演示了操作过程。在我看来，银行就应该像我们第一次走进去的那家那样：大理石地面，安静的环境，谨慎小心的出纳员在你的银行存折上写上数字。"你怎么知道他们会在你的账户上正确地扣除金额呢？"我问，那时，自动出纳机的金属大嘴巴已经吐出了他提取的现金。"如果你取了五十美元，他们说你取了五百美元，那该怎么办呢？"

"不会的，"他说，"这和原来一样精确，但是比原来方便多了，而且你可以一天二十四小时使用。"

"如果你根本没把钱取光，但是他们硬说你取光了，那该怎么办呢？"我说。

"银行开设'得来速'出纳窗时，你也是如此担心，"他说，"你会习惯的。相信我。”

大多数时候我们这么做只是装装样子;我对新技术没有表现得那么担忧。但是我的怀疑比他多得多,而且在教给我方法时,他也显得很兴奋。不管是录像机还是电子邮件还是手机,他注册使用的时间总是比我早几个月甚至几年,而且,他还总是笑话我,说我不愿意下水。

他经常因公出差,这些时候,他会告诉我,通过网上预定服务可以获得很大的折扣——他很喜欢早先的那种方式,在你和电脑谈妥价格和地区之前,对方不会通知你确切的住宿地点。“真是太惊人了,”他告诉我,“没想到房间会那么便宜。”

“但是,如果你到了那里,他们却从来没听说过你,那该怎么办呢?”

“他们明明听说过啊。”他说。

“如果他们没听说过呢?”我说。“你从另外一个城市飞过来,他们压根没听说过你,而且也没有空余的房间,那该如何是好呢?”

“你很快也会这么做的,”他说,“相信我。你会习惯的。”

我总是会相信他。而且大多数事情我都能够习惯。

但是,这件事不会。我不会习惯我们现在正在经历的事情。

长期以来,他总是会给我意见。然而,有一次,大概就在我们五十岁之前,或者我们刚过五十的时候,他居然征求过我的意见。

他碰到了一些经济困难。当时,虽然不是他本人造成的,但是他在经济上确实正处于窘境,而且迫切需要走出来。

“你觉得我应该找查克帮忙吗?”他问我。

这是一个复杂而痛苦的决定,他一定挣扎了好久。承认一个朋友和你经济状况悬殊已经够难为人的了——更糟糕的是,这个朋友不是最近才出现的,而是你有生以来都很亲密的朋友。

更糟糕的是:那个老朋友还是你的连襟。你们娶了一对双胞胎姐妹。

"我真的不想向他开口，"杰克说，"但是我又想不到其他的路子。"

不说开口求助会让人感觉多么困窘，他还担心，那种恳求会多少改变他和查克的关系，尽管这种改变很微妙，但是却很重要。而那才是最糟糕的。

"我们一生中已经相处了那么久，现在很难想象，我们对彼此的感情会发生改变。"我说。

"我明白，"他说，"但是我不喜欢这种局面。"

"我想你应该这么做。"我说。

我从来没问，他是不是请查克帮忙了；我想，如果他想告诉我，他会说的。现在他让我帮他打听雇请看护的事情，所以我才想起这件事。而且，我也了解，他这个人很少请别人帮忙——他引以为豪的事情就是，自己独立解决所有的问题，独自克服所有的障碍——所以，他每次一开口求助就显得特别突兀。就好像警报响起了一样。

他在寻求帮助时十分犹豫，但是，似乎并没有什么理由。我想象不出谁会拒绝帮他。

在学校里，整栋教学楼里的学生都不停地在想各种可能的捷径来逃脱考试，用甜言蜜语来骗取各种帮助——向上一节课考过的朋友打听试卷上到底考了什么问题，为了完成化学课的家庭作业，彼此抄抄实验报告——可没有哪位老师怀疑杰克·罗思会试图蒙混他们，原因很简单，他不会这么做，而老师们也知道他不会这么做。

别人的父母总是很喜欢他——这可是件极其稀罕的事。在我家，父亲总是死守着他的原则，对我的大多数朋友随时会表示不屑。蒂姆·格雷纳这个小伙子和我也认识了很长时间，有一次，大学放假，他回到小镇，留了一撮保守但修剪得很整齐的新胡子，从那天起，我父亲就总是很鄙视地叫他"小胡子"。有一天，父亲和母亲去参加鸡尾酒会，去了很长时间，回来后，父亲居然挥拳打了查克。我想，那是因为父亲一直以来就不喜欢查克，原因有二：(一)当大人走进房间时，经常不站起来；(二)长了“大牙”。在这个特别的夜晚，他显然想把这些牙打掉。(他没打中。也许他是故意失手的。那是一个不寻常的夜晚。)

我母亲和杰克谈了谈，又和贾尼丝聊了聊，她和一些中介联系上了，她还和一些朋友(他们家里的看护已经雇请了相当长的时间)商量。她找到了杰克希望找的信息；她给出了一些建议，还提出让她做中间人，并且说，她还会经常随访。简而言之，她完成得相当出色，而且速度相当快。

母亲向我“汇报工作”时，提到了一件事，让我的心咯噔了一下。这件事我应该了解，但是我想，我从来没允许自己思考过。

她给我解释了她调查过的各种各样的“家庭健康保健”选项——“家庭健康保健”，这样的措词真的很冷漠——然后她说：

“不过可以肯定的是，在这之后，他就需要临终关怀服务了。”

“临终关怀服务？”我问，“他没说他需要找临终关怀服务。”杰克还可以四处走，还在接受朋友的探访，他还说只要负责射线治疗和化疗的医生允许，他打算再开车呢——他只是想为以后的日子找一个家庭帮手。临终关怀服务是为那些生命快结束的人准备的——在我自己的父亲去世前的几个月，我知道临终关怀服务是为了帮人们死得体面些。

“那不是他要你帮的忙，妈妈，”我说，“他不需要临终关怀服务。”

“他很快就会需要的。”她温柔地说。

然而，这位女士的话通常是不会错的。

十三

我告诉杰克我几点钟可以到哥伦布市，杰克打算去机场接我。但是我谢绝了；我说，我先到酒店登记，然后自己去他家。

他同意了，但是说晚上他要开车带我去吃饭。

这让我对他的病情感到纳闷。就像他曾经宣称的那样，他又开始开车了，而且也可以出去吃饭了。但是他刚做了一次 CAT 扫描，来看一看射线治疗和化疗的效果。结果不是很好；这些治疗没能阻止病情的恶化，至少没能向医生希望的那样。

“去托普，你意下如何？”我从芝加哥打电话给他时，他这样问我。

我说，托普是个不错的去处。现在最好还是讨论讨论去哪家饭馆之类的事情吧……那也是他现在想谈的内容吧。至于其他的事情，晚点有的是时间聊。

候机者的目光大都浮泛而游移。

我一边从进站口往行李认领处走，一边注意到这种情况。好像哪里都一样；航空旅行曾经一度笼罩着一种神秘感——在过去的五十年中，那种若有若无的优雅感还是设法留住了——但是现在，神秘感已经没有了，也许就从此消失了。现在，机场修建得再新、再昂贵，在本质上似乎也就相当于灰狗长途汽车站，只是这里有政府安排的保安。但是，早在很久之前，航空旅行特有的眩晕感觉就已经变成了冷酷而机械的功能。许多人认为，航空旅行不是什么大事，而是一件麻烦事；全国候机楼里都可以看到那些心烦意乱的眼睛，眼睛的主人非常疲惫，因为，他们心里都在渴望赶紧抵达下一站。

我的眼睛也一样。我匆匆穿过哥伦布机场，希望尽快赶到杰克家。曾经有一段时间，杰克和我经常来这里嬉戏。嬉戏——在机场里嬉戏。

人们——任何人，不光是手持机票的乘客——过去可以站在原哥伦布机场的屋顶上，眺望几十英尺外，飞机从登机口先滑行出来，然后再起飞；或者眺望那些从遥远的城市飞来的飞机，如何降落，如何停在机场大楼前让乘客下机。保安？根本就没有。你可以在整个机场闲逛漫游，谁也不会过问；你可以站在屋顶的露天观察平台上，清晰地观摩所有的飞机，而且没有人会觉得这有什么超乎寻常的。

我们就一直这样做。这也是在哥伦布市消磨时间的一种方式——仔细地注视着环球航空公司和东方航空公司的飞机进进出出。有一位母亲(她的几个孩子都在我们学校念书)——她的名字叫杰丽·莫克——决定要成为第一个独自驾飞机环游地球的女性，并且将哥伦布机场作为她的起点和终点。我们跑出来看她的飞机降落；我记得，第二天报纸的头条描述她是“勇气十足的女飞行员”。当年，巴里·戈德华特在和林顿·约翰逊角逐总统之位时，哥伦布也是他竞选活动中的一站，而我们也跑去看了。我们的行为跟政治无关——我们当时还没有政治概念。我们只是感觉，哥伦布机场将我们和更广阔的世界联系了起来。我们目睹了戈德华特参议员和杰丽·莫克的飞机慢慢向机场靠近，一开始只是远处的一个小斑点，走近些，才发现真是一架飞机，然后再降落……这让我们觉得，有一天我们也可以去那里，也可以走出哥伦布市的边界。

在建造州际公路之前，我们那儿还有一条 3C 公路，无可置疑，这条路也可以通到镇外，但是，它似乎总是不够雄壮。也许这跟它的名字有关。3C 公路连接着克利夫兰、哥伦布和辛辛那提三个城市，由南向北穿过许多小镇，一路上有许多十字路口和交通指示灯，但是没有出口坡；对于渴望感受世界无限的孩子而言，克利夫兰和辛辛那提完全不能让他们的心全速跳动。

有一次，我有点烦乱不宁，我问杰克想不想和我一起步行走到市区。

“从贝克斯利吗？”他问。

我说，是的；我想步行走到哥伦布市中心，然后再走回来。我预计，单程需要花上一个小时，也可能两个小时。

“你疯了。”他说。大家不是步行去市里的；他们要么开车，要么坐公交车。那太远了，还得过阿勒姆河，而且，虽然一路上没有真正危险的街区，但是，这样的事情谁也没有做过。

“我就是想这么做。”我说，但是他拒绝了，所以我说我自己走着去。

我主要是想做些不一样的事情。我渴望换一种方式去看事情，用一种不同于生命中其他日子看事情的方式去看世界。我走到市里，然后又走回来；走到我家前门时，发现母亲正在等我，声音里充满了焦虑。

“你去哪里了？”她问；我还没来得及告诉她，她又说：

“阿尔叔叔打电话来，说他看到了一件最奇怪的事情。他说他今天从市里的布罗德街开车回家，走到一半，看到你在人行道上走呢。”

“确实是我。”我说。

“你为什么会在那个街区呢？”她问。

“我只是经过而已，”我说，“我步行去了市里，又步行回来了。”

“你说什么？”她说。

我只是想随便看一看；我只是想做一件新鲜事。

哥伦布机场内，有众多注意力分散的眼睛，其中也包括我的那双；我乘电梯到了行李认领处。在黑暗中，我依然能找到路。

到了杰克家，杰克满脸笑容地迎接我，我立马发现他瘦了许多。我没跟他提这件事，因为，我知道他最不愿意提这件事，也没必要听我唠叨这个情况。这肯定不是什么突然的消息；他一定早已意识到自己体重的变化了。

我跟着他进了客厅。这栋房子让他感到非常自豪。在贝克斯利，人们通常根据一个人居住的区域来大致划分他的身份；梅因大街以南，房子最便宜，一些家庭通常刚开始时会搬来这里，其中，有一些家庭可能一直都不太成功，那么他们就得一直住在这里；梅因大街以北、布罗德街以南属于镇上中等收入家庭居住的地区，也是我和杰克童年时居住的地区；布罗德街以北的地方是为那些真正成功过的人士准备的。这个公式不是很精确；偶尔也会有一些不合规则的。但是就像其他的描述一样，"梅因大街以南"确有它特定的含义；这是每个人都能理解的一种简略的表达方式。

"这地方不错，"我对他说。这个家确实不错。硬木地板、隐约闪光的厨房和后院使他的家确实让人想住上许多许多年；杰克盖这栋房子时就是这么想的。

"我还记得，我们结婚后住的第一栋房子，"他告诉我，"我家的某个亲戚对我说：'你看着吧——你的下一栋房子一定在梅因大街以北。'"那个人说得对；不过一路上他也碰到过一些障碍，也曾经住在贝克斯利的中间地带，就住在他曾经生活过的地方。这个地区曾经是杰克父亲的奋斗目标，也曾经是杰克的奋斗目标，但是后来他却住到了这里。

"最棒的是你自己盖了这栋房子。"我说。

当然不是他自己动手盖的。但是，先是他挣够了钱，然后房子才拔地而起的，正因为这样，他自己和家人才得以永远避免"老伍德拉夫房子"综合症。这座镇子这么小，所以大家相互之间都很了解；如果你买了一栋现成的房子，那么很有可能，好几代的人都不会说那是你的房子，而会说出以前住在那里的人的名字。你住的是老伍德拉夫的房子，或者是老莫耐特的房子，或者老霍夫海诺的房子。虽然这会给你一种社区感，是的，但是，这也有点褊狭、有点与世隔离的感觉。你好像永远都不是自己。

杰克住在梅因大街以南时，曾经离开过小镇，我一直认为，这其中有房子的原因，另外，还有一种说不出的不情愿：杰克不愿意和一起长大的人进行地产竞争。我想，在童年时代，我们从来没有比较过谁家房子更奢华；我们也从来不以居住地区来评定彼此或者评定朋友。如果一个孩子是棒球队的投手，那要比他父母财产税的高低更有分量。但是，一旦杰克要在贝克斯利独立生活，他就回避不了这个；也许他自己很少提起这事，但是，只要你住在镇上，你就清楚，大家在公开评价你的表现时，至少有几分是根据你住的地方。他住在梅因大街以南；查克却和别人一起住在布罗德街以北。所以，当明尼苏达州有一份工作向他招手时，他接受了，对此我一点不觉得震惊。这不仅仅是因为薪水更高。而且，这样一来，他曾经认识的人就不会总来评价他的住址了。

但是，现在他又回来了，离开了明尼苏达州和中间曾经停留过的加利福尼亚州，而且，虽然没有住到布罗德街以北，至少住进了梅因大街以北。他和贾尼丝是第一对在他建的卧室里过夜的人；他、贾尼丝、梅伦是第一批在他家餐厅吃饭的人。房子还在建的时候，他领着我在里面参观了一下；没有装饰的横梁，袒露的管道和边上没有砌完的墙；虽然木匠、屋面工和管道承包人才完成了一半左右，但是，那栋住宅看起来已经相当显赫了。"这将是坐的地方。"我们巡视正在建的房子时他说。即使在那时，我也可以看出那像是他的地盘。像一个家。

"楼上的一间浴室里有一条小小的裂缝，"他现在对我说，"楼梯吱嘎吱嘎响，我得采取点措施。"他不是在挑毛病；他听起来是一个能够指出一栋房子的瑕疵，但是会心怀骄傲地去修理它们的人。屋子很可爱，并且是他的，他只是希望它无可指责。"我列了一堆得修理的地方。"他说。这房子就是他想终老的地方。

“简,你在打电话吗?”他高声喊道。

我们听到她在另外一个房间说话。

“你还需要多长时间啊?”他大声问道。她没有听到杰克的话,依然还在讲。

“我得打个电话,”他和我说,“她占住了主话机——我只能用手机了。”

他伸手拿手机,开始用力按号码,然后,看了看我,说:“如果我们想给迪克·格罗特打电话,我们绝对不能用这些东西。这样,我俩怎么能同时给同一个人打电话呢?”

这是我们一起做的第一件让我们感觉有点酷(或者差不多那样的感觉)的事情;这也使我们第一次开始相信,我们独自想到了一件了不起的事情。回忆当初,我也意识到,那是我们第一次感受到那种奇异、激动人心的情绪:野心。

“我每个月都等不及,就想着努力再实现一次。”我说。

我们给体育明星打电话。真正的体育明星。他拿起一部分机的话筒,而我也拿起另一部分机的话筒——做这项工作的地点就在我俩的家中,而且每个月轮换一次——然后我们开始打电话。轮到拨号码的那个人拨完后,必须大声通知待在房子另一边的那个人——因为如果不挂上另外一个分机,你根本没法拨号码。

所以,我俩中的一个先拨号码,然后大声叫另外一个拿起话筒——一旦我们拨打的对象接通了电话,我俩中的一个(我们事先已经设计好了,而且还演练过)得说:“请找杰克·尼古拉斯接电话,好吗?”或者“请问杰里·卢卡斯在吗?”

刚开始这么做时,我们才上七年级。卢卡斯是我们的第一个电话采访对象。那年，他刚刚成为俄亥俄州立大学篮球队的队员——在全国大学生体育锦标赛中，那个队会继续获胜的——我们决定(妄想)代表我们初中创办的《灯塔报》采访一下他。但是两个十二岁的学生又怎么能做到呢？我们进不了俄亥俄州立大学的篮球训练场；也进不了赛后更衣室。

我们看过《体育解说》，这本杂志说卢卡斯是贝塔太塔派兄弟会的成员。一天晚上，到了吃饭时间，我们各自深深地吸了一口气，分别跑到杰克家的两个房间里，查到了俄亥俄州立大学校园内的贝塔会社的电话号码，拨了号码，然后，有人接了电话。杰克说："请问杰里·卢卡斯在吗？"

令人惊讶的是，兄弟会里接电话的那个会员没有问对方的名字，他只是向楼下会堂里的餐厅大声叫："嗨，卢克，你的电话。"

三十秒钟之后，一个低沉的声音响起：

"喂？"

我们完全照着先前演练的样子说。我们不敢相信这是真的；我们不敢相信我们真的通过电话找到了他。

"我是杰克·罗思。"杰克对着他的话筒说。

"我是博比·格林。"我对着我的话筒说。

"我们是贝克斯利初级中学《灯塔报》的记者。"杰克说。

我们请求他同意接受采访。

而且——真是奇迹——杰里·卢卡斯没有拒绝。

"我刚开始吃饭，"他说，"你们半小时之后再打来，好吗？"

我们半小时之后又打给他，问了他五六个问题(我们轮流问——我们从来不想独自完成，而且整个计划就是要一起做)；后来，我们刚刚提交采访内容时，连《灯塔报》的大学指导老师都认为我们是编造的。我们费了很大的劲——真不容易——才让她相信，我们确实电话采访了杰里·卢卡斯，那不是谎话。现在想想，我们当时真应该告诉她，我们对艾森豪威尔总统进行了独家专访。

采访了卢卡斯之后，我们似乎上了瘾。我们又电话采访了住在哥伦布市的尼古拉斯；采访了卢卡斯所在篮球队的队友拉里·西格弗里德，还采访了俄亥俄州橄榄球队的后卫鲍勃·弗格森。我们仔细地查看报纸，确定运动员盛宴什么时候在哥伦布市举行（塔奇唐俱乐部举行的宴会总是场面盛大）；宴会当天，我们会打电话给市里最主要的两家酒店，德施勒希尔顿酒店和尼尔酒店，因为我们知道，从镇外邀请来参加宴会的体育明星几乎一定会住在这两家酒店里。而通过这个途径，我们成功地采访了匹兹堡海盗队的游击手迪克·格罗特和他的队友、二垒手比尔·梅泽洛斯基；也就是通过这个途径，我们采访了充满传奇色彩、华盛顿红皮人队已经退役的进攻指挥球员萨米·鲍。我们从来没有失败过；一旦我们盯上谁，就没有不成功的。“我是杰克·罗思……”然后他们就会和我们交谈。他们真的和我们交谈了。

“你还记得每次采访的最后一个大问题吗？”现在杰克问我。

“当然记得。”我说。我们每个月会轮换一次；这个月他问，下个月我问。而且总是同样的问题：

“你对年轻队员有什么建议吗？”

“你还记得拉里·西格弗里德的回答吗？”杰克现在又考我。

“我怎么会忘记呢？”我说，“他说，建议他们继续保持好成绩。”

“对，就是继续保持好成绩，”杰克说。

我们先用打字机把采访稿打出来，然后把它刻到蜡纸上，再通过油印机刺鼻的油墨印出来；之后我们的采访稿会在下一期的《灯塔报》上占据一栏或两栏，而我们高兴得上了天；十二岁那年，我们的同学都在拜读我们和真正的体育偶像之间的访谈。

“快速抢答，”我如今对杰克说，“我们每次都是怎样结束的？”

“‘谢谢梅泽洛斯基先生’——或者那个月采访的其他什么人——‘精彩的合作。’”

“我不是指那句‘精彩的合作’，”我说，“我问的是我们采访稿的最后一句话。”

“哦，你指的是采访稿的结束语啊，”他说，“体育专栏的杰克·罗思和博比·格林谨上。”

隔一个月我们就会改变一下签名的顺序；我们一直在关注。整个事情都那么让人兴奋：在电视上看到一位体育明星，推测一下该往哪儿打电话，然后就一起去打。每个月，杰克走到一部电话机旁、我走到另一部电话机旁的最初几秒钟都特别让人激动，另一头的电话机在鸣响时，我们可以听到彼此的呼吸声……

我们掷出骰子，然后冲进一堆未知的事情中，都不敢相信我们真的说了那样的话：

“能请伍迪·海斯接电话吗？”

“每次打电话前的那个晚上我都睡不着。”杰克说。

“打过电话后的那两天我还是睡不着。”我说。

“那些事用手机肯定没法完成，”他说，“因为，那样我们就不能同时参与同一次通话了。”

“现在无论如何也办不成了，”我说，“你能想象，现在有明星愿意接两个十二岁孩子的电话吗？”

“你还记得，我们打电话给杰克·尼古拉斯那次，他最后跟我们说了什么吗？”杰克问。

“说了什么？”我说。

“他说，谢谢你们的来电，”杰克说，“尼古拉斯真的谢了我们。”

“因为我们的精彩合作？”我说。

“是因为我们在体育专栏的报道吧。”杰克说。

我爱上了这件事；爱上了和杰克一起给体育明星打电话的那些下午，

而且这让我明白，提提问题、写写报道就是我一辈子渴望做的事情。那是我职业生涯的开始。我父母订阅的哥伦布市的报纸和一些国内发行的杂志，我都会通通读个遍，而且那也成了我的向往。我最喜欢《生活》杂志；每个星期，这份杂志送到的当天，我都会从头至尾看一遍。

杰克和我不同，他并不想把它当成一生的事业。他虽然喜欢，但是不会迷恋它一辈子。然而，他从来没有忘记，这件事对我产生的强烈影响；他也从来没有忘记，曾经和我一起守在电话的一头。

我们五十刚出头。有一天，我的办公电话响了，是杰克用手机打来的。他当时正在纽约的大街上。他说，他就在莱克星顿街四十三号的一个拐角处。

他说，那个拐角处有一个男子——那个男子临时搭了一个售书柜台，在卖很早时候的《生活》杂志。这些早年的《生活》杂志每本卖二十美元。

杰克是去纽约办公事的。他得赶紧去赴约。然而——因为知道我有多么迷恋《生活》杂志——他在数英里之外说："你想要哪年的？我已经买了你出生那周的，但是你还要哪年的？"

"你身上带了多少钱？"我问。

"我可以去银行取，"他说，"你要哪年的？"

他很忙。但是，他却站在纽约的街角向我描述那些封面："一九五三年的封面人物是唐娜·里德……"他说。

他一边翻看旧的《生活》杂志，一边给我打了十分钟的电话。然后，四个小时之后，又给我打回来。"好了，我已经取钱了，"他说，"我现在已经回到那个人的柜台这儿了。"那天，这件事花了他不少时间，"一九六三年的封面人物是老弗兰克·西纳特拉和小弗兰克·西纳特拉……这一本印的是宇航员。你想买那本吗？"

"听着，"我对他说，"你为这已经花了许多时间了。"

"没关系，"他说，"卖你想要的杂志的人我又能碰上几回呢？"

然而，在曼哈顿，他又开始了，接着帮我翻看那些封面。

我真是兜了一大圈。一九九九年，我成了《生活》杂志的专栏作家——那时的《生活》虽然继承了我喜欢的《生活》风格，但已经由原来的周刊变成月刊。有时候，你表面上努力表现得很从容冷静，但那只是为了满足大众的消费，做给别人看的；然而，在别人无法看见的内心深处，你其实就是一个兴奋的孩子，一边咧嘴大笑，一边腾空跳起，两个鞋跟在空中撞得喀哒作响。

那年年终，杂志社计划总结一下二十世纪，并让我在那期杂志上写一份主题报道——谈谈二十世纪即将结束、二十一世纪正要开始的那段过渡时期。

我来来回回地考虑这篇报道的基调——你怎样才能在一个杂志栏目中表现一个世纪呢？——我说服编辑伊索尔德·莫特利，与其把整个描述铺得很宽很广，不如从一个小的角度来写。而且，我告诉她，为了提炼出这个世纪的精髓，我得回到我成长时待过的那个小镇，在那里思考一百年来的变化。

因此我就去找杰克。他刚刚搬进新房子。

这趟旅行的意义——和他分享这份《生活》杂志世纪末的时刻——我们两人都没有忘记。刚开始，我俩在两个分机上同时给体育明星打电话，正因为我们曾经一起做过那样的事情，我才找到了一生的职业；就在那座小镇上，我迷恋上了那份封面以红白颜色标示的了不起的美国杂志；在世纪之交，为了完成《生活》杂志社委派的任务，我住在他家里。这趟旅行非常精彩；杰克和我一起，每天讨论到深夜，探讨这篇报道应该写些什么内容，怎样才能写好。那时感觉一切都绕了一个大圈。

改为月刊的《生活》杂志没能撑多久。它倒闭后，曾经为它忙活的那些人开始投入到其他事业、其他工作中去了。任何东西都有它的生命期限。现在，我又来到杰克家，我们正准备出去吃饭。我看了看那个架子，那本杂志还在那里，他依然还保存着；那就是二十世纪最后一期《生活》杂志，这里面的报道，他曾经帮我一起思考筹划过。一切开始过；一切又结束了。

“能换一个便士吗？”

我们开车去托普的路上他一边说，一边咧着嘴笑。我已经许多年没听过这句话了。

“你怎么会想到那句话？”我问。

“我想是因为我们正好走到这儿了吧。”他说。

在贝克斯利外侧的东大街上有一家汽车旅馆，店名叫“四十个盹”。据传……

“你认为那可能是真的吗？”我问他。

“你也知道，他们是那么说的。”他回答道。

他们是这样说的：

你只要走到四十个盹旅馆的服务前台，说“换一个便士”，那个服务员就会给你提供一位妓女。

“那怎么可能是真的呢？”我问。

“我也只是听说罢了。”他说。

想当初，我们认为女人是那么的神秘——和女人同床共枕似乎只能凭空想想——所以，“能换一个便士吗？”的故事才会显得合乎推理。你会觉得那么不可思议，居然真的会有女人愿意和你上床，几乎显得那么有魔力，所以，“能换一个便士吗？”无论是在理论上，还是在其他方面似乎都显得十分合理。

不过，到底真不真实我们也不知道。

“‘换一个便士’的故事和卡萨迪路上的那个公用电话亭的故事听起

来一样合理。”我说。

“至少我们知道那个不管用，因为我已经试过了，”他说，“‘换一个便士’，我们可从来没试过。”

据说，如果你想找个女人上床，你只要站在那个公用电话亭里就行了——那是卡萨迪路上的一个电话亭，在靠近第五大道的街角处，也就是由贝克斯利往北，过了火车道就到了。

这和“能换一个便士吗？”一样，但是不需要和坐台的服务员进行交流。你站在那间公用电话亭里——据说是这样的——关上门，但是不拿起话筒，然后一个女人就会从旁经过，并且告诉你，她愿意和你上床。这听起来很不可思议，也许正因为如此，它才那么让我们神往。

我们试了试。晚上，杰克站在电话亭里，我们其他人都留在查克的车上。那个区不是特别时尚，一晚上待在那里根本没什么意思。但是杰克已经站在那里了……站在那里……还是站在那里。他和我们都相信那个传言。站在那间公用电话亭里，一个女人就是你的了。

“如果当真出现一个女人，你会怎么办呢？”我问。

“我也不知道，”他说。“她也许会教我怎么做。”

根本没有女人出现；我们应该是回家了。或者是去了托德尔饼屋。

“真是不可思议，当时我们居然真的相信，只要站在那间公用电话亭里，一个女人就会出现，”我说，“现在想想，真是不可思议。”

“撇开女人不谈，”杰克说，“现在让人觉得不可思议的还有公用电话亭。你上一次见到它是什么时候？”

男人了解女人的过程中，生命也在不断地演进。起初，杰克只是一个怀揣着四十个盹旅馆梦的孩子，是一个站在公用电话亭里、心中充满渴望的孩子，然而，经过一生的演进，他已经是一位很有责任感的丈夫和父亲了……那种转变是在情理之中的。

但是……

“大麻哈鱼?”我说,“扇贝?”在饭桌上,他刚才居然说了这两个词。

“今天晚上吃它们,味道一定错不了。”他说,“我来看看菜单上有没有。”

“你从什么时候开始吃大麻哈鱼和扇贝的?”我问。

“我没有同时吃两样,”他说,“我要么吃这个,要么吃那个。”

“那不是重点,”我说,“我想知道什么时候开始的。”

“我记不得了,”他说,“好些年前了吧。人的口味是会变的。而且大家都喜欢吃大麻哈鱼。”

“但是,总是有第一次的吧,”我说,“第一次是怎么开始的——你一辈子吃得都非常传统,怎么会突然无缘无故地吃扇贝呢?”

“你们快把我逼疯了,”他说,“让我看一下菜单。”

他肯定有这样的感觉;在他家,他告诉我,他非常累,因为每个人都在询问他的病情。他也知道那些人的动机是善意的;他也知道他们只是想表达关心和支持。但是,他说,所有这一切产生的效果是,他觉得大家都在根据他的病情给他下定义。

“那不是真实的我,”他说,“我一直还是原来的我。但是,现在大家一看到我,或者一打起电话,好像唯一关心的就是我的健康。我很讨厌那样。”

另外,他说,他发现自己不得不经常重复各种各样的医学鉴定结果——这个医生说了什么,那个医生建议怎么样,他开了什么处方——一遍又一遍地复述。每个人打电话来都会询问病情,而每一次他都得为他们再次复述那个冗长而枯燥的故事——从一开始的诊断一直到最近的CAT扫描结果,当然,这次扫描结果显示,病情是往不太好的方向发展了。

“所以,告诉他们,你不想讨论病情。”我说。

“我做不出那样的事,”他说,“我不想粗鲁地对他们。”

“那么就让我帮你告诉他们。”我说。

“好，”他说。“那正是我所需要的。你和你卓绝的社交才能是可以帮我代言。但是，那样一来，我就会一个朋友也没有了。”

在托普，我们尽最大的努力把所有的一切抛在脑后，至少暂时忘却几个小时。他说得没错：健康上的问题并不是真实的他。那只是天上掉下来的某个东西。在饭桌上它不该受到欢迎。至少今天晚上不该受到欢迎。

“奇怪的是，大家那么喜欢菠菜洋蓟调味汁。”我说。

“菠菜洋蓟调味汁很鲜美。”他说。

“我知道，”我说，“只要想到它，你都会忍不住流口水。不过，接着你就会想到一件事情。”

“我放弃，”杰克说，“什么事情？”

“你会想到，你小的时候，如果有人告诉你：有一天，有两样东西会听起来非常鲜美，甚至似乎会比糖果更好吃。那就是菠菜、洋蓟。你肯定不会相信。”

“我们可以开始点菜了吗？”杰克说。

“要是没有扇贝，也许可以考虑一下球芽甘蓝或者花椰菜，那也会让你吃得很开心的。”我说。

“我点了牛排，”他说，“满意吗？”

“让我们另外加点洋葱圈吧。”我说。

那天晚上我们过得很愉快。回他家的路上，也都是他开的车，这似乎更增加了一种错觉。看起来，我们的生活似乎没有改变，这一切只是一朵暴风云，它很快就会飘走，有一天，一切又会恢复到曾经的样子。他正在开车，不是吗？在饭桌上，他又是笑，又是讲故事，和以前一样有兴致、一样投入。

然而，我注意到了他灰暗的面色和黯淡的眼神；他费尽心思，只为了能和我一起享受在外面度过的夜晚。但是，他清楚CAT扫描的结果，而且他和我都明白病情的走向。

到了他家，我问他可不可以用他的电脑查一下电子邮件。他让我去他的办公间。

他走之前没有关电脑，屏幕上依然显示着他最后浏览的网站。这是一个旅游网站，就是他好些年前告诉过我的那种——这家网站的酒店和机票打折幅度最大。我笑了笑；这又是一个信号，看来，一切也许真的没发生多大改变。

我看着屏幕。他挑选了一家纽约的酒店——一家叫本特利的酒店。

然后，我想起来了。他正在努力预约斯隆凯特灵癌症中心。他希望可以找到一位能给他希望的医生——那位医生会告诉他，CAT扫描的结果并不真像它显示的那么糟糕。

那就是为什么他的电脑屏幕上会显示一家酒店。那也是我们离家去吃饭之前他在看的东西。

"格林，你在里面吗?"他大声问，"要我指导你怎么用电脑吗?"

"我很好，"我大声回答他。我已经没有心思再花时间去查电子邮件了。我走出房间去陪他，和他一起计划属于我们的明天。

十四

“你知道我喜欢书店的最大原因吗?”他问。

“我想不是因为钱。”我说。

“我喜欢和顾客讨论,”他说,“顾客会进来看看有什么书,他们会让我推荐,而结果是,我们会讨论很长时间,很热烈。我们不光讨论读书——我们会讨论各种各样的事情。”

二十世纪七十年代,他开了那家书店“我的偶数页”,当时,做这样的投资——租一间店面,里面摆满他认为人们会感兴趣的书籍,然后主要是靠他一个人运作——似乎是一项前景不错的商业计划。他喜欢书,甚至超过了对读书人的喜欢——能够日日夜夜地从事真心喜欢的工作,同时还有那么多和你一样喜欢书的人左右相伴,还有什么比这更好的呢?

“我最开心的事情就是有人来找我推荐书。我推荐了,他们就会买;然后,看完后再过来,再让我推荐新的。”他说。“他们好像在告诉我,他们很信任我。”

“你很走运,不用和亚马逊网上书店竞争。”我说。

“要是得和它竞争,那我可能永远都不会开书店了,”他说。“和那些大的连锁书店竞争就已经够糟糕的了。”

书店里的旧书是先从顾客那里收购来、然后摆在书架上再次销售的。

但是，对于新书——最新的畅销书——他说，他下订单时，出版商和批发商的口气总是有点异样。

“我总是让他们每本书只发四册过来，”他说。“我知道，他们给连锁店的地区配给店发货时，每本一发就是四千册。所以，讲起来我的书店只是一条小鱼。”

每个星期五他总会核算一周的营业额，并且问自己为什么还要苦撑：“因为，过不了多久，你就没法骗自己相信，有一天顾客会挤破门的谎话。”

但是，有的时候他仍然向往书店里其他的一些东西。

“我怀念和那些人进行的长长的交谈，他们看到书店的牌子，所以进来瞧瞧，”他说。“有时候，有人和我讨论书，讨论了一个小时，但是，却什么也没买就走了。你可能以为，我会因为这个气疯了。但是我没有。回到家，想想今天的讨论，我倒是觉得这天过得很愉快。”

我们一边聊，一边朝我父母的老房子走去。他每天都想散步，尽管这会让他感到疲劳，他依然认为，这对他的身体状况有好处。但是他不能一个人散步。医生告诉他，对他而言，一个人锻炼是不明智的举动，为了防止发生意外，必须保证有人在身边。所以，每次，贾尼丝坚持让他带个伴。

“你知道吗？多年以来，我们已经习惯了有一点点私人空间。”他说。我们沿着布赖登路走。“说起来，只有在没有私人空间时，我们才知道有私人空间是件多么美妙的事——长大成人后，我们从来不懂得珍惜独处的机会。接着，就没人会让你独处了。”

“在家时，你可以独处，不是吗？”我说。

“我可以一个人待在房间里，但是，在病情完全稳定之前，我不能一个人待在家里。”他说。

“也难怪他们如此小心，”我说。“大家都记得，那天第一次发现你倒在地板上。”

“我甚至都不记得发生过那样的事情了。”他说。

我成长过程中住过的那栋房子就在正前方半街区远的地方。“我是很虔诚地在怀念以前独处的自由，”他说，“想一想成人后你真的需要独处的那些时刻。许多时候，我需要考虑生意或者制定计划，或者只是决心自由自在地思考一些事情，那时，我就会一个人散散步，或者开车出去，或者去某个地方喝杯咖啡，独自在一张桌子旁坐坐。我想找回独处的自由。至少希望有机会争取一下。”

我们站在我家老房子前——我父母搬出去后，房子已经换了三个主人——向上看。“你知道，”杰克说，“这房子真不算大，不是吗？”

“我喜欢这个地方，”我说，“但是，它确实不够宽敞。我们几乎人挤人。”

“我觉得我父母的房子更小，”他说，“但是，以前在家里的时候，你曾经感觉没有足够的私人空间吗？”

我从来没有考虑过这个问题。“我想，我小时候如果真的想一个人待着，我就会把卧室的门锁上，”我说，“但是，我没觉得父母、弟弟和妹妹总在干涉我的事情，不知道你指的是不是这个？”

“也许只有长大后才真的需要私人空间吧，”他说，“我一直很讨厌坐在嘈嘈杂杂的办公室里。如果到处都是闲聊声，我也不想工作。但是你不觉得，我们小时候，家里总是人声、噪音不绝于耳吗？”

“我们那时没有东西可以和它比较，”我说，“它听起来不觉得吵，是因为我们去过的地方也到处都是声音。我们不知道哪里有更好的地方。”

“现在我的生活就是这样——到处都充斥着声音，”他说，“我不是说总是需要私人空间。但是，如果可以选择，那该多好啊。”

我们那天的目标就是一直走到那条跑道。

但是，我们站在我父母的老房子前时，我就发现他已经累了。我们其实还没有走多远，但是他的体力已经跟不上了。

“你想往家走吗？”我问他。

“不想，”他说。“还不想回家。我还可以再多走一小段。”

因此，我们还是要去那条跑道。每次我和他一起散步，他都会告诉我，不管我们会去其他什么地方，他希望，跑道和他家的老房子会是路线的一个组成部分。

我们沿着罗斯福路往费尔大街走，因为从那里拐弯，我们才能到那条跑道；这点——也就是我们脑海中有一个明确的目标，即一定要走到那条跑道——正是一个信号，它提醒我们一切变得那么快。我们童年时、成年后在镇子上度过了成千上万个白天和黑夜，但是，我们出门时却很少有目标——我们很少设定目的地。整个想法就是，让一切永远没有终点。我们从来不去寻找终点。

在罗斯福路上，迎面开来一辆车，车里的人按了按喇叭，然后杰克朝他挥了挥手。

“那是谁啊？”我问。

他说了一个我不熟悉的名字。那个人是在我离开镇子后才走进他的生活的。

“住在这儿，最美好的事情就是这个，”他说，“在这里，每次你出去散步，都会有人按按喇叭和你打招呼，有多少个地方能像这里这样呢？我每次出来都会碰上这样的人。”

在跑道上，他让我“慢点”，好像我不知道一样。当我们走到与橄榄球球场北球门区平行的地方时，他说：“所有那些周五的晚上，在这片场地上进行的比赛就像是世界中心一样。”

“有一个周五晚上，戴夫·弗拉施从角球区传球给蒂姆·格雷纳，希望能够持球触地得分，”我对杰克说，“看……就是那儿。”我指着格雷纳接球的位置。“当时，我就怀疑，这个世界上什么地方会有比戴夫和格雷纳更幸福的人呢！当时，看台上的观众都疯狂了。”

“这个场地里的观众一欢呼，整个镇子都能听见，”杰克说。“小的时候，因为太小，不能去看比赛，即使那样，秋天的周五晚上，你可以听到那种绵延起伏而且悦耳的回音，它们会一直绵延到你家，然后，你就全明白了。”

“而且，体育场的灯光中会有一层薄雾，它会像一朵云一样，飘浮在小镇的上空。”我说。

我看着球门区内格雷纳接球的位置。我们不知道，这根本就不是门线；我们不知道，在这一条线后面，会有无数条门线，一旦你离开这片赛场，离开这个小镇，你就必须面对一条又一条的门线，有的时候根本就不由你选择；一旦你突破了一条门线，它马上就会消失，而且会被远处的一条所代替。你通常会觉得，那条线远得似乎永远无法企及。

球场尽头的记分牌上一片空白。杰克现在也有了一块新的记分牌——血液指数，放射治疗等级，各种各样最苦涩的药物以及精心量好的剂量，还有一些我们从来没有想过的事情，也是我希望我们永远不需要考虑的事情。星期五的晚上，主场队有时会赢，有时会输。那个时候，觉得输赢还是极其重要的。

“这个门本来可能是不让我们进的，但是它开着，所以我想我们可以。”他说。

“什么！你不怕巴特斯警官会碰巧经过吗？”我问。

我们离开那条跑道，经过那扇门，走到斯坦伍德路上来了。

“保持警惕，留意巴特斯警官会让我觉得自己正置身于‘〇〇七’的电影里。”他说。

“你是好人还是坏人？”我问。

“那得看你认为巴特斯警官是好还是坏。”他说。

以前，在我们的世界中，我们五个人也做过叛逆的事情：夜深人静时，我们会爬到小学校舍的房顶上，把那个四面可看的钟的指针拔出来；或者把那扇阻碍我们抄捷径去上学的门上的锁链砍断，当然，砍锁链的时候，我们会分别把守住斯坦伍德路的每个路口，这样，一旦看到巴特斯警官的巡逻车过来，我们可以大声警告同伴。

“我想，他从来不知道我们这些人的名字。”我说。

“他也不应该知道，”杰克说，“那样，他在我们眼里就会太有人情味了。他必须保持那份距离感。”

巴特斯是一名瘦瘦的年轻警官，素日穿着制服，沉默寡言；他被分配到夜班组，平时总是慢慢地在镇上巡逻，并检查一下所有情况。他从来不讲话。除了他的名字外，我们对他一无所知。在这个镇上，不法行为还构不成什么问题。就我们所知，在整个二十世纪，几乎没有发生过任何谋杀事件。

“你知道，贝克斯利有多少警官吗？”我问杰克。

“我当然知道有多少，”他说，“二十八位。分成三个班次。以前，《贝克斯利新闻周刊》报道过这个数字。芝加哥有多少警官啊？”

“大约一万三千名。”我说。

“芝加哥的警官人数和贝克斯利的总人口数几乎相当了。”他说。

我们在埃尔姆路上转弯向他家老房子走去。

“你猜巴特斯警官有没有害怕过？”我问。

“害怕什么？”杰克说，“他又不用抓罪犯。”

“我也不知道，”我说，“也许会害怕独自一个人开车巡逻吧。因为，他肯定也知道，如果有人了解，他只是单独一个人，那么他一定会成为一个易受攻击的目标。巴特斯这样的警官能在这样一个小镇上工作并且会产生影响，主要是因为人们从来没有真正考虑过他们在人数上占有的绝对优势。如果他被想制造麻烦的人们包围着，我都不知道他会得到多少支援。”

“好像大多数的夜晚出来巡逻的警察就只有他一个，对吗？”杰克说。“他没有同伴，也从来不会停下来和别人聊天……他只是开着车在街道上来来回回地巡逻。”

杰克停下来歇一口气。

“巴特斯叫什么名字啊？”他问。

“我们从来都不知道。”我说。

“如果我们知道的话，所有的神秘感可能就会被吹散了。”他说。

突然传来一声击打声，然后没了声音。然后又是一声击打声，然后又没了声音。

“在那儿。”杰克说。

一个孩子正站在他家的车道上，往房子的边墙上掷网球。网球弹回到车道上，他接住了，停顿一下，再掷出去。

“我们在镇子上漫步时，又有哪次没看到这样的情景呢？”我说。

“也许只有在最严寒的冬天才看不到吧。”他说。

我们自己以前也常常这么玩，但是，现在它已经变成一道我们熟悉的风景了——二十岁、三十岁、四十岁，我们亲眼看到一批又一批的小孩子们在做同样的事情。好像他们变成了当初的我们——但是他们并不知情。

“你看他的表情，”杰克说，“看来这项游戏他才玩没多久。”

确实才玩没多久。因为那个孩子的脸上洋溢着兴奋——还有决心。他正在把自己假想成某个人——是一位网球运动员，还是一位橄榄球运动员，那就不得而知了。在他脑海中，那只网球或许是其他什么球，而那条车道也可能就是一片一流的比赛场。

“你觉得这个镇上还有什么我们没去过的地方吗？”杰克问。

“恐怕没有，”我说，“我想不起来有什么地方我们没去过。”

“我们刚开始认识的时候是最美好的时候，那时，我们可以随便走，”他说，“因为，每个街区都是我们以前从来没见过的。我们不知道下一个拐角处会是什么。那时候，感觉好像必须先得到允许，然后才能从一个街区走到另一个街区。就像我们必须办签证一样。”

“这个小镇永远不会扩大了，”我说，“它的四周都被围起来了。所以说，只要是我们没见过的，就永远也不可能出现了。”

“你觉得我们该怎样消除这份过于熟悉的感觉呢？”他问，“我们已经看过贝克斯利的每一个街区、每一栋房子和每一家商店，我们还需要看些什么没看过的地方呢？”

“也许是世界？”我说。

他笑了。“除了那个，还能有什么。”他说。

那只网球先在孩子家房子上撞击一下，再弹回到他身边，然后他接住了。在他脑海中，他以为自己在某地的某个拥挤的比赛场里，但是他只是安安全全地待在家里。周围没有任何威胁。我们知道，因为我们也曾经那么玩过。

杰克三四十岁时，有些迹象表明贝克斯利可能不再像我们成长时那么安全了，当时，杰克非常担忧。

那时候，《贝克斯利新闻周刊》上会公布警察局不法事件清单，在这些不法事件中，最让他紧张的就是自行车抢劫事件。他总是把这些报道剪下来，然后寄给我。

“这很可怕吧？”他会在剪报上写道。这些事件发生的形式极其相同：贝克斯利镇的一个孩子正在骑自行车，一个青少年逼近他，命令他交出自行车，并且就那么骑走了；这个青少年通常比孩子的年龄稍大一些，而且据说是从哥伦布市来的。我记得有一次报道特别详细，让杰克特别不安。一个男孩拒绝交出他的自行车，抢劫犯一拳打在他的脸上，然后把自行车夺过去，并骑走了。那个男孩哭着跑回了家。

“我真不知道该怎么对待这样的事情，”那时杰克对我说，“这是新近出现的现象。”

他把剪报寄给我，而他也知道，我居住的那个地方有一万三千名警官。然而，他也知道，我不会对家乡发生的自行车抢劫事件不屑一顾。

“我所担心的不是那些被偷的自行车，”有一次他告诉我，“如果自行车是从车库或者后院偷走的，那是另外一回事。让我这么心烦的是，孩子们骑着自行车，那些强盗逼近他们，然后要他们必须把自行车交出来。”

“想一想那会对孩子造成多大的伤害。他不敢再相信陌生人。而且那样的影响会一直跟着他——很可能会改变他。世界成了这么一个地方，别人只要有本事，可以随意地拿走你的东西。而且父母告诉孩子，如果有人逼近你，就把自行车给他们。父母不希望孩子遭到痛打，或者更糟糕的是，骑在自行车上被痛打。但是想想那样的教育。如果有人想要你的东西，赶紧把东西交出去，否则你就要受到伤害。你不认为那会改变一个孩子看世界的方式吗？”

我不得不赞成他的看法。也许，他是幸运的，因为他生活的那个小镇那么安宁，连自行车偷盗事件都会在当地的周报报道，但是，我知道他的担心并没有错。

自行车抢劫事件似乎是被扼杀住了，或者至少事发的次数减少了；但也可能是报纸不再报道了。

或者——更糟的一种可能是——事件还是在报道，但是杰克已经对它们习以为常，不会再为这些感到忧心了，所以他只是跳过那些警察局不法事件清单，不再把它们剪出来寄给我了。

我不相信会出现那种情况。有些人会变得冷酷无情，但是无论如何，他永远不会是那样的人。网球撞在墙上的声音越来越弱了，我们离阿德莫尔路越来越近了，再过一两分钟，我们就可以走到奥迪莫菲山了。那还是很久以前，我们以美国最英勇的战斗英雄的名字命名的小山。

“我真想为贾尼丝和梅伦继续留在这个世界上。”他说。

这是他一整天以来第一次直接地讨论这件事情——也是可能即将发生的事情。

“我知道，”我说，“她们也知道。”

“我一直在想，她们还活着，还住在那栋房子里，每天早上醒来，我却死了，我却不在场了，一想到这里，我就……”

我看着他家的老房子，想起他母亲去世后的一些夜晚，他父亲总是待在楼下，我和杰克待在楼上，待在他的房间里。

客厅里的声音会顺着楼梯传来——我在杰克的房间里就能听到。

罗思先生给家里的电视配了一个款式很早的遥控器。它和现在的遥控器不一样——调频道时，它不能做到无声无息地瞬间跳台。

它比现在的遥控器笨重，而且更加呆板。那时候，有线电视还没有出现——当时，哥伦布市只能收到三个台，如果算上教育台，那也只有四个台。遥控器可以使电视机的频道转换装置绕着它的轴转，但是噪音很大。

罗思先生没有什么社交生活。大多数夜晚他只是待在家里。整个客厅黑漆漆的，只能看到电视屏幕发出的微弱亮光；我在楼上杰克的房间里，可以听到那种咔嗒咔嗒的声音，因为那是很大的金属撞击声。欧文·罗思总是坐在阴暗处的沙发上，要是在以前，罗思夫人和他一定一起坐在那里，谈笑风生，一起享受家庭团聚，一起享受婚姻生活……

然而，他却坐在那里，揿着按钮，而频道转换装置总是在大声地从哥伦布四台转到六台，然后转到十台，后来再转回到四台。他想找个什么东西来填满这些夜晚，然后再上床休息，然后再去果蔬市场开始新一天的劳作。杰克和我总是待在楼上，然而，罗思先生搜索的声音一直都在充当背景声音。多年之后，我才明白，那个声音里包含了无数的寂寞，那个声音的背后，一位健在的鳏夫正在努力度过又一个夜晚。

“我们走了多长时间了？”杰克问。

“半小时左右。”我说。

“好家伙！好像不止这么长时间。”他说。

他看了看我。

“我真的无法相信，”他说，“我们一直在谈论所有的事情。但是，我们却从来没有讨论过结束。”

十五

一天早晨，我到杰克家，发现贾尼丝的心情很好，而这只有一种解释：杰克的心情肯定也比以前好。

“快进来看看他，”她说，“他今天已经做成了一笔生意。”

杰克正在客厅里，穿着短袜的脚跷在茶几上，满脸的成就感。

“今天我卖掉了五卡车的糖果。”他说。

“你也知道，我对那个毫无概念。”我说。

“那就意味着我可以支付一些账单了。”他说。

“但是你是怎么用卡车卖糖果的呢？”我问。

他解释了一下。他首先发现从某个地方的一家仓库可以买到一些私人包装的糖果，然后从全国廉价商店营运机构中找到了一位买主；他做中间人，而那五辆卡车——根据我的理解，肯定是那种大的半拖卡车——也就上路了。他会从每车糖果中获取一定的利润。

“你就在这里做的生意吗？”我问。

“今天一大早开始，我就一直在电脑上忙活，”他说，“我周旋于电脑和转接到家里的办公电话之间，好像电脑和电话就是两个雇员一样。”

“因此，如果你每天都能卖掉五卡车糖果，那么你肯定就能恢复健康了。”我说。

他咧嘴一笑,摇了摇头,好像我愚蠢到了极点一样。“你不可能每天都能卖掉五卡车糖果,”他说,“任何东西,你都不能保证每天卖掉五卡车。”

杰克四十几岁时,曾经一度从明尼苏达州跑到加利福尼亚州,在那里给什么杂货店批发商打工,当时,我立刻就感到事情有点不对头。

我不能确定到底哪里不对劲,但是觉得他的声音有点不对。不是说他在电话里讲的话有什么不对,而是他说话的语气怪怪的。

后来我想,即使他决定告诉我他原来的工作出了什么状况,我也无法理解具体的细节。我当时意识到,我真的不是特别清楚他是靠什么谋生的;我一直知道他工作的那些公司,也粗略地了解那些公司大概的营运方向。但是至于他确切地在做什么——我几乎一无所知。

这真是一件不可能的事情——至少在我们刚认识对方的时候,这是不可能发生的事情。那时候,对他生活中如此重要的事情,我不可能在许多方面一无所知。但是,现在的情况确实是这个样子:我们在职场里寻找我们愿意栖息的地方,找到后,又不想一点一点地向最亲密的朋友们描述那个场所的样子。也许我们是在担心他们会不感兴趣。

然而,虽然我不了解他工作期间的每一刻钟是怎么安排的,但是,有件事情我着实了解,一直都很了解,而且完全可以确定:那就是他的声音,当他的声音有点异样时,我一定能够听出来。从他的话音里,我知道,他在加利福尼亚州一定过得不开心,工作一定干得不顺利。所以,不久之后,当他告诉我,他、贾尼丝和梅伦要搬回哥伦布去的时候,我一点都不觉得惊讶。但我还是不能忘却我所觉察的东西——从许多方面看,他的工作是他成人生活的中心,但是我却不知道,或者说并不真正了解他是怎样工作的。

二十岁刚出头时，我俩虽然都在芝加哥地区工作，但是我们见面也不是很勤。当时，我刚刚成为《太阳时报》的一名记者，工作大楼在市区，就在瓦伯什河北岸；他在郊区教书，没有什么空闲时间。

周末的时候，有时他会到市里来看我，有时我会去北部找他。我们千方百计地让自己以为，我们还和原来一样，还是一起在同样的道路上拼搏；但是，我们知道，我们只是在欺骗自己。虽然我们曾经到过不同的城市、念过不同的大学，但是那是另一回事——那时，也许我们交谈的不像原来那么频繁（在那个时代，大家不可能只要兴起就去打长途电话；在不同学校上学的朋友通常相互写信，然后把信投进信箱里），但是，我们彼此依然明白，我们每天接受的训练实际上是相同的，只是在不同的校园和不同的教室里进行，而且有不一样的教授和朋友罢了。我们所处的背景是相似的。

但是，走出校园并开始领工资后，我们就感觉有点飘浮不定了。我们还是会见面，但是自交往以来，我们的谈话中第一次出现了间断：隔阂。因为，他成天忙着在郊区的教室里教授学生，而我整天在芝加哥东奔西跑地寻找素材，所以，当我们聚到一起时，就会感觉到这些不同，当然这种感受既陌生，又不愉快。我们在那些短暂的沉默中权衡着这些不同。我们已经改变了方向，选择了不同的路线。以前在一起时，我们从来没有这样的感觉。

但是，因为我们还太年轻，所以我们不会向对方坦言我们不喜欢这样。因为，我们都知道，一个人应该喜欢这部分生活——和以前的一切告别后的生活。当时，我在罗杰斯帕克街区的一栋四加一的大楼里找了一间一室公寓——四层楼都是住宅，一层楼是车库——而且我租了酒吧高脚凳来权当家具；在芝加哥，除了报社的新同事们，我几乎谁也不认识。我的署名报道总是发表在头版上，但是谁会看呢？我也不在乎有没有人看。

冬天的晚上，我曾经幻想过，从俄亥俄州每日通勤来《太阳时报》报社工作。如果我每天傍晚下班后，直接从编辑部去奥黑尔，乘坐环球航空公司飞往哥伦布机场的直达航班，在贝克斯利过一夜，然后，早上七点再坐环球航空公司的飞机回奥黑尔……

如果那样，每月的花费要高于我的全部薪水。我计算过，但是，在幻想的过程中，我可以想起我珍视的东西，然后，继续干那份我认为适合我的工作。在没有幻想的世界里，也就是在我生活和工作着的真实世界中，我和杰克周末就会见面。我们谈论艾伦工作的地方，谈论查克和丹，而且我希望曾经的一切并没有结束。我感到，杰克也有同样的渴望，但是，二十二岁的人一旦承认那种心情，就等于在宣告自己的失败，所以这一切并没有说出口。但是，即使我正在做的工作是我想干一辈子的工作，我依然感到空虚；杰克并不想一直做那份工作，因此他有双重的不安，也正因为如此，我有时会从他的表情中读到一个问题：我该去往何方？他经常会盯着远方的某个地方发一会儿呆，而我知道他在想什么。但是，我不知道怎么告诉他，我能了解他的想法。

下定决心走进商贸世界——不管我们决定做什么生意——对我们来说绝对不是什么特别轻松的事情。我一直在想，杰克之所以会做那种生意，可能和他近距离观察过的第一种生意有关。

他和我还是孩子时，我们就经常去市街的市场看他父亲做生意。那家市场就像是平板画上过时的高跟鞋，但是却坐落在一座二十世纪美国城市的商业区内。现在，那家市场已经不在了——许多年前，就被新建的传统的市中心办公机构取代了。尽管当时是二十世纪五十年代的早期，但是，那家农贸市场像是十九世纪五十年代的一部分。罗思先生和他的那些同行就在那里经营着他们的生意。市场里很阴暗，到处都是砖木框架，背景就是那些随处堆放的土豆和蔬菜袋子——你可能都会觉得，只要一回头，就会看到马车从路上嘚嘚跑过来。然而，在这家市场的西边和北边，不远的几个街区之外，就是美亚保险公司的办公大楼，那可是哥伦布市的摩天大楼。杰克和我先在他父亲做生意的那家市场转转，然后，走出来看看哥伦布的空中轮廓线，立刻就会觉得这是两个世界，一边是灰蒙蒙的往日世界，一边是现代的彩色全景宽银幕电影。我想，这种感觉对罗思先生来说，一定并不陌生。

到了二十世纪六十年代，罗思先生和其他的农贸产品小贩向东挪了挪地方，搬进了一串新建的混凝土货栈，这些货栈就在机场附近，不但有装车月台，而且建筑风格各异，里面还消过毒。在那里，经营更加有效率了；农民们不需要和市里的货运业务协商，就能更快地把农产品运到货栈。所有那些旧世纪的感觉都已经一扫而光。机场地区的汽车驾驶员开着车呼啸而过的时候，甚至都没有理由扫视一下远离市中心的新农贸市场；新农贸市场因为有了混凝土提供的伪装，终于融进了毫无特色的环境中。这些新建筑就像从国外移入的移民，终于脱去了母语口音，可以为此感到自豪了。

但是，罗思先生原先做过生意的那家市场——在市区边上的那家市场——是我和杰克看到的第一片商贸世界。也就是在那家市场，我和杰克第一次注意到，一个男人一大早离开家去挣钱养家的全部情形。在那家市场，我们感觉自己是小镇上的孩子；那里的灯光和地窖里的一样昏暗，而且到处都是麻袋和干燕麦的气味。也许，在我们的脑海中，我们一直觉得，当我们也得出去工作并且靠它来养家糊口时，等待我们的可能也是那种气味，或者类似的气味。

“那些卡车应该在七十二小时之内把糖果运到那些商店，”他告诉我，“或许只需要四十八个小时。”

在他家客厅里，我问他一些有关那五卡车糖果的事情。一旦他收到一份订单，商品必须以多快的速度运到目的地？一旦他承诺送货，那个承诺会在多长时间内兑现？他告诉我，会很快兑现；那些糖果会在几天内运到指定的地点。

他从来没想过做一个果蔬小贩。这点他早就清楚了。那是他父亲的世界,而他大学一毕业,就意识到自己不想加入那个世界。他辞掉教师工作后,也曾经试着干了一段时间。他的弟弟,本森,从父亲那里接管了农贸生意,杰克曾去和他一起干过,但是,他不喜欢,也没有心思做那种生意,所以他就放弃了。

有一次他对我说:"他们告诉我,我缺少杀手才能,"当时,他刚刚开始努力寻找自己的商业空间,"我告诉那些人,我打算为他们服务,而他们说,要想成功,必须具备杀手才能。"

当时,他调查的那些生意都是速射型交易,每件清算过的商品也只有一到两美分的利润;别人在出价时,你是被迫减了一美分还是两美分,就会决定你的生意是赚钱还是不赚不赔。查克的父亲很擅长做这种生意,而且也做得很成功;查克也跟着父亲做起了这种生意。

"我不知道我能不能学会那种杀手才能,"杰克二十几岁时对我说。好像不具备杀手才能就是某种失败;好像不具备杀手才能的杰克就是一件受损的货物。

"你只需要问自己,你为什么需要学会那种杀手才能?"我对他说。没有杀手才能正是他最好的品质;正因为缺乏杀手才能,所以他才显得与众不同。

但是,绕了一圈之后,他最终还是选择了和他父亲一样的生意;他是不需要日出前赶到市场,不需要在一纸盒一纸盒的洋葱和胡萝卜之间进进出出,但是,他销售的也是食品,也需要把食品从生产商手里转到消费者手里。不管杀手才能到底是什么东西,我只知道,他依然没有学会——我碰到过的有杀手才能的人已经够多了。"一个早上卖出五卡车糖果,业绩还不错,"他告诉我。也许那些买主从杰克这里骗取了一笔比其他地方更便宜的交易,也许杰克被迫给他们比其他商家更便宜的价格,也许那些买主零零落落地在杰克的每一箱糖果上杀了一美分的价。即使真是那样,他好像并没有感到挫败。他那天过得很开心。

“杰克,你在家里吗?”

是个男人的声音。杰克站了起来;他认出了那个人,但是,我没有。

我不认识的那个人——和我们年纪相仿——从屋前走进房间。

“嗨,”杰克说,“我记不清楚时间了。”

“可能是我来早了点。”那个人说。

是一个住在哥伦布市的朋友。杰克给我们引见了一下,我们握了握手,然后,那个人说:“其他人正在路上。告诉我那些东西在什么地方。”

杰克把那个人领到地下室里。那里有一些工作要做——要搬一下那些架子和橱柜——但是杰克没有足够的体力。因此他的朋友自愿来帮他做这件事。

过去的那些年里,回家的时候,我经常会看到——正如所预料的那样,杰克又结交了一些好朋友,他们进入他生活的时间尽管相对比较晚,但是他们对杰克的意义也很重大。这总是有点刺耳——他和一帮我不太认识的人在一起,他们毫不费力地交流那些时行的话。那些话在我听来毫无意义,但是他们却觉得意思丰富。提到一些回忆时,他们会发笑,但是我却没法理解,而且这些回忆里也没有我。这样的事情会出现在每个人的身上。如果杰克到芝加哥来,发现他的周围都是我在近二三十年的工作中结交的朋友,他也会有同样的感受。

尽管如此,亲眼目睹你最亲密的朋友结交了新朋友,你总是会获得一些教益。不光是朋友。在工作中,你会发现有些人变得很重要——你从来不想让他们成为你的朋友,你也从来不想让这些人成为重要的人物——但是,对于这样的事情你往往无能为力。

杰克三四十岁时,总是会告诉我,他和哪个老板或者哪个同事发生了什么摩擦，我知道，这样的事情谁也没办法回避：我们会时不时地发现，自己有时处于一个很被动的境地，别人享有评价我们的权利，而且可以评判我们的价值。至于你是否同意他们的工作评价，那根本就无关紧要——通常我们会强烈反对。一些企业的某些阶层，主管人员唯一的工作就是：衡量其他雇员的价值。我知道，虽然杰克在深深地怀疑那些评判员自身的价值，但是，他还是得面对那样的衡量结果，而且肯定不止一次。

那会给我们的生活带来几天的消沉。但是，接着这样的日子又会出现——就像在杰克家经历的这样一个上午。

“贾尼丝，他们已经到地下室去了吗？”我听到又有人在问。

又来了一个人：又是一张我不认识的脸。

“他们已经在下面等你了，”她说，“我想，他们已经干上了。”

他们到杰克的家里来了。在我们还是孩子时，他的这些朋友就见过他；现在他们到杰克家来，帮他做一些他不再能做的工作。这个人顺着楼梯下到地下室里，我听到杰克在热情地招呼他，而且问候声中充满了活力。

一些老板来了；一些老板走了。那些主管曾经给过雇员苛刻卑劣的评价，但是，最后，他们往往也必须面对别人对他的一系列评价，那些人也许认为他们和所有其他雇员一样，也完全可以任意支配。

我可以听到地下室里有声音传来：“杰克，到上面去吧。这些我们来做。等我们做完后，再叫你来验收。”

这些人肯定在多年前就判定过杰克的价值了；我虽然不认识他们，但是我想他们一定判断过了。他们肯定评价过杰克是什么样的人，所以，现在他们才会不请自来。我可以听到他们在地下室里钉东西。我在想，如果杰克真的拥有适当的、在商场上永远被珍视的杀手才能，他们还会不会如此火速地来帮助他。

四十几岁的时候，我有一次去哥伦布市，住在市区的海厄特酒店里——那是一栋高耸云霄的建筑，透过它的窗户，我可以看到下面的那个街区，也就是欧文·罗思原来的市场所在地——等到杰克把当天的工作忙完后，我们会在大厅碰头，然后一起去吃饭。

“你知道谁在这里临街的办公室工作吗？”他问我。

我等他说答案。他说了一个名字，但是没能立刻唤起我的记忆。

“得啦，”他说，“你知道的。丹特斯乐队的领唱。”

二十世纪六十年代中期，丹特斯乐队是哥伦布市一流的摇滚乐队；那些小伙子和当时的我们年龄相仿；当时，哥伦布市在州际公路最远的路段新建了一个购物中心，叫“北国商业街”；在这条街上，会定期举行乐队大比拼，丹特斯乐队一直都参加。

我们把车开到北国商业街，然后站在停车场里观看所有的地方乐队相互竞赛。有一个叫马劳德组合的乐队非常特别，而且表演得非常好，但是丹特斯乐队有一位领唱，那位领唱是俄亥俄中部地区风格最接近米克·贾格尔的歌手。这位歌手很瘦，嘴唇很突出，但是自然优雅，眼神难以捉摸；他拥有最棒的领唱歌手拥有的品质：他好像是从很遥远的地方来，甚至根本不知打哪儿来；又好像是住在歌曲里，而不是住在我们其他人居住的地球上。我们知道他在上哪所高中，我们也知道，在理论上，他和我们其他人没有什么不同。我们听过的无线电台，他肯定也听过；他肯定也看过四频道吉米·克拉姆播报的体育新闻，他肯定也去拉撒路买过东西。但是——那种领唱效果，那种最棒的领唱歌手天生具备的特征——在舞台上，他的个人魅力会让听众忘记那一切。在舞台上（或者，在北国商业街的停车场里，在人行道上），他虽然来自摇滚太空，但是，是一个独立的太空人。

丹特斯乐队出了一张四十五转数/分的唱片，我们所有人都预测，里面的那首《我得不到你足够的爱》一定会被列入全国十大杰出歌曲，但是它从来没有冲出哥伦布市。我已经有许多年没有想到过北国商业街和在那里举行的乐队大比拼了——也从来没有想起过丹特斯乐队。直到那天晚上，在海厄特酒店听到杰克说，那个歌手在酒店行管办公室工作，我才再次想起这一切。

“《哥伦布月报》报道过他，”杰克说，“他在酒店的销售之类的部门工作。他们还登了一张照片。穿着西服，打着领带。”

当时，我们以为，丹特斯乐队一定发展得很好——我们不是以为，我们很清楚；因为，我们就站在北国商业街的停车场里，看着那位歌手拿着麦克风，从沥青路上滑行而来，我们觉得他们那么有才气、那么出色——按照杰克的说法，那么帅——我们想，他们一定会直奔事业的最高峰。而且在我们的脑海中，我们肯定一度认为，我们和他们是息息相关的。一个炎热的夏天午后，你站在免费高速公路附近，耳朵里回响着扩音器里传出的三个吉他手弹出的音符，你会相信那种可能：这是你们镇最好的乐队，他们得了第一名，他们会带着我们所有人一起前行。

北国商业街已经不在了——拆毁了——那天，在海厄特酒店的大厅里，杰克告诉我，那个领唱歌手在临街的办公室里工作。他有了自己的家庭，也很喜欢他的工作，而且对于事情发展的结果感到很高兴——杰克告诉我，那就是《哥伦布月报》对于丹特斯乐队领唱的报道。从我住的那间酒店房间，我可以看到罗思先生以前卖新鲜蔬菜和水果的地方，至少那片地方过去是他的天地；我们经常听说，事情总是会向注定的方向发展。

那些朋友正在地下室里搭棚架，这时，查克碰巧也来杰克家了。杰克到地下室去看看他们做得怎么样，我和查克单独在一起，我告诉他一些我正在思考的事情，比如：我怎么知道，杰克以前效力的一些公司不该那样对他，不该先利用他，考查他愿意相信别人的天性并且以此来攻击他。虽然杰克从来没有那么说，但是，从他这么多年说的话中，我知道那是真的。

“我想，他自己做生意的日子才是最快乐的日子，”查克说，“如果他正在做的生意会伤害到某个人，或者会使某个人遭受不公正的待遇，他就会放弃那笔生意。对于他来说，为了一笔生意而得罪磋商对象，实在是不值。你都无法相信，怀着那样的态度，他竟然能够经营自己的生意。但是他却做到了。而且他的生意做得很不错。”

我告诉查克有关杀手才能的讨论——就是许多年前杰克告诉我的那些话，也就是大家说他不具备必要的贪婪，所以爬不上批发生意的顶峰。

“我也说过那样的话，”查克说，“我认为，大家不是在试图攻击杰克。大家更像是在提醒他。他曾经做过教师，也开过那样一家书店。我想，他们是想告诉他，他将踏入的世界到底是个什么样的世界。”

“你觉得他有没有学会一点杀手才能？”我问。

“拜托，”查克说，“也不想想你正在谈论的那个家伙到底是个什么样的人。”

有一次，杰克来芝加哥参加某种贸易展览会——那次集会是在麦考密克广场上的大展览厅举行的，这个展览厅在市区南部，与密歇根湖相邻，而且面积很大。

杰克只是好几万参加者中的一名——来芝加哥的与会者都希望能够买点或者卖点什么，或者希望碰上一些人，今后在生意上好借点力。

那天，他打电话问我，贸易展览会结束后，我有没有时间陪他去喝点东西；尽管稍后他还得和一些其他的与会代表一起吃饭，但是中间的这段时间刚好够我俩快速地喝一两杯啤酒。

因此，我们约好在市区的一间酒吧碰面，然后，他走了进来——笑容依旧，豁牙依旧，点头风格也依旧——但是，我立刻注意到了某样东西。

他带着一个姓名牌。他离开麦考密克广场时忘记摘下来了。

接着……我不知道，我最亲密的朋友会被写在那上面；那个姓名牌是用不同色彩标记的，上面写着“杰克·罗思”，和当时雇用他的某家公司的名字，在那下方是那一周公司指派给他的职责，如“卖主”、“采购员”之类，还有……

我不该为这件事烦心。为这个烦心是愚蠢的行为。但是，我想到的一切就是，那不是真实的他——谁也不该那样定义他。与会的每个代表都带着姓名牌，我自己也带过许多次，而且他的姓名牌上标出的内容也没什么不好的。

但是，那天晚上，我想到了以前的我们——那两个乘坐贝克斯利公交车的孩子，那两个朝他卧室门上的篮筐里投袜子的孩子——那个时候，我们根本不知道等待我们的会是些什么；我们也不知道自己会变成什么样子；然后，就像大家所遇到的那样，就像丹特斯乐队的领唱歌手所经历的那样，一切都发生了改变，你根本无力阻止。世界一边把我们集中到一贯狭窄的生活激流中，一边已经为我们所有人安排好这一切。

我知道这样很不明智——我知道不应该因为姓名牌而感到不舒服。毕竟，那只是一张姓名牌。但是，带着姓名牌的人竟然是杰克，我希望他把它扔掉；我希望他把它抛在一边，然后我们一起跳上一辆公交车，离开芝加哥，哪儿也不去，或者去哪儿都行。我们刚上小学、刚成为好朋友的时候，总是会写些歌词让同班同学唱——关于地理的歌词，关于拼写的歌词——我们总是拿当时最红的歌开刀，删掉它们的歌词，保留它们的旋律，然后，把我们自己的歌词补进去。田纳西·厄尼·福特的那首歌：“你装载了十六吨，可是你又得到了什么？除了又老了一日，债又重了一筹……”我们改写了那些歌词。我们知道，我们可以写得更好。

那些一直在帮杰克干活的朋友从地下室里爬上来休息一下。我可以听到杰克和他们在厨房聊天。

“五卡车的……”我听到杰克在说。

那些糖果已经在运往商店的路上了。五卡车的东西听起来很多，但是，这是一个大国，充斥着没完没了的饥饿。

十六

我不知道这是不是缘于我们对商业的讨论——我感觉是因为这个——一天下午,不知怎么回事,杰克说:“你想和我去梅因大街走走吗?”

我告诉他,我很乐意替他走一遭——梅因大街是贝克斯利的商业区,最近几年,它经历了一些不太景气的时期,但是,人们还是会去那里,因为他们要买东西,但是又不想开车去哥伦布市区或者更远的商场。因此,我猜,杰克是想到梅因大街上买些东西,所以我说我去,省得他跑一趟了。

“我并不需要买什么,”他说,“我只是想去梅因大街上走一走。你想去吗?”

医生那里传来的消息还是不太好,所以,每次他提出类似出去走走的想法时——要是在以前,这样的事情我都不会多想一下——我就会问自己,这会不会是最后一次,这会不会正是他发出邀请的真实原因。我一直有种感觉,杰克有一份没有书写下来的清单,上面写着那些他务必再做一遍的事情。

“我们去梅因大街吧。”我说。

“好的,”他说,“我们应该去一下。”

我对它最恰当的描述是——我对正在进行的事情的最好解释是——

他正在尽最大的努力品尝一些东西。

他已经无法尝出食物本身的味道了——在查克家吃饭的那个晚上，他曾经说起过，一切食物吃起来都像碎冰；射线治疗和化疗破坏了他的味觉，所以他吃什么都像是在吃碎冰。

但是，他现在追求的品尝——品尝我们在梅因大街上度过的那个下午，品尝他和我正在做和将要做的所有其他的事情——是一种不同类型的品尝。他在品味他的人生。他在玩味他是谁，他曾经去过哪里，曾经认识过什么人……他正在品味这一切。食欲不但强烈，而且四处弥散。

这不是怀旧；这比怀旧要深沉得多；在我眼里，这有点类似于圣洁的东西。所有这几个月，他没有把时间用来考虑死，而是用来追忆生。而且，我发现，能够陪在他身边，就已经是我这一生的荣幸。

"我甚至都不敢相信，诺伍兹真的存在过。"走在梅因大街上，他这么说。

"现在，我们还没走到那个位置呢，"我说，"步行去那个地方太远了。"

他向西边看了看。"我知道，"他说，"但是，一想到诺伍兹曾经真的就在那里，离我们现在的位置只有五分钟的车程……"

诺伍兹是一座游乐园，而且——奇中之奇——它是一座街道游乐园。它正好位于贝克斯利外侧的梅因大街上，而且是在通往哥伦布市区的路上。游乐园里有费里斯转轮、蒸汽火车乘坐装置、旋转木马场；有一间模拟鬼屋；有一片混浊的人工池塘，池塘的水面上有一些小船，小船用链条拴在了导向栏杆上；还有一排木制外壳的投币弹球游戏机……那时，还没有迪斯尼乐园，也没有大美洲乐园；当时，一定是什么人想为那些刚从二战战场回到家乡的勇士们建造这样一座游乐园——那些人和他们的妻子要开始养家糊口了——也许他们正需要这样一座游乐园。

我们的父亲真的常带我们去那儿。因为去那里的车程最短——只需要顺着街道开几分钟。到处都是汽笛、风琴的音乐声，乘坐装置一起拐弯时金属传动装置发出的声音，还有孩子们在椭圆形露天场地里排着队坐小型碰碰车的声音……这完全是一项当地的经营项目。我记得，它没有打任何广告，因为这只是小镇生活的一部分。它是我们本地拥有的街道游乐胜地。

“我想，它没营业多长时间，”我说，“我确信，是电视逼得它停业的。”

“你现在再看看它原来的场地，那块地方那么小，”杰克说，“我记得有那么多的乘坐装置，真不知道，是怎么把它们塞进那么一块小场地的。”

就在诺伍兹游乐园的边缘，现在设了一个高速公路的入口。除非诺伍兹营业的时候，你就已经在世了，否则你永远猜不到它曾经就在那儿。

“我们的父亲总是开车去市区工作，所以他们每天都会经过那座游乐园。”杰克摇摇头说。

“能以这样一道风景开始他们的每一天，那也很不错，”我对他说，“如果你待会儿想坐车的话，我们可以去那里看看。”

“不用，”他说，“它就在我脑海里，我可以随时看。”

我们走到了罗杰斯杂货店原店址，然后停了下来。杰克说：“我们曾经带了一本亲笔签名簿过来。”

“还带了我妹妹。”我说。

“我想，那个可怜的看门大爷当时一定以为我们是在开玩笑，”他说，“我觉得非常抱歉。我不知道他不会写字。”

那时我们都还很小，有一次，我妹妹过生日，收到的生日礼物中有一本亲笔签名簿。她想得到一些名人的亲笔签名，但是我们一个名人也不认识。因此，我们决定做一件次好的事情。我们走到一个地方：梅因大街，那里是许多成年人工作的地方。

我妹妹、杰克和我去了加油站、保险办公室和罗杰斯杂货店，我们问正在工作的那些男士和女士是否愿意在那本签名簿上签名。大多数人都愉快地接受了这个请求，但是杰克记得的确没错。我记得，当时，给杂货店看门的那个人很尴尬，对我们的请求表现得有点恼怒——我们后来听说，这个人不识字，也不会写字，但是我们并不知道；要知道，伤害他的感情可是我们最不愿意做的事情。我们是在梅因大街上，就是那样子。我们很小，梅因大街很大。

“那家店的温度总是调得那么冷，”杰克一边说，一边还在品味那件事，“而且，走到前面的收银台那儿，就会闻到泡泡糖的味道。”

“就是在那儿，我们和甲壳虫乐队相遇的。”

他指着一家商店，这家商店最近几年改卖亚麻布品了。

“我们开了你父亲的那辆大庞帝亚克，记得车身是蓝色的，车座用的是白色皮革。”我说。

那是一九六四年一月中旬的一个晚上；埃德沙·利文的第一场表演即将开始。当时，甲壳虫还只是一个传闻，每天早上，WCOL 电台会播放他们的音乐，然后他们的声音会从我们的闹钟收音机里传来，把我们叫醒。我们在《时代》杂志上见过他们的照片，也知道他们正在进军美国市场，但是，因为当时我们没有买到他们的唱片，所以仍然没有一种拥有感。

我们每天都给贝克斯利唱片店打电话。那家店面缩在梅因大街的后面，木头墙，店里商品稀少；店主是两位表情严肃的年轻人，而且是民间音乐爱好者；音乐演奏家可以在这里买到非电吉他弦（尼龙的或者钢丝的），而金斯顿三人组合和四兄弟的最新唱片一般都有存货，奥德特和琼·贝兹的声音经常在店里飘荡，因为柜台后面有一部唱机。贝克斯利唱片店的两位店主已经习惯了我们的来电。他们的店虽然惯常不卖摇滚唱片，但是他们还是订购了《与甲壳虫相遇》这张专辑，这将是甲壳虫乐队在美国出的第一张密纹唱片；因为他们不能保证能帮我们留住几张，所以让我们每天打电话，以便货一到就通知我们。

他们很讲信用。在一个飘雪的夜晚,杰克借了他父亲的车,那车笨重得像船一样,但是,我们终于开到了梅因大街,买到了唱片,唱片的封面上印着四个年轻男子的黑白照片。我记得,唱片甚至都没用收缩薄膜包装,只是在外面套了一个正方形的硬纸板,里面是一片圆形的黑色聚乙烯,不过,这一片东西似乎可以让世界变得有点不一样,而且是让世界变得更好一点。一张唱片花了两美元四十七美分,我俩一人买了一张,然后一起匆匆赶到我家去听。

"当时真的感觉和他们相遇了,"如今他说,"唱片上所有其他的歌别人都还没有听过。"

单曲唱片的两首歌《我看到她站在那儿》和《我想握住你的手》,是WCOL 电台连续播送的歌曲,但是唱片上其他每一首歌——《那不会长久》、《不要烦我》、《没有第二次》和所有其他歌曲——都是新的,都没有听过。第一次听那张唱片时,我们好像接到了期盼已久的电话,而电话的那头则是我们一直想要了解的人。那声音;那歌词。与甲壳虫乐队相遇。

"后来,我终于真的遇到了他们,可当时,我的感觉却没有那晚那么好。"我说。

"你当时给我打了电话,而且就是那么说的。"杰克说。

之后的一些年里,也就是在我独立工作后,我在不同时期分别碰到过乔治·哈里森和林戈·斯塔尔——我是在牙买加的一家酒店里碰到哈里森的,我当时正在采访一段新闻,而哈里森正好去休假;斯塔尔的旅行路线使他正好经过芝加哥。他们各有各的风格,但是都很讨人喜欢。不过,这些邂逅已经没有了当初近乎疯癫的激动,也已经没有了令人晕眩的感觉——我们的年纪都大了些;比起和甲壳虫乐队的两位乐手聊天,在梅因大街上向商贩要签名更让人眩晕。那种极度的兴奋已经是许久以前的事了——就在贝克斯利唱片店,在那个冬天的夜晚——当时,我们最早买到了那张唱片,比镇上所有其他人都早。

“我父亲问，为什么我们非得一人买一张，”杰克说，“为什么我们不能分享。”

杰克把唱片拿回家的那个晚上，离他母亲去世的日子还不到一年。

“我们问你父亲想不想听。”我说。

“他不想。”杰克说。

那个词是“神经错乱”。

我不知道这是杰克想出来的，还是查克想出来的。杰克生病以来的这几个月，他俩一直在用这个词来形容他在认知能力上出现的问题。

杰克不介意这个词：他自己都用它来解释发生的事情。

“我突然感到有点神经错乱。”他说。我们当时就坐在靠近商店门口的地方。那家亚麻制品店就是以前的贝克斯利唱片店，不过在最近这个阶段，开始专门卖床单了。“我又在重复吗？”

他是在重复，有一点。我不知道那是癌症引起的，还是用来阻止癌症的药物引发的可怕功效，但是他总是忘事；他总是一会儿告诉了你某件事情，然后，一个小时之后，他会再告诉你一遍。贾尼丝说，有好多天，他让她帮他做事时，竟然重复了三四遍；他不是在斥责她，而主要是因为他不敢确定自己是否已经交代过她了。

我告诉他，是的，他今天已经重复过一些事情了，但是他和我都知道他为什么会那个样子，所以他不需要过度担心这个。

“我神经错乱的时候，我不是不知道，”他跟我说，“但是，知道了也赶不走它。它让我多少有些沮丧。”

他和贾尼丝已经调查过了家庭保健的相关情况。现在他们家还不到用看护的时候，但是他们已经为那一刻的到来做好了所有的安排。医生们建议，在化疗期间换一种不同的药物。第一种药没有取得想要的效果。

走到贝克斯利公共图书馆时，杰克沉默了。

我可以断定，太多的东西正在他心中激荡。那座图书馆——梅因大街的灵魂——原来又昏暗，又有点霉味，现在非常光亮，而且显示出一种断然的高傲：因为刚刚重建并重新设计过，所以它在实体上比我们小时候更吸引人了。至少用意如此。事实上，我们从来没有不喜欢那栋建筑，一刻都没有。

小时候，闷热的夏天午后，我们喜欢坐在图书馆的地板上，听图书管理员给我们故事组讲故事，那个时候，砖墙外面，太阳正在无情地炙烤着梅因大街的人行道。等我们稍大一些，学会了使用卡片目录，我们就会自己过来查找一些周末可以看的书：沃尔特·R·布鲁克斯的《猪宝弗雷迪系列》；后来是克莱尔·比的《奇普·希尔顿的体育生涯》（在我们毕业前夕，我们开始看约翰·R·图尼斯的稍微难一些的作品）；还有维克托·阿普尔顿二世的《汤姆·斯威夫特系列》。上高中时，我们的兴趣转移了；秋天的晚上，我们会去图书馆。表面上是在查找学期论文资料，但是，真正的目的是邂逅一些女孩——故意和她们不期而遇——然后劝说她们和我们一起离开。有时我们真的成功了。

现在，杰克就站在图书馆的大厅里。和以前一样，图书馆里的声音和其他地方不同；走在大理石的地面上，鞋底总是发出喀哒声；周围一片寂静；如果这样可爱的声音也可以被称作噪音，那么这种喀哒声就是图书馆里的主要噪音。

“陈列架上的那些书，闻起来……”他说。

“杂货店里的泡泡糖，这里的书——今天你发现了许多香味。”我说。

“捆绑的胶布闻起来有灰尘的味道。”杰克说。

他在品味所有的东西。

他独自培养了看百老汇表演的兴趣。

我从来没去看过——没去纽约看过;没去百老汇看过。

“你应该去看看,”那些年他总是这么对我说,“你可以给那些服务点打电话,或者在开演的当天去那些售票亭,那样,票价就会相当优惠……看表演的那些夜晚,是我一生中感觉最不可思议的夜晚。”

他总是一个人去。他去纽约办事,独自一个人待在酒店里,然后,他就会去百老汇看一场戏剧或者音乐剧。

“你从来没有问过自己,你是否属于那里吗?”我问他。那也许就是我从来不去那里的原因——从各个方面看,百老汇总是离这里那么遥远。我可以凭票进去,但是,它不会给我那种归属感。

现在,我们走到了德雷克塞尔电影院的门口。那是贝克斯利仅有的一家电影院。在那里,我总是有一种回家的感觉。在我们刚开始走近电影的年代,那里大部分都是二轮播放的电影。德雷克塞尔电影院就在德雷克塞尔大道和梅因大街的交汇处,在那儿,电影里的活动画景——即使最宏大的好莱坞画景——肯定会给你一种安心的感觉,而且与原物几乎一般大小。我们知道,在纽约,高雅的人们花高价去看好莱坞影片来娱乐自己:《窈窕淑女》、《国王与我》、《西区故事》,然后,根据我们的想象,在那样的夜晚,他们中途会在萨蒂斯餐厅或图茨尚餐馆停留一下,而这些地方我们从来没有去过。

我们走出德雷克塞尔电影院——看了第五遍或者第六遍的《海底两万里》——然后,总是直接走到隔壁的费德柏格午餐柜,要一份奶昔或者一些炸薯条。那就是我们对世间物质的要求,那就是我们所渴望的娱乐和电影散场后的食物。

但是杰克迷上了百老汇的电影,他自己培养了那种兴趣,所以现在站在德雷克塞尔电影院门口,他说:“希望去斯隆凯特灵癌症中心时,晚上能够有足够的精神去百老汇看场电影。”这些作用力的相互竞争:他的生命,和生命本身所具有的需求和动力,都正在消耗着他追逐那些渴望的能力。

我不知道该说些什么，所以就说："芝加哥没有梅因大街。我过去总觉得那真是太奇怪了。没有梅因大街的城市会是什么样子呢？"

"现在你才是那个神经错乱的人。"他说。

我们继续参观那些根本就已经不在了的地方。

温茨药房现在已经是别的什么店了。埃文斯和施瓦茨鞋店也同样如此。还有玻璃碗店、保罗食品专柜和塞克尔斯五美分和十美分店……我们从那些楼前经过，感觉就像见到幽灵一般。只是这些幽灵都轻薄透明，都在我们的视野里进进出出；梅因大街的幽灵都留下过名片，它们像是在那儿，又像是不在那儿。大部分的建筑都有了新招牌、新主人和新目标。我们看着现在的一切，我们又在参观着曾经的一切。

杰克又沉默了，就像之前在公共图书馆里那样。如果我们身边还有别人，那我必须告诉他，我们都在看什么——过去的梅因大街，现在的梅因大街——但是杰克知道我看到了什么，感觉到了什么，根本什么都不必说。这一切曾经都在这里，而且也繁荣过，但是现在都已经消逝了。所有这些社区里很重要的店铺都被取代了。而且无法再恢复了。

至于他在想什么，我也不需要问。

"我想吃点东西，"最后他这么说，"我想吃个冰淇淋苏打点心之类的东西。"

我们走进格雷特冷饮店——就是原来的老温茨药店——杰克点了低脂冰淇淋苏打点心。但是服务员说店里没有这个，问他要不要来一份全脂冰淇淋苏打点心。

"不用了，谢谢，"他说，然后，对我说：

"全脂冰淇淋对我的胆固醇没好处。"

我努力控制自己。其实，我真想告诉他：这没有关系；这个时候，想吃啥就吃啥吧。你不应该再关注冰淇淋苏打点心里用的是不是正常的冰淇淋；如果你想吃苏打点心，就让他们用最好的冰淇淋做一份。这场可悲游戏的结果根本不取决于你多么慎重地选择甜点。

但是，他想要的是低脂的，所以我们沿着梅因大街走到约翰逊冰淇淋店。童年时代，夏天的午后，我们有时会去那里吃冰淇淋。但是，那天是星期一，我们忘记了，每个星期一，约翰逊冰淇淋店是不营业的。

“街对面的是什么店？”杰克问。

我不知道他看的是哪家。

“就在那儿，”他说，“那家安东尼—托马斯店。也许他们有苏打点心。”

那是一家糖果店。我以前没见过那家店铺。但是，从外观看，那家店明显已经开了好多年了。不过它藏在一片小停车场里，而且那片停车场我从来没有去过。

“我们过街看看去，看看他们能不能给我做一份苏打点心。”他说。

“杰克，我们可以过去，”我说，“但是他们不可能有苏打点心。他们卖的是糖果。”

“也许在那里我可以买到苏打点心。”他说。

我不知道他是累了还是神经错乱了。但是，我们还是穿过了梅因大街。那家店里除了一个年轻的工作人员外，空无一人。店里有许多装满巧克力的玻璃容器。一块块的糖，一盒盒的糖，仅此而已。

看到有顾客进来，那位年轻人很惊讶。“要我帮你们选点糖果吗？”他问。

杰克饶有兴趣地看了看玻璃容器里的东西——毕竟，他刚刚在全国范围内销售了五卡车的糖果。他检验了一下商品，然后说：“我想来一份巧克力苏打点心，而且要用低脂的冰淇淋。”

那个年轻人说：“我们不卖冰淇淋。我们也不做苏打点心。你们没去约翰逊冰淇淋店看看吗？”

“那家店关着门呢。”我说。

“今天礼拜一。”杰克说。

我们谢了他，然后离开了。

“这趟走得很值，”我对杰克说，“我们终于做了一样觉得永远做不了的事情。”

“是什么？”他问。

“我们找到了一个从来没去过的地方，”我说。“我们去了以前从没去过的地方。”

“我打算再到那儿去一趟。”他边说边拐弯。

“为什么？”我说，“他都说了，他们没有冰淇淋。”

“他站在那里，没有顾客，对此我感到很抱歉，”他说，“我们让他做笔小生意吧。”

十七

那天晚上，他打电话来的时间比通常晚了一些。

我已经回到了芝加哥。他已经去过纽约，去过斯隆凯特灵癌症中心了；他一直期待的奇迹没有出现。那儿的医生看了他的记录纸、X 光照片、CAT 扫描结果和血液数值后，和杰克、贾尼丝聊了很长时间……他说的一切和其他医生已经说过的几乎一模一样。那个医生说，更换一下化疗用的混合药物是件好事——它没有害处。但是对于病情，似乎找不到乐观的理由。

但是，这些事情我已经知道好几天了。杰克和我也已经详细讨论过了。

所以，他比通常时间晚点打电话过来肯定不是因为那个。

我接了电话。他说，他和贾尼丝去了一个地方。

他住在明尼苏达州的时候发生过一件事情——他觉得那不算什么大事：

当时他住在明尼苏达州的郊区，一天，我往他家打电话，想跟他聊一聊，但是，接电话的却是一个不熟悉的声音，声音的背后，还传来刺耳的电台响声。有一会儿，我以为我拨错了号码。电话那头吃力地说了几个字就打住了，但是我压根没听懂。收音机里继续放着摇滚音乐。

我继续握着话筒，担心发生了什么事情。三四分钟过去了，终于听到有人拿起了屋里的另外一部电话。我听到杰克的声音："喂？"

我也喂了一声，然后告诉他，我刚才听到一个外国人或者是一个说话不太流利的人帮他接了电话；我问，有没有碰上什么麻烦事。

"一会儿告诉你，"他说完，走开了一下。一会儿，我听到他的声音出现在另外一个房间里——就是那个传来摇滚音乐的房间，那个房间里的电话还没有挂上。

我听到杰克说："亲爱的，我已经接了。"然后："很好。谢谢你帮我接电话。"

他挂了那部电话。我再听到他的说话声时，已经没有旁人在听了。

"她真是个可爱的小东西。"他说，然后给我解释了一下。

他因为公事离开那个镇子一些天，回来时，那个女孩——那个费了那么大劲接电话的女孩——已经搬到他家里来了。

贾尼丝当时在一所学校任代课老师。她教的孩子都患有严重残疾，这个女孩只是其中一个。她生来就有严重的问题，对她的生理和心理都造成了影响，而且外科医生或者药物都无法医治这种残疾。

杰克不在镇上的时候，那个小女孩又遭遇了一个痛苦的逆境。她家出了一点意外，她的母亲得有一段时间不能照顾她和她的兄弟姐妹。那个女孩——她才十二岁——都不太明白。生活给她带来了一个更糟糕的境遇。

为了不让女孩被社会公益服务机构接管，贾尼丝通过学校出面，暂时接管这个孩子，直到她母亲好点为止。杰克出差回来的时候，她已经住在他家了。本来是三口之家——杰克，贾尼丝和梅伦，现在至少有一阵子得是四口之家了。

"那天是我们的纪念日。"他说。他出差回来的那天正好是他和贾尼丝的结婚纪念日。

“我们四个人去了一家不错的饭馆，”他说，“我想，她有生以来可能从来没去过那样的地方。她真是一个好孩子。她看上去那么漂亮、那么快乐，就像城堡里的公主。”

我当时问他，难道他一点也不希望，结婚纪念日的那顿饭更隐私一点吗。例如只有他和贾尼丝。

“你在开玩笑吗？”他说，“你应该看一看，她四处张望饭馆和看着菜单点菜时的表情。我觉得，那个纪念日的饭最好吃了。”

那个女孩肯定是在某个时间回了家。在她自己家犯愁的时候，她曾经得到过这样的善意和照顾，也许她的生命会因此而更加丰富；也许她永远都没办法真正理解。

而且，杰克认为，他和贾尼丝做过的那件事根本没什么了不起。只是某个人需要一点帮助。就是那样子。

这种品质他很早就有了。在学校里，一些和他不是很熟的人给他起了个有点嘲弄意味的绰号：“高格调”。这个绰号不是说他老爱模仿别人的“优雅举动”——而是指，只要我们年级（不光是我们班——是最后会一起毕业的整个年级）有任何什么需要，他永远愿意帮忙的个性。

他参加了我们高年级干部竞选，并且成功当选了——一直以来，他只主动告诉过我几次，他母亲的去世给他的生活带来的空缺感，这就是其中一次。“兄弟，”当选之后他对我说，“我希望她就在这里，并且看到这一切。她肯定会觉得非常骄傲。”感恩节时，学校会组织给哥伦布市的贫困家庭送罐装食品的活动，他是从来不需要 C. W. 琼斯通过学校播音系统不停通知的学生——通常在活动的第一天，他来学校的时候就会拖着一只一蒲式耳①的圆篮子，篮子里装满了罐装食品（而且那不可能是从他父亲

① 英制容量单位，一蒲式耳约等于三十六升。

的市场拿来的免费食品——罗思先生只供应新鲜产品。杰克一个人去了梅因大街上的克罗格超市，买了需要的罐装食品）。这多少平了 ABCDJ 的那项绝妙纪录……丹和我偷鸡肉，杰克却给贫困家庭带来了食品。

念高中时，我们都是兄弟会的成员，杰克是毕业年级选出的预备会员考察官。一年级新生也许不知道他们有多么走运。预备会员考察官的通常定义就是私下施虐狂，他们总是会凭空想象出一些新的残酷手段来折磨那些力争表现活跃的成员。那年，因为有杰克，预备会员真的有了一个可以倾诉困惑的"师傅"，而且，只要他们感冒、胃痛或者有其他的不舒服，杰克就会免去他们所有的工作；而且，杰克还游说兄弟会的其他成员，告诉他们，刻薄的誓约是一个误导传统，并且那只会证明执行的人比他们故意折磨的对象更加拙劣。预备会员考察官？杰克更像是新生的工会代表，为了他们的权利挺身和根深蒂固的压制手段作斗争。

他这辈子完全没法忍受卑劣。当时，学校里有一个患癫痫的男孩。这种孩子，几乎所有的集体活动和体育活动都不会予以考虑。有的时候，他还会像着了魔一样——不是病情突然发作，但是状态非常恍惚。这显然是药物治疗的结果。

有一天，他又陷入恍惚之中，一群家伙围住他并开始折磨他。他们看到他很虚弱，所以打算突袭他——侮辱他，嘲笑他，尽力干扰他，使那段本来就痛苦难熬的时间更加让他难以承受。杰克看到了这件事——那个男孩本来就无能为力，何况那些人在人数上还占有优势——然后打电话让我和查克来帮那个男孩解围。我们来了；那些迫害者似乎只想到如何奚落那个毫无防备的男孩，其他的什么也没想过。尽管是查克和我把他护送到医护室，并给他的母亲和医生打了电话，但是，发现这件事的是杰克，不允许这件事继续下去的人也是杰克。

这种品质已经成了他的一部分——不是他人格的一部分，而是他人格的精髓。在大部分人身上，你没注意到这种品质的缺失：毕竟，冷漠通常是看不到的。但是，高于一切的仁慈一出现，就会像灯塔一样耀眼明亮。只有遇到拥有这种品质的人时，你才会察觉有多少人缺乏这种品质，也才会理解这是一样多么稀罕而珍贵的东西。

现在已经是晚上了，他通常不会在这个时间给我打电话，但是，今天却打了，而且说："今天晚上贾尼丝带我参加了一个激励小组。"

杰克说，这是她通过医院发现的一个组织；这个小组由一位顾问负责，成员都是癌症病人和他们的家属。目的是互相交流自己的经历。

"那听起来不像你愿意做的事情。"我说。

"是的，她告诉我的时候，"他说，"我拒绝去参加，但是这次她很坚决，而且她说，如果我不想为了自己去参加，也应该为了她去试一试。"

因此，他们就那样度过了一个晚上：和一群陌生人聚在一起，所有人只有一个共同点。

我们成长的那个年代，"激励小组"这样的词汇还没有成为这个国家的一个特别表达方式；我们成长的年代，如果有不幸降临在你身上，你几乎都是独自承受。你的家人（是指健在的那些）会陪伴你；你的朋友会支持你，也许还有一位神职人员在支撑你。但是，大部分时间，你得自己面对灾难。

大部分年轻人从来都不需要"激励小组"；因为大部分年轻人都非常幸运，一直到成年，他们最基本的生活都完好无损。杰克没有那么幸运；也许，他母亲去世的时候，他会接受激励小组；也许即使那个时候，他也同样会拒绝。但是选择激励小组的人不是他。许多人的生活会突然被扯得支离破碎，但是能给他们提供建议和安慰的正式组织却不多见。我们是杰克的激励小组，但是，我认为我们终究没有做过最专业的工作。我们不知道怎么做。

现在贾尼丝带他去参加了激励小组聚会，他也打电话告诉过我部分情况，但是他所说的并不是我想听到的。

他这一生，我从来没见他恐慌过。

我在他身上见到过的情绪和你在别人身上见到的几乎一样。我见过他兴高采烈的样子、心烦意乱的样子、满脸带笑的样子和志满意得的样子；他也曾生气受伤、野心勃勃、喜悦充溢、垂头丧气、提心吊胆、心满意足、若有所思、郁郁不乐、愤愤不平、坚决果敢、心甘情愿。他几乎没有什么情绪是我没见过的。

除了一种情绪。

我从没见杰克恐慌过。

他的心中有一种镇定——过去一直都有。从开始到现在，在每件事情当中，它都是永恒不变的。我不知道这种镇定从哪儿来的，但是我知道它始终在他心中。

从贾尼丝发现杰克倒在地板上的那天起，这几个月我总是会问查克："他去放射治疗回来了吗？"或者"他去化疗回来了吗？"就像过去我常常会问："他去吃饭回来了吗？"这已经成了一个习惯性的问题。不管哪天，只要我问，查克总会告诉我，杰克当天的一切进行得怎么样，以及都是怎么进行的，但是杰克始终没有恐慌。杰克总是很镇定。

即使是现在。

因此，他告诉我有关激励小组的聚会时，声音很平和。

他说，他们都围坐在一个房间里——沿着墙边，大致围成一个圆。

场面由顾问主持，但是目的是让每位病人、配偶或家庭成员畅所欲言。顾问的主要职责就是让发言进行下去——聚会没有明确的程序或时刻表，去那儿的目的就是谈谈你所想到的任何东西。

治疗、恐惧、手术、对试验性药品治疗的尝试——任何话题都不受禁止。病人和他们所爱的人在其他地方很少大声说出的东西,在这儿都能得到鼓励。这里的听众都是平等的,这里的听众也都能理解。

“你说了吗?”我问他。

“说了一点,”他说,“不是每个人都必须说,但是,如果什么也不说,你会感觉很古怪。”

我还是不确定他为什么这么晚给我打电话——晚上的这个时间他通常已经累了,都打算睡觉了。如果他说的不是激励小组的聚会,我就真的搞不清楚了,为什么他不等到明天早上再告诉我这些。

然后他终于说出了理由:

“格林,我为他们感到非常难过。”

我以为我听错了。

“为谁感到难过?”我问。

“为组里的那些人。”他说。

“但是,他们经历的不是和你一样的事情吗?”我说。

“他们要严重得多,”他说,“他们患病的时间都比我长。有些人还做过那些真的很危险的手术——有些人是被扶进屋的,而且显得非常痛苦。见了他们的样子,我的心都快碎了。”

那才是他打电话来的原因。不是为自己感到难过。不是因为他看到他们的时候,也等于看到了自己的将来。杰克患的是最严重的那种癌症,他也知道自己已经踏上了死亡之路,然而,他想到的一切只是那些和他待了一晚上的陌生人的痛苦。

“看到那种情形,你只是希望能做点什么来帮帮他们。”他说。

他说,他晚上一定很难入睡。

“我知道,我会清醒地躺着,而且一直想着他们,”他告诉我,“谁也不该遭受他们正在遭受的痛苦。我真想告诉他们,一切都会好起来的,但是我却找不到合适的词。”

第二天,我一个人坐在芝加哥市区的一家铺着白桌布的饭馆里。当然,我在想着杰克;我正在计划哪天再去看看他。

有一家人走了进来,带着一个已经成年的儿子。儿子身患残疾,残疾带来的痛苦使他不知不觉地发出一点嘈杂声。这肯定是一种神经紊乱疾病,因此他根本没法控制那种声音和痉挛动作。但是一些就餐者有点恼了。

我看到一位女服务员、两位男服务员和一位经理向那家人走去。饭馆的员工已经注意到了其他客人的不满反应;我担心他们会让那家人换个远一点的座位,或者干脆让他们换一家饭馆。虽然这么做是违法的,但确实时有发生。

那位女服务员用明亮而欢快的声音说:“你好,雷!”她跪在他的座位旁。

“你好吗?”她一边盯着他的眼睛,一边微笑着问。

“我们很想你,”一位男服务员对他说,“你都去了哪里?”

那位经理说:“欢迎你回来,雷!一切还好吗?”

那个年轻人喜笑颜开。他以前来过;他们都认识他,欢迎他。他们让他立刻放松了下来。

他的家人也特别高兴。我感觉,他们成为这里的老顾客并非出于偶然。肯定有许多地方不会如此关爱地招待他们。肯定也有许多地方,有许多人会冷眼观看他们儿子特殊的身体状况以及他所引起的噪音和骚乱。

看到店里的员工和那个年轻人在一起,饭馆里其他的顾客都露出了欣赏的笑容。那就足够了——看到那家人受到了善待,并且得到了理解,那就足以使其他的就餐者认为那个年轻人的出现是某种恩惠,而不是小小的麻烦。因为他提醒我们大家——桌子两边的所有人——什么才是最美好的东西。

也许正是因为当时的心情，也许是因为我仍然惊叹于前一天晚上杰克说的话，所以我想：杰克，那是你的遗产，就在那儿。那些纯朴的人。他们善待处于不幸中的人，善待那些完全没有回报能力的人。在别人一不留神流露出对温暖的渴求时，他们立刻就能察觉到。

也许是缘于当时的心情。不过，显然我已经缓过神来了——城市生活的冷漠和刻薄很快又袭来了。前一天晚上，杰克说，我为他们感到非常难过，当时，杰克只看到了周围人的痛苦，把自己的不幸完全丢到了一边。今天，饭馆的服务员聚在一起说，我们很想你，雷，就在那一瞬间，那个年轻人的脸上洋溢着满满的喜悦，他家人的心也终于宁和了。你在这儿，杰克。我当时就是那么想的。你不孤单。你身上最美好的品质也是我们所有人渴望的最美好的品质。你就在这儿。

十八

他幸福地告诉我一个料想不到的消息，声音里充满了生气：

“我去了商品交易会——去了两次。”

“你真去了？”我说。“你和谁去的？”

“贾尼丝和我，还有一些朋友，”他说，“哦，伙计……”

“你感觉自己老了吗？”我问。

“二十岁的时候去交易会才会觉得自己老，”他说，“但是以前它真是太棒了。它是……你知道的。”

“你看到黄油奶牛了？”我问。

“你觉得呢？”他说。

大概就在他去观看俄亥俄州商品交易会的那个时候，他的医生建议他在疗程中加一样东西：氧气。

他憎恶这个提议——这个想法，氧气的概念，它的运筹，和这所代表的一切。

我们其他人都不太理解，他为什么如此固执地拒绝这个。他的肺脏正在关闭——渐渐地关闭，没错，但是也没必要拒绝承认。他的医生认为，如果他在呼吸的时候，能辅以便携式氧气罐，那么他就不会那么辛苦了。他们说,氧气会经过细细的透明管子通到他鼻子里;目的是让他不那么辛苦。

他的生活在其他方面已经改变那么多了——化疗、射线治疗和卧室梳妆台上摆放着的药瓶子——所以氧气似乎只是另外一项变化罢了,而且也不是一项急剧的变化。医生也是为了帮助他。让他——在各种意义上——呼吸得更轻松点。

他家里依然存放着他的那张铅笔画像,那是我们十二、三岁时,去观看商品交易会的路上让别人画的。我的很久前就丢了,但是杰克还保存着他的。

俄亥俄州的商品交易会——每年烈日炎炎的夏末都会举办的庆祝会,会场内有食物、音乐、骑马、农场牲畜、巡回表演游艺团和没有目标的白天,以及四处闲荡的夜晚——是这个州规模最大、时间最长的庆祝会。至少我们刚知道时,总感觉它就是那样的。

展览会为期两周,场地从枝杈乱展的集市场一直延伸到俄亥俄州立大学的校园,它是夏天最后一次狂欢聚会——是假期结束前最后的好时光,这之后的秋天,现实世界无情的时刻表会再次不请自来。是的,它是很土气——确切地说,那地方到处都是玉米;玉米棒、玉米三明治、穿在小棍上的玉米——而且你不应该太当真。即使你还是个孩子,你也应该睁一只眼闭一只眼地进去。生活本身可能很严肃、很沉重,而且需要勤恳地管理。但是,交易会是一付解毒剂,是一个三百六十英亩的咧嘴笑。

你可以坐车坐到十一大街的集市场的入口处,从高耸着 O-H-I-O(俄亥俄)字母的大门的空隙间走进去。你立刻会走进一个过去一直生活着的地方,而且,你清楚地知道,你在什么地方,你是谁。又一个夏天要结束了,你还是这个国家中部的一个孩子——不管你去过那里多少次,在俄亥俄州商品交易会上,你永远是个孩子。农民家庭也会到场,他们可能来自该州的八十八个县中的任何一个;他们在竞赛场上展示各自有望获奖的牲畜和最优良的农作物;城市居民是冲着大看台前的夜间音乐会来的;还有轻驾车比赛和现场无线电广播;而且,如果你还年轻,可以不断地和从来没见过,或者永远不会再见的人调情。

还有博博。他坐在贮水池里,只要你经过,他就会大声地侮辱你,你会气得受不了,然后拿出钱,买下三个棒球朝他砸去,试图把他砸到脏水里去。还有用美丽的俄亥俄纯黄油雕刻出的逼真的大奶牛;黄油奶牛放在一个冷冻的玻璃容器里,来参加交易会的人可以走近,然后向它表达一年来的敬意;半路上,还有素描艺术家,他们可以给你画像,也许这会成为你拥有的第一张专业画像,也可能就是最后一张。

杰克依然保留着的就是那种画像;在交易会上别人给他画的铅笔画像现在还在他家里。因此,今年他当然想去观看商品交易会。对此我们任何人都不会感到吃惊。医生告诉他,他应该考虑使用氧气罐,这却让他大发雷霆,他知道他们是对的,但是,正因为他们是对的,他才会心烦意乱,而我们其他人对于这一切才刚刚开始领会。他自然会想去观看商品交易会:夏天的最后一次呼吸。

我想,他第一次发现自己——一个大胆而自信的自己——就是在俄亥俄州商品交易会上。我从来没跟他提过这个;如果我提了,他可能会说我错了。但是我非常了解他。而且我也亲眼目睹了这一切。

有一个夏天,我们的朋友庞基的父亲签订了大看台的场地特许使用权。庞基的父亲向所有户外表演现场——赛马、摇滚音乐会、拖拉机拔河和牲畜竞赛的决赛——销售他的灌瓶厂里出产的皇冠可乐和其他风味的饮料(通常用纸杯子装),他雇请了叫卖小贩,他们会穿行于看台之间兜售饮料。

对于叫卖小贩而言,这份工作的报酬是工资加佣金;他们只要在那儿卖，就会有一点收入，但是他们的最终报酬取决于他们究竟卖了多少杯饮料。我记得，他们必须走到看台下面，先领一托盘的皇冠可乐饮料，但是，他们必须提前付清这一托盘饮料的钱；然后，再重装货品时，可以从每一托盘的收入中抽取一定百分比的钱目。

杰克也是一名雇员。像大多数孩子那样，在社交场合，杰克总是有点腼腆，不愿意向不认识的人说出自己的观点。但是，随着时间的推移，大部分人身上的那种缄默最终会一点点地消失。杰克也是如此，而且我目睹了整个消失的过程。

就是那个夏天——他在大看台里卖皇冠可乐的那个夏天。第一次，他不是在市场里给父亲帮工；第一次，他每天看到的都是全新的脸孔。大看台里，人们进进出出——有时，大看台每天有三四场不同的表演。杰克和其他的叫卖小贩一直待在那里；而座位上的人却一直在变。

他每天晚上回家——晚班结束后，回到贝克斯利时会和我们其他人见面——而且突然变得非常自信。他浑身散发着可乐的味道——在看台下，把杯子倒满时，皇冠可乐会溢出许多，到换班的时候，那会起泡沫而且含糖的饮料已经把他的前臂弄得黏黏的了；而且，不管他怎么用力擦，皇冠饮料的味道总是除不去。但是他每天都和成百上千的人交谈（不管多么简短）；和几十个女孩眉来眼去，在大庭广众之下受到一些女孩的吹捧，他感觉这样才更像他自己，更像是一个广阔天地里的人。这个环境不同于以前 ABCDJ 的世界；艾伦、查克、丹和我没有去交易会工作。这是杰克的崭新的世界；是他独自尝试的东西。

那场交易会的夏天，他晚班结束后，我们会在半夜看到他，他变了，虽然只是非常细微的变化。他第一次迈出了一直熟知的世界；他第一次迈出了他的家、他的学校，还有我们其他人的世界。但是，他所涉足的那个同温层是一个年轻人可以经历的最友好的同温层。如果有一天，你必须到更广阔的世界里开始毕生的旅程，但是可以在俄亥俄州集市场度过最初的过渡阶段，你完全有理由相信，你真的很幸运。

“我们看到了淘气鬼、普通群众和海龟。”他现在告诉我。

在今年这个与以往不同的夏末，他在商品交易会上还做了一件事：他和贾尼丝，还有他们认识的其他一些夫妇一起观看了一场老歌音乐会。

“就在大看台吗？”我问。我想象着他坐在同样的座位上。他曾经穿行其间，手里端着碳酸饮料盘子，盘子用一根带子拴在脖子上。

“那个大看台？”他问，似乎我太落伍了，竟然不知道那件事。“那个大看台已经拆了好多年了。”

那里建了一个新的音乐会会场；他说，那场表演太美妙了，他让音乐把自己装得满满的，那天晚上，他也不觉得累，也不觉得疼，也没想过，夜晚结束后，会回到一种怎样不受欢迎的新生活。

“你在那儿吃的饭？”我问。

“当然了，”他说，“排骨。玉米。”

他说，经过黄油奶牛时，他停了一会儿；你不可能不停留。

接着，我还没来得及问下一个问题，他已经回答了。

“我没看到博博。”他说。

自我们第一次去贸易会以来的那么些年，一代又一代的博博来了又去；他们都叫博博，他们总是坐在贮水池里并且大声侮辱你，但是博博们却在更换。我想，肯定更换得非常频繁；因为博博这个职业好像干不长久。

“你找他了吗？”我问。

“嗯，我没有到集市的每个角落找，但是，我们去过的每个地方我都看了，并没有见到他。”杰克说。

“你想，是不是他们取消了他的资格？”我说，“你觉得，博博的池子还在吗？”

“别扯啦，”杰克说，“没有博博，那还是交易会吗？”

他那天玩得那么开心，所以又去了一个晚上。那个地方他总是看不够。

我不知道该不该问，但我还是问了。

“你带氧气了吗？”我问。

“带到交易会去？”他说，意思是：没有。

不是所有想让他分散注意力的努力都会成功的。

查克和乔伊斯计划暑假去科罗拉多旅游，所以邀请杰克、贾尼丝和他们一起去。整个想法是什么也不做，就是放松一下——吃吃饭，听听音乐，如果杰克状态好的话，去山路上走走。

但是，那次旅行，杰克的状态不太好。这也许和那里的海拔高度有关——他们在出发之前讨论过海拔问题，他们也咨询过，去山里会不会给杰克的呼吸系统带来过重的负担，但是，他们获悉的答案是，只要杰克想去，那样的假期是安全的。杰克想去。

但是，他一到那儿，大家就知道这次旅行根本不可行。“每天晚上，我们计划去某个地方时，”我打电话去那儿，查克告诉我；当时杰克在睡觉，肯定听不到。“他真的想一起去。我们到目的地才几分钟，他的脸上就开始出现那种表情。再过一会儿，他就会说：‘我得回去了。’”

查克说，他也没有散步。

“他根本散不了步。”

交易会是一回事；科罗拉多要更困难点。也许是因为那里的海拔太高。但是也许他觉得离家太远了。

他向我保证，斯皮尔伯格效应依然完全有效。

“我知道，我瘦了，看起来有点不一样了，但是，我出去时，还是发生了好几次那样的事情。”他说。

许多年前，他留了一撮椒盐色的胡子，就在那个时候他注意到了那个效应。只要他出门时戴着棒球帽——而且尤其在他戴金边眼镜时——总是有人盯着他看。

“起初我没法理解，”那时候他告诉我，“我有点害羞——我走到哪里，都有人看着我。我想，也许我脸上粘着吃的或其他什么东西。”

然后，有一次，在纽约的一家餐厅——那家餐厅很受欢迎，所以很难订到座位——他在休息区，和其他准备用餐的顾客一起等待空座位，而且做好了长时间等待的准备。那个地方非常拥挤。

但是，餐厅领班瞥了他一眼，直接走到他和他生意伙伴站的地方，轻声说：“斯皮尔伯格先生，我们给你安排了桌子。”

他很困惑；他的生意伙伴不叫斯皮尔伯格，他自己当然也不叫斯皮尔伯格——这到底是怎么回事？他没有争辩，只是觉得，这种糊涂事对他还挺有利的。

在那之后，这样的情况时有发生。通常大家只是盯着他看；通常不是在镇上，也不是在哥伦布市里。有一天，他终于明白了这一切。当时，一个人走近他，说：“我知道你老是听到这样的话，但是我真的很喜欢你的电影。”

杰克的脸看起来总是很儒雅、很博学，但是一点也不冷漠。如果他戴上棒球帽、加上一撮胡子和一副眼镜，真的很像斯皮尔伯格。确切地说，是像拍摄现场拍的静物照片上的斯皮尔伯格，是正在指导电影拍摄的斯皮尔伯格。

我从来没有想过这个；杰克告诉我这件事后，我才看出他和斯皮尔伯格确实有几分相似，但是，如果他不说，我可能永远也不会这么认为。我觉得有趣的是，一位电影导演竟然这么容易辨认，公众竟然能从人群之中把他挑出来——或者，更直接地说，把杰克从人群中挑出来。你可能也认为，电影演员也许会有那种反响，但是导演不应该有。

那样的事情持续出现。杰克不戴棒球帽时，和斯皮尔伯格不太像。也没有人会错认。但是他一戴上帽子……

有一次，他在东海岸的一家酒店办完了住宿手续，可是在去房间的途中，那个服务员一直都在谈论“他的”电影。杰克觉得很好笑——这种事情他已经经历过许多次，所以不会再感到吃惊——当他走到房间时，他给了服务员一点小费（我没问他，他给的小费是不是符合斯皮尔伯格的标准），然后摆摆手说：“我知道你在想什么。但是我叫杰克·罗思。”

听了这句话，那个服务员鬼鬼祟祟地不住点头，并且说：“不用担心，斯皮尔伯格先生。我一定会替你保密的。”

他说，在科罗拉多，出门的时候，大家还是盯着他看，还是以为见到了斯皮尔伯格。但是他当时没怎么出去，即使后来回哥伦布市，他也不太出去了。

“根据日记记载，那年的今天我们在做什么？”

我保存了一九六四年的日记。在写日记之前，我参加了一次俄亥俄州高中生新闻工作会议，一位发言嘉宾（也是一位老师）说，要想成为一名优秀的记者，最好的方法就是每天记日记。那位老师说，这是一项很好的训练，不管你想不想写，都要强迫自己把每天发生的事情确切地记下来。

因此，那一年，我一直在记日记。杰克知道我保存着那本日记——每天用铅笔或钢笔书写的日记原稿，本子是一本螺旋形活页日记本，那还是前一年岁末，保险公司送给我父亲的一本宣传本。

“日记上说我们今天在做什么？”一个夏天的晚上，他问我。当时我正准备再去哥伦布市探望他。

他现在问这个问题的频率越来越高了。他正在努力找回一些东西——一段时光，一种感受。也许出于同样的考虑，他才会二度光临同一次商品贸易会。

因此，我从抽屉里抽出那本旧日记本——黑色仿皮的封面，上面打着阿彻—米克—韦勒保险代理公司的广告——翻到今天，不过是一九六四年的今天。

“丹尼斯·麦克尼尔到我家来，骑了他刚买的黄蜂牌小型摩托车，”我对杰克说，“他骑摩托车，我坐在后面，我们在镇上兜了很长时间。然后他让我自己开。”

“那天写我了吗？”杰克说。

“写了，”我一边看日记，一边说，“我弟弟蒂米问你和我，他可不可以和我们一起出去吃饭。我们说可以。我们带他去了布罗德街和詹姆斯路交汇处的豪生餐厅。我们付了饭钱，然后我俩又各买了一包帝帕里洛——那些带塑料过滤嘴的小雪茄。”

“是不是厄尼·科瓦克斯的妻子过去常在电视广告里唱的那种？”杰克问。

“伊迪·亚当斯？”我说，“我很肯定，她是给缪里尔雪茄做的广告——‘为何你不点燃一支，时不时地抽上一口？’”

“那么帝帕里洛的广告是什么？”杰克问。

“你肯定知道，”我说，“广告里的那个女的，扮演的是夜总会里卖烟的女孩。”

“面前端着一盘子香烟和雪茄？”他说。

“对，”我说，“就像你在交易会上卖可乐饮料的样子。”

“‘雪茄，香烟，帝帕里洛？’”杰克愉快地说。他正在回想。

“是的，”我说，“总之，我们吃完饭，去豪生买了帝帕里洛。”

“我抽了吗？”他问。

“我看看，”我说，“日记上说我抽了，但是你没有。”

“我不相信。”他说。

“我抽了一支，”我看着一九六四年的那个晚上写的东西说，“我们在我家的前院里玩了一会儿橄榄球。我俩嘴里都叼着帝帕里洛——我的点着了，你的没点。我们让蒂米和我们一块儿玩橄榄球。”

“那天还发生了其他什么事？”他问。

我看了看那天的日记。

“没有了，”我说，“就这些。”

电话那头的他沉默了一会儿，然后说：

“听起来那一天过得挺精彩的。”

就在我回哥伦布市之前，他打电话告诉我，拉扎勒斯商场要倒闭了。那家商场位于市街和海伊路交叉的街角处，已经在哥伦布市区存在了一百五十年。现在那家店只剩下最后一天时间了。

“他们去年就宣布要停业了，但是当时感觉不像真的，”他说，“这次是千真万确。他们将永远关门停业了。”

我们在那里度过了那么多的时光——开始，母亲带着我们去购买返校时穿的衣服；然后，我们年纪够大时，就自己去买；后来，我们成年了，还是会去那儿买衣服，不过那时候，它的生意已经慢慢下滑了，因为越来越多的人选择到外边的商场去购物。有一个圣诞旺季，杰克还在那儿工作过。女士们会打扮得漂漂亮亮地去市里，有一些还戴着白色手套，然后，会涌到钦茨店吃午饭；壮观的圣诞灯光和圣诞老人游行预示着假日购物旺季的到来；还有那个大书店，那可比博德斯书店和巴诺书店要早许多年（也比“我的偶数页”早了许多年，只是这和前面的店不属于一个范畴）；那些橱窗装扮得和伦敦或巴黎的画廊一样可爱，一样有艺术气息，至少在我们这些中西部的人的眼里是这样的……

拉扎勒斯商场是市区的一部分，就像……

哎，就算有人说俄亥俄州的州府要倒闭了，也不会有这个消息那么让人难过。

“你今天不打算去那儿了，对吧？”我问他。

“我正在考虑，”他说，“但是我不太确定。”

“最后一天可能会有很多人，”我说，“我想，你没必要到那儿挤来挤去。”

我告诉他我到哥伦布市的时间。

“谁也想不到，拉扎勒斯商场会停业。”他说。

十九

我到那儿的时候，艾伦已经在酒吧里了。他正在抽烟，看起来像是在等着陪审团进来，从某种意义上来说也确实如此。

我打电话到坎顿找他，提议我们一起过来陪陪杰克；他已经有一阵子没见过他了。艾伦正在准备一项资金筹集活动——这事和俄亥俄政治和法律界的高层有关——但是他还是改变了计划，出现在了托普店里。他的妻子和他一起来的；他俩面前都放着鸡尾酒，而我还没来得及坐下，他就示意服务员也给我来一杯。

“博比。”他重重地说，声音如海洋般深沉，但是腔调很滑稽，而且拉得很长。从我们小时候起，他就一直用那个词、那样夸张的声音招呼我。他是从某部我们早已忘了的黑白电视剧中学来的——有一段时间，这个笑话的起源我俩都能立刻明白，但是经过这么多年，我们已经记不清它确切的出处了。但是，这种问候方式依然沿用了下来。

“阿尔比。”我说。同样完全模仿那部电视剧中的声音、名字和语调，虽然这部节目的名字早已遗忘在记忆的薄雾中了。以前，“博比”和“阿尔比”总是让我们大笑不止。

“那么，”他一边说，一边看了看手表。

“他们会来这里和我们会合。”我说。

艾伦紧张的时候,你一定可以看出来。他的身体蜷缩着。虽然法律职业是他成年生活的主旋律,但是我却从来没有见过他在法庭上的样子。

但是,在法庭上估计他也就是这个样子——宣判日那天,对方律师看到的法官席前的他一定也是这样沉默寡言、暗自紧张。当重要的人或事处于危险中时,他肯定就是这个样子。

"过来,坐下,"他说,语气有点尖锐,"你打算一直站着吗?"

没耐心。暴躁。等着陪审团回来。他不断地看着前门,等着杰克过来。只要看一眼,艾伦就可以获得大量信息。他在一秒钟内就可以猜到,这场官司的胜算到底有多少。

我们聊着一些无关痛痒的事情,只是打发时间罢了;他拿着香烟盒,轻轻敲着吧台的台面。

他妻子问我途中感觉怎么样,什么时候到的;我也问她一些我俩都不关心的问题。我们都在等着。

这时,通往停车场的门开了,杰克和贾尼丝走了进来,而且杰克还迅速地朝我们咧嘴笑了笑,也顺带秀了秀他的豁牙。

虽然艾伦脸上露出了明朗而且太有活力的笑容,虽然他站起身并张开了胳膊,但是他还是忍不住压着嗓子低声说:"噢,上帝啊。"他藏起自己的情感,不让杰克看到他在想什么。

"真高兴你终于来了,"艾伦大声对杰克说,"鲍勃一直坐在这儿给我讲你可能听到的最愚蠢的故事。你没赶上真是幸运。"

我上次走后,杰克的病情又倒退了好多——我看得出来。他瘦多了,眼睛里流露出空洞的神情,全身没有一点生气。我上次见到他的时间比艾伦近,所以我一直希望,几个月来第一次见他的艾伦能够告诉我,事情并没有那么糟糕。

"快点,我们到桌子那儿坐着吧。"艾伦说。他把一只手搭在杰克的背上。尽管他冲着杰克热情地微笑，但是他总是回过头来简短地看我一眼；尽管他始终面带笑容，但是我可以看出，他其实真的很想哭。

我们二十刚出头时——那时候，杰克正在芝加哥北部的郊区教书，而我也刚刚成为《太阳时报》的一名记者——有一个周五晚上，他坐火车到市里来看我，我们约好了在新闻大楼附近的里卡多酒吧见面。

那是一个很有名的地方，许多记者常常会去。当时，我也是才敢鼓起勇气进去，因为一直担心会有人让我出示证件，然后就被立刻驱逐出去。那个时候，迈克·罗伊科才三十来岁，他就喜欢待在那家酒吧里；比尔·莫尔丁每天画完社论漫画后也会去那里；莫尔丁的朋友和漫画同行、《芝加哥每日新闻》的约翰·菲谢蒂也会在场；我个人崇拜的新闻界精英、《太阳时报》的体育新闻记者杰克·格里芬也会坐在酒吧的那头，留着平头，穿着双排钮外套，比博加特本人更像博加特。彼得·利萨戈每次从华盛顿回到小镇上，也会来这里。所以，这个地方完全不同于我在哥伦布市熟知的一切。

因此，那个周五的晚上，我和杰克见面之后，不断地偷偷瞄对方一眼，意思是："你相信这一切吗？"或者"我们真的在这里？"我们不会说出口——二十刚出头的时候，无论生活突然带给你多大的惊讶，你都不会大声说出来，你的内心会有某种东西，它让你觉得，你应该假装认为这一切都没什么大不了。但是我们知道，只要我们看着对方就了解了。

不久之前，我们还坐在梅因大街的托德尔饼屋里；不久之前，《金手指》在洛伊斯俄亥俄电影院（只要从当时还很兴盛的拉扎勒斯商场出发，沿着那个街区走就到了）首次公映，我们还买票去看。那是我们的家乡，而现在我们却在这里，这比《金手指》里的任何东西都更有异乡情调；我们竟然会在这里，这似乎是最不可想象的事情。

夜晚，里卡多酒吧开始喧闹起来，酒水不断呈上，杰克在和新闻界人士和电视记者闲聊，他们对他很友好。杰克可能以为自己走进了《满城风雨》（这部剧是本·赫特和查尔斯·麦克阿瑟共同完成的，一些年前，我们曾经从贝克斯利公共图书馆借来看过）。突然，为了让我听见，杰克提高嗓门说："我们去拉斯维加斯吧。"

"什么时候？"我大声地问。周围喧闹依旧。

"现在，"他说，"今晚。"

我俩谁也没有去过那里。但是，酒吧里刺耳的嘈杂，再加上酒精的作用，使这个主意显得合情合理：走出酒吧，冲到奥海尔，买一张去拉斯维加斯的机票，不带行李和换洗衣服，直接飞到那里，然后……

"你想去那儿做些什么？"我问他。

"不管我们最终做什么，"他说，"我们可以周日晚上回来，周一正常工作。"

虽然这不像他会做的事情，但是我们差点就真去了。这和鸡尾酒没什么关系，是那天晚上的芝加哥和里卡多酒吧，以及酒吧里所有的人醺醉了他。我们感觉和在家的时候完全不一样——那时的感觉就是，我们现在在芝加哥，如果这一切能够实现，那么任何事情也都可能实现——既然我们可以在这里，那么我们今晚也可以在拉斯维加斯。那片旧世界已经不再是我们的世界了。

我们大概就是带着那样的心情离开里卡多酒吧的，然后走到拉什南路。室外的夜色已经没有了酒吧里的喧嚣，而我们也感到有点泄气，至少开始有点真实感了。我们爬了一段楼梯，走到密歇根路上。正准备拦计程车去飞机场，杰克说：

"你想，我们几点能到拉斯维加斯？"

"肯定很晚，"我说，"但是之间会有一些时差。而且那里从来不会关门。"

"我们住哪儿？"他问。

“我不知道，”我说，“随便找一家酒店吧。”

“你身上的钱够吗？”他问。

“我的支票簿落在家里了。”我说。

从我们的脚踏上赖利大楼前的人行道起，我们就知道，我们哪儿也不会去。里卡多酒吧里的场景让我们误以为自己变了，变得只要一时兴起，就可以飞到拉斯维加斯去，然后挤到赌桌前，一夜不眠，一气玩到太阳升起，然后再从头再来……

“你很想去吗？”他问。

“这可是你的主意。”我说。

“我知道，”他说，“但是这周过得真漫长。我有点累。”

我知道。

“等我们有时间计划的时候，再找一个周末去吧，”我说，“那样我们就有时间准备行李和提前预订了。”

“我想那样更合理些，”他说，“你不这么认为吗？”

因此，我们沿着街道走了走，在一个地方买了份汉堡；我俩能一起待在芝加哥就已经够难以置信的了，去拉斯维加斯只会让我们感到不得其所；我们已经清楚地认识到自己身在何处。我俩从来没有一起去过拉斯维加斯；我想，也许那天晚上，我们就知道我们可能永远不会去。那根本无关紧要。回到家乡，我们甚至从来没有想过去那么远的地方——我们从来没有想过飞到拉斯维加斯去。

现在，我们又回到了家乡，又坐在了托普店里。艾伦曾经多次见过拉斯维加斯的灯光，现在他为每个人叫了新一轮的酒水，而且，从他的眼睛里，我看到，他正在为他深爱着的朋友而痛苦。

查克和丹今天晚上没能来。查克和乔伊斯不在镇上；丹和他的妻子计划从落得岱尔要塞出发，去巡游度假。（加勒比海正在刮强飓风；佛罗里达州的州民要么涌到州际公路上，开始向北撤退，要么正在努力购买超额预订的机票，去哪里都行——要紧的就是赶紧逃离那场即将来临的风暴。我之前问丹："你真的打算飞到佛罗里达去巡游加勒比海吗？"他说："嗯，是的。"我说："你看这周的新闻了吗？"他坚定又迂腐地说："请登录公主邮轮网①。"像极了伍德罗·威尔逊总统提出国际联盟时的样子。虽然，和以往一样，我不明白那个和我们正在讨论的事情有何关系，但是我知道，那个时候，再怎么和丹讨论也将是一种徒劳。）

所以，那天桌上坐的有艾伦夫妇，杰克和贾尼斯，杰克的一位朋友加生意伙伴——这人叫乔，是从国外飞过来的。这样的事情时有发生：杰克的生意伙伴和多年的朋友都会找出各种理由来哥伦布市看他。其实，真正的理由只有一个：杰克。我想他一定也清楚。

今天晚上，他真的很辛苦。他告诉我，他的耳朵对噪音越来越敏感了——他说，在科罗拉多时，一些音乐会他已经听不了了，因为高强度的音乐让他感到很不舒服。在饭馆里，我能够看出，每次声音级别的提高都会对他产生影响。有一两次我看到他都缩了起来。

但是他想在这儿待着。"乔，给他们讲讲……"他对他的朋友说。我们不认识他的那个朋友，不过，杰克不是想让我和艾伦听乔讲故事，他是想让他的朋友也成为我们的朋友。他认为这一切很重要。

一个熟人经过我们的桌子，他曾和我们一起长大，而且我们也很喜欢他——他现在是一位足科医生，但是，在我们眼里，他还是以前的他（他家位于雷明顿路上，我们曾经在他家那形状奇特的私人车道上投篮）——他很不错，没有将我们的谈话扯到杰克的健康问题上。他还很聪明，讲了一则有趣的故事，营造了一个正好适合的气氛，而且让我们所有人，尤其是杰克，轻松地笑了起来。但是，整个晚上，桌上的笑声就像精心设计的电

① 一家邮轮旅游行业网站。

影剧本里的笑声——到了该笑的地方，我们就一起大笑，有时笑得有点太卖力了；我们笑，是因为我们知道，我们应该让笑声暂且冲走眼前的黑暗。四月份，我们 ABCDJ 第一次聚餐时，我们的笑声更像是一场谈判，不但宝贵而且充满希望。这次不一样了。一路上，我们又走过了好几个月，所以更加知道这一切将通向何方；虽然只要给点提示，我们一定会从嗓子里挤出点笑声，但是我们的心里却非常明了。

现在艾伦已经到了有影响力的年纪——这似乎是大部分人的事业目标，但是只有一些人能够达到。照我观察，一个人开始拥有影响力——如果他们真的会有影响力的话——时间通常是在四五十岁。尽管成功是产生影响力的先决条件，但是，这不仅仅是成功问题。而且这个东西和升职加薪不一样，它不能转让他人。

有影响力的人的周围总是有一道光环——他是主宰，不光是主宰他们，而且可以主宰自己。这比当老板要更胜一筹——你二三十岁时就可以做老板了。有影响力的年纪即使不是一种心境，也是和它非常近似的东西。你有影响力时，除了你自己，你不需要向任何其他人报告——不是在组织系统图上，也不是在董事会的会议室里，而是在你自己的脑海中。这在四五十岁极度自信而且顺利的男人身上总是会闪现。乡间俱乐部的烤肉馆就是自然的背景。

我从来没见过杰克觊觎那种影响力。那不是因为他做不到——而是他从来没有渴望过。他是想自己经营，挣到足够的钱来好好地供养贾尼丝和梅伦，但是他从来没想过加入那些人的行列——烤肉馆里的男人，有影响力的男人。

有一次，我曾经问他，他是否认为四十几岁是适合产生影响力的年龄，他想了一秒钟，然后说：

“我认为四十几岁不是有影响力的年纪。我想，那是愚弄自己的年纪。”

“你的意思是?”我问。

“唔,你看那些四十几岁的人,他们建了最大的房子,报纸上刊登着他们和妻子的照片,不过只是扎着黑色领带的基金筹措人,”他说,“他们总是带着这种表情,你知道吗？就像喂饱了的猫。非常的心满意足。”

“好像他们知道,他们已经实现了想实现的一切。他们已经全方位地掌控了一切。”

“那为什么那是愚弄自己的年纪呢?”我问。

“因为它愚弄了你啊,”他说,“你成为那些人中的一员,你会认为从那时起一切都会一帆风顺,接着,那些人的事业会出现问题。影响力顿时就成了一种幻觉。而他们被这个幻觉欺骗了。”

“不是所有的人都这样,”我说,“他们中的一些还是进展得很顺利。”

“我敢和你打赌,处于顶峰的人肯定从来不相信有影响力的年纪,”他说,“他们看起来好像无忧无虑,但那并不意味着他们真的不担忧。四五十岁还有些担忧的人往往才会有好结果。那些以为自己已经在人生的长跑中夺得冠军的人——他们将遭到愚弄。”

他和我说了这些话,但是之后生活却愚弄了他。虽然他从来没有认为自己成功过。

桌上的笑声依然像电影剧本里的笑声——每个人都笑得太卖力了。你可以听得出来。杰克肯定也了解。

但是,他却突然朝我探过身来,还真诚地咧嘴笑了笑。他想到了一件事情,因此真的很想笑。

“你知道我们讨论过四十个盹饭店的事情吧?”他说。

他想到了那件事——很早前我们听说,街上的那家汽车旅馆里有应召女郎。

“我和查克说我们讨论过，”杰克说，“他居然断言，他从来没听说过。你相信查克从来没听说过‘换一便士’的故事吗？”

“也许查克从来也没听说过‘星条旗’。”我说。杰克容光焕发，大声笑了出来，有那么一刻——在愚弄自己的那一刻——我们溜号了。

我们想吃点甜点，而且大家都坐累了，因此，我们驱车去了一分钟车距外的约翰逊冰淇淋店。

真正的秋天即将来临，但是这个晚上依然透着夏天的气息。以前我们一直都在吃约翰逊冰淇淋店外卖的奶昔和圣代；我们出生的时候，那个卖冰淇淋的小亭子刚刚开始营业。现在它还在这里，店前放着野餐风格的桌子，看上去一点都不像东大街上的售货亭，倒像是一片绵延伸向远方的青翠草地。

这里见证了那么多懒散的夜晚，那么多抹不去的闲谈。在约翰逊冰淇淋店，没人会催你。只要花上一份锥形蛋卷冰淇淋的钱，你和你的朋友可以尽情地在那里逗留。

“我还是觉得你搞错了。”杰克说。

“我没记错，”我说，“以前是不能进去吃的。那时候店里根本没有地方。大家点冰淇淋的时候，也都是在店前面开的一个小窗户那里点。”

“那肯定不对，”杰克说，“这家店一直就有个里间——他们只是在几年前把它弄漂亮了些。但是你一直都可以到里面去吃。”

“不是，”我说，“里面除了舀冰淇淋的服务员外，什么也没有。”

“那么，那个写着所有口味冰淇淋的牌子放在哪里？”他说，“那个牌子就在店里。”

他可能有他的道理。

但是，议论约翰逊冰淇淋店的历史比谈论心里想的东西要稳妥得多。

艾伦一直没有说话。他坐在野餐桌旁，抽着烟，看着杰克，脸上一片恍惚。我对他说:“我想,只要你要求,他们会给你一份烟草冰淇淋。”他随口骂了我一声。

“或者来一份烟草冰淇淋饮料。”我说。

感觉真像夏天。

但是却不是。

艾伦站起来说,他和妻子得走了。他拍了一下杰克的肩膀,说:“后会有期。”其实自己也不知道会不会真的有期。

杰克还是以他的方式点了点头。

那么多美好的夜晚,我们曾经在这里度过。车停下来;坐在前排乘客座上的人出去给司机和后面的人买冰淇淋;他推开车门时,我可以听到音乐声。那是电影《一夜狂欢》里的一首老歌。约翰·列侬就有那种本事:尽管歌词写的是实实在在的伤痛,他却坚持采用快节奏的旋律,让整首歌显得活泼明亮。我不知道他是如何做到的:唱着最悲伤的歌曲的同时,声音里还能带着残缺的微笑。艾伦又看了杰克一眼,然后转身离开了,而列侬还在唱着那首《我宁愿哭泣》。

二十

技艺不如列侬先生的歌手就不能够很好地掩饰自己的情感。这点我可以证明。我就是这样一位歌手。

一九九二年，发生了一件我未曾预料到的、很不可思议的事情，我加入了一支从来没曾奢望遇见的乐队。此后的十年间，夏天的每个周末我都和简、迪安在全国巡回演出。我是伴唱歌手，也是每场表演中两首歌曲的主唱歌手；简和迪安是加利福尼亚州南部的一个冲浪二人组合，六十年代中期，他们风行一时的作品包括排名第一的《冲浪城市》、《死角》和《帕萨迪纳的小老太》。我生命中发生的所有好事都有杰克的参与，这件也不例外。只是当时我俩都没想到会发生这样的事情。

一九六四年四月的一个星期六，杰克、丹和我去市区的拉扎勒斯商场五楼的音像部买唱片。当时我买了两张单曲唱片——一张是卡修斯·克莱的《我是最棒的》，另外一张是简和迪安的《学校里新来的姑娘》。我在保险公司送的日记本里记下了这件事情。三十年后，在一篇以日记为基础的文章中，我提到了那天发生的事情，包括我买简和迪安唱片这件事。(细节记录是那本日记的过人之处；那位建议我们记日记的老师强调，留意细小的事情是记日记的关键。)

有一位音乐家叫加里·格里芬，他当时是简和迪安的键盘手——那么多年之后，他依然在巡回演出——他读了我写的有关日记的文章，告诉了迪安，然后那个乐队邀请我加入他们的旅途。我和他们一起飞到堪萨斯市去参加一场演出。我们相处得非常愉快，所以他们邀请我唱一首歌。一件事情导致了另一件事情，不久，我就买了一把吉他，开始定期加入他们的表演。从橄榄球体育场到二流棒球队的体育场到集会场，他们到各种各样的地方表演，而有一天晚上，我们去明尼阿波利斯市的一家酒店的舞厅表演。

当时，杰克和贾尼丝仍然住在明尼阿波利斯；我邀请他们来看演出。我还把他们介绍给那支乐队——我从来没有料到，表演前，看到杰克和迪安·托伦斯闲坐着，喝喝啤酒，聊聊天，我会那么激动。我们曾经在贝克斯利的街道上徘徊，汽车收音机里简和迪安的歌声震天响；这些年来，无论是著名歌手的世界还是曾经听他们歌的孩子的世界都变得更加复杂，而我们最终在这里相遇。如果杰克、丹和我那天没有去拉扎勒斯商场，如果我买的是别的唱片——如果我没有写日记——我们今天晚上就不会在这里。但是，很久以前，一切确实就那么发生了，所以杰克·罗思和迪安·托伦斯才会在这里谈得那么起劲。生活，你随它去，它往往能带给你无比的激动。

那天晚上的音乐会上，我们邀请听众在台下的场地跳舞。演出的大部分时间都是快歌——我们演奏了许多海滨男孩的音乐，《小双座马车》、《我四处游荡》和《美国冲浪》——但是，有一段时间，简和迪安问大家想不想来点慢舞。

他们想。所以，我们选了一首《冲浪姑娘》(一九六三年的夏天，这首歌曾经是俄亥俄州完美无瑕的电影配乐)，明尼阿波利斯市的夫妇们走向舞池，我看到，杰克和贾尼丝也在其中。

我们唱着布赖恩·威尔逊那首美丽的歌，感觉它和许多年前一样，那么荡气回肠、痛彻心扉；它依然能够把你带到某个境地和某个时刻。我一边唱一边看着杰克，他正凝望着拥在怀里的贾尼丝……

我有点受不了，只好转过脸去。那实在太亲密了——我不知道我受不了的确切原因，但是，我站在台上，一边伴奏，一边看着我最要好的朋友对他妻子的爱慕，这里面包含的美丽让我感到刺痛，我感觉我侵入了不该看的东西。我们在台上唱：冲浪姑娘，小可爱，让我的心灵完全开启……

杰克和贾尼丝四目紧锁，他们这对夫妇专注于这段爱情和婚姻之中，他们拥着对方，在舞池里慢慢转动，我感觉，我没有权利目睹这一切，因为它太亲密了。我知道我无法向杰克解释这种感觉——我也知道我根本不想解释。

我们是怎么走到现在的呢？明尼阿波利斯的那个夜晚，我最好的朋友搂着他的妻子，踏着我的歌声慢慢起舞，而年轻的时候，我们都曾经随着那首歌跳过。你爱我吗，爱吗，冲浪姑娘？我们唱道，贾尼丝探过身在杰克的面颊上亲了一下，我们是怎么走到现在，这些事情是怎么成真的呢？

“帮我把车上的几盒东西搬下来吧。”

两天前，我们去约翰逊冰淇淋店吃过冰淇淋，现在我和杰克在他家里，他让我帮他把一些东西搬进屋里。

“这是你的车？”我问。

“对，当然是，”他说，“你觉得我会打开别人的汽车行李箱吗？”

我不是那个意思。我是说，我竟然不知道杰克开的是什么车。尽管在我来看他的这几个月里，我一直都坐他的车，但是我还是不能从汽车堆里把它找出来。这种车型一般人都会买或租——而且这种车看起来和其他的车差不多。

“你想过没有，我们竟然会不知道彼此开的是什么车？”我问。

“唔，你的很容易回答。”他说。

这些日子我都没有开过车；住在芝加哥市区，我许多年前就决定，如果要去什么地方，就搭出租车。对于住在市区的人来说，买车没有什么意义。我仍然揪着刚才的问题不放。

“设想一下，”我说，“你是否想过，有一天我竟然不知道你的车型？”

“这么说吧，那又不是409①。”他说。

意思是：现在没有人写关于车的歌了——现在的车基本上只是一种交通工具，其他什么也不是——为什么一个人得注意别人开的是什么车呢？简和迪安是一段神话重要制造者——简和迪安，海滨男孩和激流和弦：他们让我们相信，通用燃油喷射巡洋舰和三门酷派跑车、442和美洲虎车是通往最大幸福的门票，而《停车》是美国人男子气概的颂歌，而且生活中最重要的事情大多都发生在，或者至少是始于，车启动之后。引用汽车收音机里的一句经典的话就是：道路宽广，前途万丈。

“那辆409的主人是道格·多伯吗？”杰克问。

“他有一辆那种型号的车，”我说，“一辆歌里面唱的那种车。”

“你认为过去人们会问别人的车配的是什么引擎吗？”杰克说。

“我认为，如果你不知道或者根本不关心，那么保守的答案就是‘327’。”我说。

“以前爱怎么解释就怎么解释。”杰克说。

我们开始把包从行李箱里拖出来——根本不管那车是什么型号的。

“我想，从你三十几岁起，我就没太注意你开的是什么车了。”我说。

“你没有错过多少。”他一边说，一边用力关上了行李箱。

我们那次开车出去，如果结果不是那样的话，我和杰克今天也就不可

① 与下文的442均为发动机的排量。排量越高，马力越大。

能一起拖箱子了。

那年冬天，我们刚刚拿到驾照；周六，杰克、丹、查克和我一起坐庞基的狩猎牌汽车去代顿市。

那天我们只是想去别的地方转转。杰克认识那里的一个女孩——她叫乔伊斯·伯里克——我们去了她家，然后就在代顿市闲逛。

天黑后，我们开始开车回哥伦布市。天下起了雪，越下越大，然后路上就结起了冰。当时，我们还没到俄亥俄州的那段州际公路，还在一条没有分隔带的公路上开着——这样的公路上，来往车辆直接迎面朝对方开来。

庞基碰巧开到了结了冰的路段，我们的车开始滑离车道。他使劲打方向盘，用力踩刹车，但是一切都不管用。我们一度滑到了反车道里；庞基拼了命才把车扳回来。第二次滑离更加严重，而且他根本无法阻止——我们一共有四次冲到了反车道里，而且一次比一次更失控，当时一定是上帝在慈悲地眷顾着我们，所以，我们每次冲过中间线的时候，才没有撞上其他车。

第四次滑行非常猛烈，而且偏离车道的距离比较远，庞基说了声："我们失控了。"我们撞上了护栏，翻过了路基。那天晚上写日记时，我写道，我一直很平静，但是很悲伤。我知道这可能是我活着的最后几秒钟了。那天我没有告诉父母我会不在镇上。

车弹了三下，最后卡在了一条沟里。我们互相看了看；竟然全都安然无恙。我们爬出车子，站在暴风雪里。

附近房子里的住户一定给话务员打了电话；不到十分钟，来了两辆救护车、一辆警方巡逻车和一辆拖车。我们站在风雪里；哥伦布市电视十频道的一辆新闻采集车停了下来——那家电视台显然从警方的放射扫描装置里听说了这场车祸，他们听过之后，一定觉得非常严重，所以才会派出摄影记者。

现在我们认为那只是一个故事;只是供我们时不时地谈论谈论。因为它的结果是那样,所以我们才可以这么做。但是要是那个危险的下雪天,对面开来一辆全速行驶的车,要是庞基紧握方向盘,向左或向右打方向并将我们的车扳回车道的过程中晚了两三秒钟,要是我们冲过护栏时,弹起的方向有一点不同,或者车翻了个顶朝下,那么……

三十年后,在诸多因素的综合作用下,简、迪安、我和杰克才能在双子城的音乐会上碰面,不过这只是命运改变生活的一种方式——一种令人愉快的方式。但是还有其他的方式。那天晚上,在公路上,要是命运因素发生任何细微的变化,那么……

杰克和我站在他家房子的外面,站在他的车旁,抱着盒子,虽然他遭遇到了不幸的事,虽然这一切都那么糟糕,但是本来我们可能永远没有机会看到现在的一切了。那天晚上到今天早上我们生活中的一切——无论是好的,还是坏的——本来可能永远没有机会发生了。

我不知道那天晚上回到家,其他人祈祷了没。我是祈祷了。

即使那样的夜晚——只要你还年轻——你都可以找到无法抑制的乐趣。

十频道的摄影记者?那个在暴风雪中出现的人?

我们一看到他就知道,虽然我们活下来了,但是我们现在得面对一个不同的难题。如果我们的父母打开电视收看十一点钟的新闻,然后看到我们站在庞基的撞翻的车旁……

丹立刻行动起来。我到现在都不知道,他当时怎么想到那么做的。

那位摄影记者刚开始拍摄,丹就一步冲到镜头前——并且竖起他的中指。

那位摄影记者想要拍一下那辆车和我们,再拍一下警官们视察现场的画面。

但是丹非常固执。那位摄影记者转到哪里,丹就跟到哪里。无论镜头对准哪个方向,前面都会出现丹的中指。我想,那天晚上拍摄的每一张胶片的主画面都是举着中指的丹。

他知道,十频道不会在媒体上播放举着中指的孩子。这是丹即刻想出的办法,也是一个十分明智的决定;在那个年代,那样的胶片是绝对不可能播出的。(今天,摄影记者不但会找到一个地方播放这样的拍摄镜头,而且可能还会被当成实录片的示范来兜售。丹也可能因此成为音乐电视明星。)

那天晚上我们没有在电视上出现;丹使我们不需要面对父母的愤怒。那位摄影记者最后嘀咕了几声,回到车里,开走了;拖车把庞基的车从沟里拖了出来,他缓缓地开着车回到了贝克斯利。

在同一个晚上:我们经历了最恐怖的事情,也发出了最真心的笑声。笑声中既有轻松,也有对丹新的认识。我们认识到丹拥有教科书中没有传授的天分。庞基不得不告诉他的父母,但是其他人的父母从来没有发觉。是丹确保了这一点。我们问他是怎么想到那个方法的。他说:"你们这帮家伙就知道站在那里。某人只好采取行动了。"

这种冲动后来又再次出现过。

有一年九月,我们都五十刚出头,我母亲在哥伦布市住院,我在那里待了一段时间,国家新闻广播电视邀请我在深夜时分做一次现场电视评论。那时,医院探望的时间已经结束了,所以要去那家同意提供实况节目设备的当地电视台不是很方便。

因此杰克和庞基说他们会送我去那里。结果,那家电视台竟然就是十频道——也就是三十五年前曾经派摄影工作人员前往护栏现场的那家电视台。

我们到了演播室——我通过十频道的一套新闻设备做实况节目,而国家电台会支付一切费用，包括摄像机、电视设备以及技术人员——杰克、庞基和我走进搭设好的场地。我把听筒放进耳朵里，把麦克风别在领带上，然后坐在椅子上，面对着摄像机。

房间的另外一个角落里，一些俄亥俄州的橄榄球教练正在为周六的比赛录制预告片。杰克和庞基认出了那些教练和那位正在采访教练的体育播报员，并且目不转睛地看着他们。我可以看出，这对他们而言多少是个奇异的领域。

然后，卫星就要开始转播我的评论了——这个计划是这样的：在一座远方的城市，主持人们问我一些问题，我当场进行时事分析。我可以听到主持人的声音，但是看不到他们；因为摄像机下面没有显示屏。

我从眼角里看见杰克和庞基正在默默地注视着我。我没有中断和镜头的目光接触，但是，即使在评论的时候，我也在想：这是一项多么愚蠢的技术啊。当玻璃镜头是个人，并对着它说话。许多时候，我感觉对着镜头说话比和别人面对面说话更加轻松。这么多年我已经习惯了这样：更喜欢通过无需露面的镜头或者手指下面的键盘来交流——喜欢以这种方式代替人类本应最擅长的那种交流方式。

然而，也有例外，杰克和庞基就属于这些例外的人群。以前我和他们一起度过了那么多个日日夜夜，但是他们从来没让我感到一丝痛苦或不安；那天晚上，尽管我是在评论一些时事新闻，尽管这些新闻据称有非常重要的意义，但是，人们还是会在一周之内忘记。虽然我在评论，但是我清楚地认识到这一点。

摄像机左边的折叠椅上坐着杰克和庞基；整个评论过程，我都在看着他们；他们肯定不知道，我当时唯一想做的事情就是当年丹在公路上冲十频道做的事情，并借此博他们一笑。

我知道他们会喜欢的；我知道他们会笑到从椅子上摔下来。只要我冲着镜头闪现一下中指，他们会立刻明白其中的含义，这比给新闻报道说出所谓的洞见要真实得多。这将又是一个“我们如何走到今天?”的瞬间——似乎一分钟前我们还在风雪中的护栏旁,然后突然又到了这里,这期间的这些年都发生了什么?——我对着固定而冷漠的镜头说话,尽管流露出的情感和活力比对着真人时还多,但是我只想冲着镜头做丹曾经做过的事情。当然,那样做就等于自杀;电视那一端的观众不会理解,也不该理解,因此,我当然没有那么做。以此博杰克和庞基一笑,似乎代价大了点。

也许。

即使和杰克在一起,有些事情我也很难说出口。

那天,我们正在他家,他让我帮他搬行李箱里的东西。这几个月以来,一直有一种潜在的不真实;我俩都知道故事的结局,到这个时候,这已经是个毋庸置疑的事实了,然而我们谁也不想仔细讨论这件事情。因此我们选择,对于正在发生的一切缄口不言。

我们往屋里走,走到车库后面的小路上,一只垃圾桶——显然是想等城市清洁工人来倒走,所以一大早就放在那里了——立在那里。现在,尽管里面的垃圾已经倒空,但是里面还是很脏——它终究还是一只垃圾桶。

杰克走过去看了它一眼,然后大声说:“格林,帮帮忙。”

我走到他跟前,他说:“帮我把这只垃圾桶送回车库里。”

我这个人——应该怎么说呢?——从来没有特别喜欢干家务活。这么多年以来,这是我和杰克常常说起的一个笑话。我在家里永远不是一个最顶用的人——不管是在谁家。

杰克的那些朋友不是在地下室帮他搭过架子吗?想想和那些朋友截然相反的人吧。杰克这辈子应该也不会让我帮他拿垃圾桶。这样的事情他应该想都不会想。

但是,现在他却让我做这个。而且我们都知道原因。

化疗使他的抵抗力急剧下降，他很容易被感染。他最不该做的事情就是把手伸到垃圾桶附近。

这点他知道，我也知道。

我们谁也没有说话。至少没有严肃地说一个字。

我把垃圾桶拿到车库里，然后，朝杰克看了一眼。如果有人要求你连续爬两次珠穆朗玛峰，你一定也会用这种眼神看着他。

他咧嘴笑了笑。

“我知道你不想做这件事，但是那可能会救了我的命。”他说。

“那很好，但是它却坏了我的一天。”我说。

我们站在他家的私人车道上，看着对方，紧紧抓住这一刻。

他听说了一件事。

就在我回到芝加哥的那段时间，他说，有人告诉他这件事情。

“他们已经修完了那条跑道，”他说，“我一听说，就跑过去看了一下。”

而且……

“我的心都跳起来了。”他说。

那不同于心里装满新的浪漫时的心跳；也不同于震惊时的心跳。

“还记得，我们小时候那条脏兮兮的黑煤渣跑道吗？”他说，“摔倒的时候，那些东西都会扎进你的膝盖里。我都不愿意想他们是从哪儿弄来的煤渣。”

这几个月，我常来看望他，我们也在这条跑道上走过许多次，但是很明显，一直都有一些扫尾工作要做，而现在终于完成了。

为了将来。

他告诉我，那就是他心跳的原因。

他将不能再过来了。

他意识到了这一点，也明白了一切。市政府为了将来新建了那条跑道——就像所有其他的改造工程一样，那才是目标所在。新的跑道是为了能从即刻起对镇上的新一代人有益，是为了能让他们感到愉悦。

但是，他将不再是其中的一员。

他感觉身体有点不适，不能走太远，而且抵抗力也比较弱，但是他还是问我，能不能陪他再去跑道看一看。

因此，我们走到那里，站在跑道上，他又说起我们曾经在上面跑过步的肮脏的煤渣。

“他们也可能会危害健康，但是，你肯定也记得，那个年代，兄弟间还时兴歃血为盟呢。”他说。

“这是什么意思？”我说。

“你不记得了——小孩子们扎破手指，然后把指尖扎破的部分靠在一起，这样他们的血就混在一起了？”他说，“他们通过那种方式来表现友谊，然后成为歃血为盟的兄弟。”

“现在不再听说那样的事情了。”我说。

“现在，如果一个孩子回家告诉父母，他和别人成了歃血为盟的兄弟，他的父母肯定会打电话给国家卫生研究所。”杰克说。

“要不然就会打给国民警卫队。”我说。

他四处环视了很长时间。“我们去看看那个小喷泉还在不在那里。”他说。

那是一个破旧的瓷器——它很硬，用螺栓固定在橄榄球场大看台一边的砖墙上；本来是白色的，但是锈斑使它变了颜色。水从伸出的金属龙头流出，水流很弱，但是却出奇的清凉。你必须费点劲才能拧动那个水龙头开关；你以为，如果拧的时候用上足够大的劲，那么水流就会高一点，你就不需要身子弯那么低去喝了。但是水流的抛物线永远是一样的，还是特别接近那个陶瓷底座，所以大家还是没法舒服地饮用。

"它有一种春天的气息,"我说,"我不知道为什么。一想到那个喷泉,我就会想到春天。"

"我知道原因,"杰克说,"小时候,一放学,我们就去那里喝水,然后看高中部的棒球比赛。以前,体育代表队的内场就在那里——喷泉就在外野员的后面。"

我们通常不穿夹克就去看棒球比赛,因为时间一般是三月或者四月,阳光非常灿烂。我们才七八岁;我们看高中体育代表队的比赛,而且不停地跑出来,跑到那个破旧的小喷泉旁。太阳开始下山时,我们会感到寒凉——早些时候的温暖只是一个戏弄,看后面几局时,我们总是瑟瑟发抖。

但是我们从来不吸取教训;下一场比赛,我们还是没穿夹克衫,还是一起跑到喷泉那里,还是相信,春天来了,即使太阳下山了,我们还是会感觉很暖和。只要是春天我们就会很健康。温暖会一直保持。

我们走到喷泉原来所在的位置,杰克做了一件事,但是事先没和我说。

他单腿跪在橄榄球场上,摸着地上的草。

他的手在草上停留了两三分钟。然后,站了起来,没有任何解释。

我知道我们可能再也不会来了。

回家之前,我们去看了 ABCDJ 砖和奥迪莫菲山。

就是在这趟散步中,他说,山太陡,他爬不上去。曾经——在他还是个孩子的时候——他也觉得那片草地缓缓的坡度难以接受。

二十一

我不知道杰克的父亲是否曾经有过家用摄影机。

我父亲对拍摄家庭电影非常着迷;他有一台贝尔豪厄尔手提式无声摄影机,家里的每个重大场合,如每次假期旅行,每次节日聚会,他都会拍成电影。他把电影胶片存放在金属罐子里,每一卷上都用胶带做了一个标签,胶带上还亲手标明拍摄的主题和时间。

我不太喜欢我们家的这种拍摄惯例。摄影似乎替代了整个事件;而且我感觉,这种替代品有点做作,有点装腔作势。电影的拍摄把真实发生的事情挤到了一边。

我从来没在杰克家看到过电影摄影机,我也从来没在他家见过银幕或放映机。如果欧文·罗思确实没有拍过家庭电影,那也可以理解;作为战后的第一代美国人,他可能有点跟不上战后市郊的生活习惯。

但是它确实引出了一个问题:所有的记忆哪儿去了呢?如果你没有努力将它们保存起来,它们不就慢慢散去了吗?

上大学一年级的那个感恩节假期,我的父母帮我纪念了一下我的友谊。

假期里,那个周五的晚上——感恩节的第二天——他们在一家饭店里请杰克、艾伦、查克和丹吃了一顿饭。

我们在饭店相聚，但是从一开始，整个气氛就很不一样，很拘谨。也许是因为我的父母在桌上坐着；他们是主人，是的，但是，我们五个小伙子才上大一，而且也是第一年离开家，我们穿着外套、扎着领带，面对着其中一人的父母，在这种情况下我们很难坦率地谈论新生活。

即使去除那层因素，那天晚上的气氛也会不知不觉地使我们所有人方寸大乱。我们告别了过去，开始了不同的旅途，去迎接未来的一切。我去了伊利诺斯州的西北大学；杰克去了南边的俄亥俄大学；艾伦在俄亥俄州的迈阿密大学；丹在亚利桑那大学；查克在哥伦布市的俄亥俄州立大学。我们现在的参照系截然不同，这在以前从来没有发生过。我们五个人的生活中突然装满了不交叠的人名和地名。

我记得，那顿饭吃得似乎有点忧郁，大家经常沉默很长时间。这让我想起了那些大学体育运动队，杰克和我因为初中的《灯塔报》采访过它们中的一些明星。你会认为，你爱上的第一批运动队会一直存在下去。不过很快你就会发现，事情不是你想的那样，但是，因为你还年幼，所以那些运动队真的解体时，你还体会不到什么。杰克和我曾经喜欢过卢卡斯—哈夫利切克—西格弗里德—诺埃尔—罗伯特服役过的俄亥俄州全国大学生体育协会(NCAA)冠军篮球队；这些大四学生全部毕业后，新的俄亥俄州篮球队(核心成员是一个叫加里·布拉德斯的球员)开始踏上圣约翰室内运动场，当时我们感觉十分迷惑。看到当年为卢卡斯队欢呼的观众，如今一样大声地欢呼，我们感到尤其迷惑；看到布拉德斯队一直告捷，我们感到尤其迷惑。

在你生命中出现的第一批重要的东西不会一直不变；它们也没法一成不变。这是个基本规律，而且——一旦你第一次发现这个规律后——你慢慢会了解，事情必然会这样。你环顾室内篮球场，然后问自己，有没有其他人在想：卢卡斯哪儿去了？那么多站起来为新组成的队伍大声呐喊的人中，有没有人在和你思考同样的问题（哪怕一秒钟也行）：曾经在这里出现过的队伍怎么样了？

也许没有；这样的感觉你也只会经历一次，当你学了这一课之后，无情的改变再也不会让你感觉异常了。那个秋天，我们五个人每天早晨开始在不同的城市醒来，而那个秋天的感恩节我们一起吃了一顿饭，我不知道其他四个人是不是和我一样留恋。我们不是观众，不是看台上的人：我们是队员。如果第一支了不起的球队的跌落让观众感到震惊，那么，那些参加比赛的人又会是什么样的心情呢？第一年，卢卡斯和哈夫利切克是什么感受呢？一年前带着热情和表面的投入观看他们比赛的人现在又找到了新的钟情对象，他们会怎么想呢？

我的父母真是非常周到，所以才会那么做：发出那些邀请，竭力帮我保留已经开始衰退的东西。

我时常去看望杰克，在两次探望之间的某一段时间——我回到芝加哥的某一段时间——我检查了积存着的一大堆旧邮件：杂志、账单、小册子和打开过的信件。

我几乎把所有积存的东西都扔掉了。我看一下每份东西的内容，然后就丢掉。我的目标就是把它全部清理一下。

我捡起一个空信封，那是好几个星期前收到的，而且也被拆过了；我正打算把它丢进那堆垃圾里，但是我看了一眼，然后停住了。

那封信是杰克寄来的。

他给我寄了一份新闻剪报或者类似的东西——他总爱这么做，虽然生病了，这个习惯也没有改变。不管信封里原来装的是什么东西，反正寄来的那天我已经看过了。但是信封还摆在那儿。

信封上面是他的笔迹——笨笨的印刷体，角度略微向左偏，这种笔迹我已经看了半个多世纪，它刚出现时我就看过了。因为我们是在同一间教室里一起学写自己名字的。

我们刚去上大学的那年——我的父母在感恩节假期中宴请我们所有人的那年——杰克和我来来回回地往各自所在的城市和宿舍写信。当然写的也不太多;因为在外的第一年总是很忙,你会忙着结交新朋友,没有太多时间顾及老朋友。

但是,那一年中,只要杰克的信件寄到我宿舍的邮箱,我在打开之前,就会感受到家的气息,就是因为那种字体。我们之前从来没有机会给彼此写信;突然我们真的开始写了。现在,大一学生的感受很可能是不一样的;来来回回的是电子邮件和即时信息,手机的全国漫游功能和文本信息使大家觉得,好像谁也不曾真正离开过什么地方。收件箱里的电子邮件出现在电脑屏幕上时,字体看起来似乎都差不多。

我坐在芝加哥的房子里,手里拿着那只空信封,凝视着杰克的字迹——他亲手写出的我的姓名和地址——我知道这样的东西我可能永远也看不到了。

我想起他跪下来触摸橄榄球场上的草地的情景。

当然,我保存了那只信封。我把它放在了一个安全的地方,这样,无论什么时候,只要我想看就能看到。

"因此他们给我配了吸氧用具和……格林,你不要挂断。"

我在芝加哥,正坐着和他打电话。

我又准备回去探望他,他正告诉我,氧气罐和管子已经送到他家了——医生说:"只是备用,也许你会突然想试用一下。"但是他非常清楚医生的意思——然后他让我等一下。我等了大约一分钟。

"真抱歉,"他说,又和我接通了,"是查克打来的。"

查克现在不在哥伦布市;他打电话来,呼叫等待发出了提示音,所以杰克先和他说了几句,然后再接通我的电话。

这没什么特别的。在美国的每座城市，每一天、每一分钟都会发生这样的事情。

只是，问题是：最好的东西将要去往何方？一旦第一支，也是最亲密的一支队伍不得不解散了，那些队员们在想些什么？

这么些年过去了，我们还是和以往一样，会同时给杰克打电话。我不知道你会怎么评价这件事。总之，这么些年过去了，我们依然固守着这个习惯。

“真不愿让你等着，”杰克说，“我说到哪儿了？”

“氧气。”我说。

这件事情完全没有什么特别的。但是发生的这一切又着实很离奇。

四十几岁时，有一次我去出差，做完一天的工作后，我计划好了晚上的时间。

我很期待。因为，那天晚上，电视上会播出我想看的篮球赛；我当时住的地方有一家卖三明治的小店，我让他们给我做了一份大型三明治，而且自己挑选了里面要夹的配料。我还买了六罐啤酒和一些炙烤味的薯条，然后把三明治和啤酒放进房间的冰箱里。

那家旅店的特色是房间都配备了冰箱和微波炉；我的计划是把那个大型三明治分成两半，一次加热半块，休息一下，看看比赛，吃点热三明治和薯条，再喝几瓶啤酒。只是放松一下。

于是我就开始这么做了——美味的三明治，精彩的比赛，冰镇啤酒。

然后电话铃响了。

是杰克打来的——那是好几年前的事情了，他只是打个电话问候一下。

我告诉他我不能和他聊了。我没有说原因。但是我想赶紧吃三明治，以免它凉了，赶紧喝啤酒，以免它热了，赶紧看比赛，因为我很期待。

我告诉他,我明天会打给他。

我一挂断电话,就想:现在,你为什么那么做?虽然他打电话来不是为了什么重大的事情,但是你的三明治和球赛就重要到让你没法和他通话吗?

而且我记得,即使在那个时候,我就自思自忖:也许有一天,你想和他说话,你也没有机会了。

我已经准备再回哥伦布市探望杰克。一天晚上,我从芝加哥打电话到他家,没有人接。

这种事情不是没有发生过;他和贾尼丝正和别人说话的时候,或者有人来拜访他们的时候,他们可能会不接电话。因此我留了言,一个小时后又打了一次。还是没人接。我知道,那天晚上,他不可能出去吃饭——那天早些时候,医生给他安排了化疗,而化疗当天,他晚上一般都待在家里。

因此,我很担忧。当发现他竟然不理会我的电话留言时,我尤其担心。

第二天下午我又打过去,他接了电话,听起来情绪十分低落。

“昨天晚上我给你打过电话。”我说。

“我知道,”他说,“我从来电显示上看到,是你打的电话。但是我当时不想和你说话。”

那就是杰克:他甚至都不会撒个小谎。大部分人都会说,他们不知道你打过电话,或者他们正在睡觉……杰克只知道说出真相。

但据我所知,这是他第一次不接我的电话。

“我昨天晚上情绪特别低落,我告诉贾尼丝,让电话响去吧,我们不要和任何人说话。”他说。

“发生什么事了?”我问。

“昨天早上我去化疗,他们给我做了血液检验,一些指数不太好,”他说，“只有这些指数升高一些，我才能继续化疗。”

“那是什么意思？”我说。

“一切都不太好。”他说。

“那意思是，他们不能再努力一下了吗？”我问。

“他们给我注射了一种药物，”他说，“是某种针对我的血液的强化注射剂。如果有效的话，会使血液指数升高到一定标准，那样我就可以接着化疗了。”

“伙计，”我说，“我们在谈论的是强化注射剂，而且是为了化疗注射这种药剂，你考虑过没有？”

“我知道，”他说，“但是，如果它有效，好消息就是——好消息——我可以化疗了。那就是回报。”

“这是一种累计赌注。”我说。

“你也知道，”他说，“事情已经这样了，我甚至很不喜欢别人问我‘现在怎么样啊？’我发现自己会说，‘哦，我的脉搏很低，’或者‘嗯，我需要注射强化剂了。’”

最近这几个月，这已经是他第二次和我说那样的事情了：也就是，别人问他病情，他会感到很不自在。

“他们只是希望，你会说一切都非常好。”我说。

“我知道，”他说，“所以，每次我告诉他们情况不太好时，我感觉自己是在让他们失望。”

我想我就是那些人中的一个。我们抱着希望，希望有一天他拿起电话，然后说已经云开雾散了。

以前，在哥伦布市的布罗德街和詹姆斯路的拐角处有一家叫 T. A. T. 的啤酒—葡萄酒外卖店。当时虽然我们还没有达到可以自己买酒的年龄，但是我们会开车到 T. A. T. 附近的一个停车场，然后寻找那些年纪大，同时看上去有点不太走运的人。那个街区不乏这样的人，而且他们中的许多人都是 T. A. T. 的老主顾。

我们主动提议请他们喝啤酒，只要他们也给我们买一些，并带出来给我们。一些人会帮忙，一些人不肯。杰克和我会站在那里，查克或丹或别的谁会自愿付啤酒钱；我们等着面善的人走近 T. A. T. 。当某个人真的走过来时，我们会屏住呼吸，向他走去，希望他不会拒绝我们，也希望他不要走进店里，把我们的要求告诉店员，更不希望那个人结果却是一位警察。

那些夜晚，那就是我们的期望——虽然听起来有点愚蠢，但是那确实就是我们的期望：期望我们能找到人帮我们买啤酒。很难想象，我们的生活曾经那么简单，因为在缓缓的夜晚，至少有那么几分钟我们真诚而且热心地希望，我们的计划能够实现。

现在我希望，给杰克打电话的那一微秒，他的那声“喂”中饱含着轻快，充满了快乐。

“总之，”他说，“那就是我昨晚没接你电话的原因。相信我——你肯定也不想和当时的我说话。”

“我半夜就醒了，因为呼吸有点困难。”他说。

这是一两天之后的事。他开始吸氧了。

“你整晚都没睡，还是你后来又睡着了？”我问。

“我叫醒了贾尼丝，”他说，“我告诉她，我正在想一些不该想的事情。”

他告诉我，我们一生中一直坚定不移地相信，我们是在一个长长的连续统一体中移动。生命之初，我们知道；过了最初的阶段，我们也知道；我们认为，到达中间阶段的时候，我们也知道。不过人生的根本就是：我们还在路上。

“但是，当你从此不在那条路上时，那会是怎样一个情形？”他问我，

“别人都还在路上,你却不在了,那会怎么样呢?”

他让我大吃一惊。“唔,我想,那样的事情最终会发生在每个人的身上。”我说,尽管知道很没有说服力。

“但是,当你从此不再出现在那条道上,”他说,“别人会不会觉得你甚至没有存在过?不是你从来没有活过——但是大家会不会突然觉得你是活在一九一三年左右的人?”

他说的不是死亡——而是不在那条道上。不在游戏之中。他认识的人和爱的人都在那里。但是他却不在了。

我想告诉他,这些——他的痛苦、忧虑和悲伤——都不是真的。我想说,他哪儿也不会去——他曾经的生活才是真实的,他不会离去,他将永远在这里。他——我们所有人——曾经一起经历过的,是会持久存在的。

虽然我相信其中的每一个字,但是我不知道怎样告诉他,因为他所了解的我似乎不会说那样的话。

我只是说,我明天就飞回去。

在杰克痛苦挣扎期间,有一天晚上,我后半夜醒来,想去厨房找点水喝。

我感觉有点不对劲。我看了看,发现儿子的房门开着;他不在床上。

早先他是在的;现在已经是夏末了,他刚高中毕业,即将要离开家去上大学;他晚上已经回来过,而且我们还说了会儿话。

屋子里就只有他和我;我以前没有想过,但是,我想,妻子去世后,我扮演的是和欧文·罗思一样的角色。

杰克和我像我儿子这么大时,如果父母半夜醒来,发现我不在家,他们除了等我的消息,毫无其他办法。

因为那时候没有手机。

我拨了儿子的手机号码;手机一响,他就接了。

“我不想吵醒你，”他说，“我正在外面吃干酪汉堡。”

“这是怎么回事？”我说。

“威和我在网上聊天，他给我发了条即时信息，说他饿了，问我想不想吃温迪店的东西，”我儿子说，威是威廉的简称——他最好的两个朋友中的一个。我不知道威廉家的这个昵称是哪儿来的。

“然后你去了温迪店？”我说。

“没有，他把干酪汉堡带到这里来了，”他说，“这是在外面过的一个美好的夜晚。我们就坐在路边吃汉堡。我很快就会回家。”

这真的是在外面过的一个美好的夜晚——这个夜晚，你可以和最喜欢的伙伴一起吃汉堡。这个夜晚，你可以坐在外面，坐在路边，你还没有真的了解，这一切不久就会消失，你和你最好的朋友很快要分散到不同的地方，而这样的夜晚开始变得十分难得。在你们还拥有的时候，好好享受吧。这些夜晚实在是太美好了。

我和杰克的父亲一样，从来不喜欢拍家庭电影。你用心去看的画面才是最美好的画面，才是最持久、最生动的画面。它们永远不会褪色，永远不会变旧。

我想告诉杰克，最美好的东西永远不会消失。我知道在这一点上我是不会错的。

二十二

我到哥伦布时，杰克已经进了医院。

他又经历了一个呼吸困难的夜晚。医生想给他好好检查一下。

那天晚上他就睡在那里；如果幸运的话，他早上就可以回家了。

我去得太晚了，没有赶上探望的时间。

查克、乔伊斯和贾尼丝往我住的宾馆打了个电话；他们已经离开医院，但是还没有吃饭。天很晚了，不过他们还是打算去老钉袋酒馆（这家酒馆就在阿鲁姆河附近的纳尔逊路上）吃点三明治。我说，我可以说服旅馆的出租车司机载我一程。

我赶到酒馆，酒馆的大部分位子都空着，他们仨在一个小隔间里。我们点了喝的，聊了十分钟左右，我发现，贾尼丝的脸上偷偷闪过一个笑容。

至少我认为那是贾尼丝。

他们又在开我的玩笑。

贾尼丝坐在查克的旁边，假装是乔伊斯；乔伊斯坐在我以为贾尼丝会坐的地方。他们想看看，我能不能看出，这对双胞胎掉了包。

我恼怒地摇了摇头；他们成功地骗了我。

但是，在这样的夜晚，我很容易被欺骗。我的心思在其他地方，他们肯定也是。他们终于露出了点笑容;这个小把戏发挥了片刻的功效。我们都不知道还能做些什么。

现在已经是深秋,而且快到万圣节了——你几乎可以感到,冬天的气息正在远处聚集,已经在马尼托巴省上空形成气候,正在从容不迫地准备今年到俄亥俄州的旅程,而且会在这个地方逗留到次年的三月或者四月。

现在的夜晚气温混杂,时而温暖,时而寒凉,就像淋浴间里的温度,因为开关难以接通,所以温度调节很不精准。再过一些日子,镇上的孩子们会穿着"不请客就捣蛋"的服装出现;报纸上已经开始报道街区安全巡查情况和家长提供给警察局的可疑信息,以及在一些郊外欢庆万圣节的白天计划。自我们自己经历过的那些万圣节以来,世界已经黑暗了许多,现在,似乎最不需要的事情就是人为地引起恐慌。因为从不缺乏真正的恐慌。

那个万圣节,虽然父母第一次允许杰克和我独自挨家挨户走,但是我的母亲还是站在每个街区的街角,远远地盯着我们,或者,她希望我们认为她离得很远,这样就可以成全我们独立的渴望。那天我扮的是一具骷髅,穿着黑色紧身裤和黑色运动衫,上面画着骨骼,用的颜料白里透绿,而且在黑暗中还会发亮(过去,鞋店里有一种机器,它可以通过荧光来检测鞋子是否合脚,你把脚伸过去,脚骨头就会在机器中发光,我衣服上的画发光时就和那些脚骨头差不多;即使有人说,我的"不请客就捣蛋"服装上画骨头用的颜料里含有过去制造原子弹用的成分,我也不会感到惊讶)。杰克身上缠裹着一张床单,装扮的是幽灵,他母亲事先在床单上剪了一个洞,这样他的脑袋正好穿过来。

所以,我们从路灯下经过,我母亲在拐角处等着我们,看着我们;杰克和我挨家挨户地按门铃,并且很有礼貌地告诉开门的人,我们是来吓他们的。小镇的街道上到处都是来来回回慢慢移动的人群。斯坦伯里路、舍伍德路、蒙特罗斯路、阿什伯恩路、戴尔路和所有其他的路上都有：童话公主、橄榄球球员、牛仔和匪徒，所有装扮好的孩子，所有在不到五十英尺外等候的母亲。

我母亲从罗杰斯杂货店给我买了一个以小妖精为主题的纸袋，我拿它装糖；杰克的母亲给了他一个拉扎勒斯商场的旧购物袋，是那种很大的袋子，而且把手是热轧过的纸做的，很耐用。我们在街区里来来回回、一家一家地走。并且在一栋房子里，而不是在外面看到了最可怕的情景：一个男人打开门，一脸的盛怒，我现在明白，还有满眼的绝望；我们认识他儿子，那天晚上他可能是在家里喝醉了，但是，我现在怀疑，许多个晚上，他可能都会喝醉，都会浑身充斥着酒气。他什么也没和我们说，或者没说什么我们可以破译的东西——只是用受伤的眼神瞪着我们，生气地嘟哝着，然后给我们每人一些糖果。第二天，我们在学校看到他儿子时，我们什么也没说。

但是，那是个例外；在其他人的家门口，我们让人感到害怕，因为杰克穿得像只幽灵，我穿得像具骷髅。那个晚上有点像这个秋天的夜晚，查克、乔伊斯、贾尼丝和我坐在老钉袋酒馆，而杰克躺在几英里外医院的病床上，正在费劲呼吸。像这样的夜晚真的让人感到惊恐万分。

梅伦已经回到家中，她打算陪杰克度过最后的弥留期。

她不是用这个词来描述的，但是那个词很确切。她问纽约的雇主，是否能够请假陪陪父亲。他们同意了。不过，虽然回到了俄亥俄州，她还在通过电脑和长途电话工作，但是在杰克有生之日，她都会待在这里。

他总是为她感到骄傲，而且有关她的事情总是喜欢保密。杰克这个人喜欢和大家分享生活中几乎所有的东西。但是他总是小心守护着和梅伦有关的事情。对于他而言，对女儿的深情几乎和宗教一样重要，而其中的细节他只想留给他自己和贾尼丝。

梅伦是一个聪明漂亮的姑娘，虽然才二十五六岁，但是已经非常适应她和她的同龄人在曼哈顿必须面对的令人振奋的新生活。但是回家来陪杰克的决定其实真的不是什么决定：她属于这儿，所以根本不需要考虑。

"小时候，我每天去上学，而每次我打开午饭袋时，都会看到他写的便条，"她告诉我，"每天早上，他都会在一张小纸片上写一点东西，这样我吃午饭时就会看到。他告诉我，他每天都很爱我。"

杰克给贾尼丝、梅伦和自己盖了那栋房子，梅伦就睡在自家的卧室里；她的卧室离杰克和贾尼丝的卧室只有几步远。这样夜里他需要帮忙时，她可以听到他的声音。

杰克几次去斯隆凯特灵癌症中心时，梅伦都还在纽约。

那几次看病的过程中，杰克的情绪好得让我吃惊，几乎没有一点沮丧。当我知道，他听到的消息并不乐观时，我感到尤其吃惊。但是，因为贾尼丝在那里，因为梅伦也在那里，所以他在某种程度上认为，这是在曼哈顿度过的不期而至的短暂假期，因此他应该好好珍惜。

有一次，他去纽约看病，给我打了个电话——他的一位生意伙伴把公寓借给他用，他就住在那里。杰克拜访斯隆凯特灵癌症中心的那段时间，他的那个生意伙伴正好要去旅行，所以他把钥匙留给看门的人，并让他转交给杰克和贾尼丝。

"你应该来看看这个地方，"杰克对我说，"你能听到这座城市的声音吗？他家的阳台棒极了，我就坐在这里……我的朋友曾经到世界各地商务旅行过，带回的纪念品摆满了整个公寓。最漂亮的东西……"

同时，他正在努力将来纽约的首要原因从脑海的某个角落赶出去，至少让自己忘却几分钟或者几个小时。

他最近一次去斯隆凯特灵癌症中心的时候，告诉我，那位医生再次告诉他，他在哥伦布市接受的治疗是很适当的治疗——斯隆凯特灵癌症中心的专家们不能给杰克任何建议,因为他们也不能给杰克一个更好的前景。

“我向他表示了感谢,”杰克告诉我,“然后问他,六个月之后我还能不能再和他见面?”

“他告诉我,‘也许能,也许不能’,”杰克说,“他说希望能再见。”

杰克回到哥伦布市之后告诉我,纽约的一位医生和他说:“你知道,这病是治不好的。”

迄今为止,这病已经太严重了。他们正在尽全力让他了解这一点。

“请给我四张票。”

我好不容易才听清楚这几个字。

我赶到他家的时候,他正躺在床上——这是我们去老钉袋酒馆吃饭的第二天,他已经出院回家了,医生已经稳住了他的呼吸。他的卧室里添置了一张医院里用的那种床。这能让他坐起来容易些。

氧气管接到了他的鼻子里。但是,他一边笑着,一边对我说了那句话:“请给我四张票。”

几个月以来,大家一直都在带 DVD 给他。大家认为,他可能喜欢看电影,所以都买了或租了些 DVD 给他。他很感激这些体贴的表示,但是那些 DVD 真是太多了;他的娱乐要求再怎么说也是有限的。他告诉我:“有许多张《加勒比海盗》。”

现在堆在那里的 DVD 就更多了。而他透过氧气管,和我说起四张票的事,那是我俩之间的信号——这个信号指代我们曾经一度想看的那种娱乐表演,尽管明知可能会以失败告终。

哥伦布市曾经有一家“帕森斯艺术表演剧院”——那里总是上演“下流电影”,不过在那个年代,下流电影也没什么,只是一些女人穿着白色的文胸闲坐着,抽抽烟,喝点马提尼酒。不过,这些也是我们以前不曾见到过的,所以我们希望能够混进帕森斯剧院。

不过,那里的观众有年龄限制——可能是十八岁,也可能是二十一岁,不管是哪个,我们都还没有达到。但是我们真的渴望看一看那里的屏幕上都在放映什么。

我们中至少得有一个人拿到驾照,否则肯定不行;因为帕森斯剧院位于镇上最可疑的地区,即使在白天也是那样,所以帕森斯剧院白天是不放电影的。而且公交车也根本不到这个街区。

庞基是我们当中第一个满十六岁的,所以第一个拿到了驾照。那年冬天,一个周末的晚上,杰克、丹和我坐在车里,庞基把车开到帕森斯剧院所在的那个街区,然后停在拐角处。我们仨等着,由杰克去执行任务。

我们想出了一项计划。杰克虽然才十五岁,但是看起来比我们其他人要大一些,而且他的声音也粗一些。我们计划让他绕过拐角,走到帕森斯剧院的售票处,而且让他表面上尽可能装出一副轻松的样子,然后争取给我们每个人买一张票。至于我们怎么拿着那些票进去,买到后再予以考虑。

他就是这么做的。昂首阔步地走到售票处前,声音尽可能地降了许多个八度,对那个人说:

“请给我四张票。”

几秒钟之后,我们听说了全过程。他失败了,回到庞基的车上,说:“我们赶紧离开这里,我怕那个家伙会打电话通知警察。”

庞基开着车呼啸着离开,而杰克给我们重演了发生的一切。他是如何极度自信地说——“请给我四张票。”那个人如何勉强地从杂志中抬起头,如何发现站在他面前的是一个十五岁大的孩子;那个人如何问他为什么要买四张票,以及其他三位帕森斯艺术表演剧院的准顾客现在在何方;还有,那个人是如何轰走他的。杰克不太确定,那个人有没有真的大声笑话他,但是至少肯定是笑话他了。

这件事很值得一试。我们就是那样安慰自己的。谁知道帕森斯剧院里在放映什么？也许在上映文胸，也许更多，也许更少。

现在，他的朋友们给他带来《加勒比海盗》，希望他能享受一下看电影的乐趣。他们的用意是好的，但是他感觉他们是在屈就他。

“请给我四张票。”他透过氧气管说。我俩都摇了摇头。

尽管发生的事情让他非常受挫，但是他很感激大家，因为他们都在尽一切努力让他了解，他们有多么在乎他。

“今天我收到了世界上最珍贵的卡片。”他一边说，一边伸手把床头柜上的卡片递给我。

“芭芭拉小姐寄来的吧。”我说。

他的手停在了半空中。

“谁告诉你的？”他问。

“没人告诉我。”我说。

“那么你是怎么知道的？”他问。

“是你说，你收到了世界上最珍贵的卡片，”我说，“能寄给你世界上最珍贵卡片的，还有别人吗？”

他把卡片递给我。是芭芭拉寄来的。

我们幼儿园的老师现在已经七十好几了，她从来没有忘记过每一个学生。她总是会寄来最珍贵的卡片，这并不是我的大胆猜测。

“嗨，格林，”他说，“我真讨厌这样。”

二十三

我再见到他的时候，他正坐在电脑前面。这是第二天早上，他穿着一套宽松的运动服，但是实际上已经当成了睡衣——电脑放在客房里，因此他可以在电脑和床之间来回走动走动。

他随身带着氧气，从现在开始，大部分时间都得这样。

我走进房间时，他抬起了头，就像一位经理在私人办公室接见某个人一样。不过，因为某种原因，这位经理靠着一面存放了一些重重的绿色圆柱体金属罐的墙。

“我刚刚为家人做了件好事。”他说。

这就是他做的事情：

他给生意伙伴们写了信。在信中，他建议合伙人看在他近些年来开辟的买卖的分上——这些买卖现在还是他的财源——同意一件事情。

杰克想让他们承诺，他死后，原本该给他的钱转给贾尼丝。

他的理由是，已经有协议说明，他可以从每笔生意中获得一定百分点的收益——也就是特许权使用费。按照他的解释，那就是他的生存基础。他在产品和销售间建立某种贸易安排。如果贸易能够实现，他可以一直从收益中抽成，直到没有利润为止。只要贸易上了轨道，他就可以着手开辟新的生意了。

但是现在，他知道，不会再有新生意了。

“我只是努力让大家向我保证，我死后，他们把该给我的钱转交给贾尼丝。”他告诉我。

他说，这好像才是公平的。

他一边吸着氧气，一边坐在电脑前，就是为了那件事。

“只是给家人做件好事。”

我不知道这能不能行。

我有我的疑虑。

杰克终其一生，总是本能地相信别人。

这让他的一些朋友——尤其是查克——觉得不可思议。

在浪漫小说中，无条件的爱是强有力的品质。但是，在生意场上，绝对的信任会导致破产或者其他灾难性的后果。永远不会有人指责查克将生意场当成“同胞和我”手牵手在名流社会徜徉的地方；杰克正好相反，从来没有停止过对别人的信任——由衷的信任。

这次可能就是一次检验。

他不是一个富有的人。

“我想，几乎所有人都同意了，”他告诉我，“我只是在等一些人答复我一些事情。”

我知道，律师和会计师可以立即将杰克的理由推翻；我知道，一个人死后，别人可以用无数种方式合法地停掉他的户头，然后从头做起。在这种时候，他已经无法坚持苛刻的条件了。

我能听到贾尼丝和梅伦正在楼下的厨房里聊天。自从梅伦回家来陪杰克，这个家又有了家的嘈杂和家的感觉。终于说话声不断了。

他的妻子和女儿并不知道他在楼上做什么。

但是他所做的完全是为了她们。

“我可以就地和所有我需要的人保持联系。”他说。

事实上，整个世界都直接走进了贝克斯利公园路上的这个小房间里。他可以通过电脑和任何地方的几乎任何人通信，而且信件会马上递送出去。他把手机放在桌子上，并让它紧挨着地线电话；这样两种途径都可以找到他。房间里有一台电视机，它有各种各样的新闻频道，只要这个星球的任何地方发生任何事件，它都会迅速为他放映。其实，这样的装置并不让人觉得惊奇——让人惊奇的是，这已经成了一种标准配备。它们不再是国王的特权。现在它们和自来水一样普遍，任何人都可以拥有。

“还记得萨莉·弗劳尔斯吗？她过去常常给‘所有待在屋里的朋友’最热烈的祝愿。”我说。萨莉·弗劳尔斯是早年哥伦布市四频道的主持人，主要主持当地日间的电视节目——这位女士生于俄亥俄中部地区，上节目时喜欢穿家常便服，很招人喜欢；身材结实，头发乌黑，而且特别像埃尔维斯·普雷斯利深爱的母亲格拉迪斯。

“摩尔商店好像是赞助商。”杰克说。

“她每天都会说，”我说，“‘送给所有待在屋里的朋友们……’现在这句话的意思可不一样了。”

“为什么？”杰克问，“人们仍然待在屋里。”

“从身体上而言，也许还是那样，”我说，“但是，现在，比起出门上街，待在房间里反倒可以接触更多的东西。”

全国所有最好的店铺，每个人能想到的所有的书籍、音乐唱片和电影，各个时代的知识目录，每个领域的专家建议……任何人都可以随心所欲地使唤这些东西：只要使用那个键盘（刚才他就是用键盘为贾尼丝和梅伦谋利益的），杰克也可以随意驱使所有这些东西。即使杰克可以坐飞机，可以事先目睹那些事件，但是，电视屏幕上播报的摘录新闻看起来还是更加的清晰和紧密。而且他可以在数秒钟内和全国各地的朋友和生意伙伴通话，不管他们是在家里、在办公室里，还是在车里。这种变化——世界被投进一个房间里——虽说是渐渐促成的，但是却又快得让人觉得荒谬，而且它的影响依然难以估量。

“谈谈‘请给我四张票’吧，”杰克说。“你在因特网上看过那样的内容吗？”

“我知道，”我说，“我想，现在，如果有四个家伙想在荧幕上看脱了衬衣的女人，他们已经没必要开车去帕森斯大街了。”

他扫视了一下电脑屏幕。我知道他是想看看，有没有人回复他的信件，也就是要求把他未来的收入转给他家人的信件。那是一件未曾改变的事情：怀揣着希望，等待好消息。不管有没有技术，你还是会一样的紧张和不安，从这个角度讲，现在和西部男孩联盟的时代、或之前快马邮递时代和烟雾信号时代并没有什么两样。

“我看过的第一封电子邮件是查克发给你的。”我说。

“怎么会？”杰克问。

“那是在二十世纪九十年代初，一天，我来镇上，查克、乔伊斯和我一起出去吃饭，”我说，“你和贾尼丝已经搬到明尼阿波利斯去了。他努力向我解释什么是电子邮件，但是我根本不理解，因此，我们回到他家的时候，他打开电脑。在那之前，我从来没看过网上的美国。”

“然后他给我发了一封电子邮件？”杰克问。

“他喝醉了，”我说，“他打了‘你这个蠢货’，然后就发给你了。”

杰克笑了。“好像是有这么回事。”他说。

“我当时非常迷惑，”我说，“我一个劲地问他，如果你没有坐在电脑前收信息，那会怎么样。我不知道它和普通邮件一样，是会等你的。”

“真庆幸，查克从来没想过成为萨莉·弗劳尔斯。”杰克说。

“这话怎么讲？”我问。

"'你好，待在屋里的朋友们，'"他说。"你们这些蠢货。"

"帮我把这些东西移一移吧。"他说。

房间里的氧气罐摆放得歪歪斜斜；它们是为了备用，但是它们摆放的方式违犯了他的秩序观。因此我走过去，他告诉我该如何把它们贴墙摆放。

"这样摆好多了，"他说。"现在它们不会绊到人了。"

我站在窗户旁，眺望他家前院和街道，他从桌子后面走到我身边。

"你知道，这个视野让我想起了什么？"他一边说，一边向外看。"我想起，小时候，从你房间能看到的窗外景色。"

"哦，那时我们住在镇上的同一个地段啊。"我说。

"不是那个意思，"他说。"那时候，往窗外看，一切都显得那么……"

他停顿了一会儿。

"……独立自主。"他说。

我想我明白他的意思了。我们还是孩子的时候——那时候，我们还没有被媒体图像包围，我们和世界本身的联系不是完全由媒体图像界定的，也不是通过无数的媒体图像建立的——许多时候，宇宙和我们从二楼窗户看到的外面世界一般大。部分原因是，我们不知道更好的世界——我俩刚认识的时候，甚至还不会阅读——但是，那时候我们一定感到非常欣慰，因为我们可以告诉自己，眼前的东西才是真正重要的东西。

"我们出生的时候，甚至还没有电视这样的东西，至少家里没有，"杰克说，"现在，我有时就在想，如果这个国家各地的人们不能再对着同样的电视画面、同样的节目，那会是怎样的一种情形。以前，会认为别人和你看的或者听的不是同样的东西，当时又是怎样一种情形。"

"当时，我们的参照点也许就是家人和朋友，"我说，"也可能不是。在电视出现之前，有广播网，还有书和杂志。人们自有办法与外界联络。"

"是啊，但是当时他们就得费点事了，"他说，"不过，我敢打赌，外界也不会一直炮轰他们。”

“我们二十几岁、三十几岁的时候，已经是最后一段清闲的时光了，不久之后，这一切就完全闯入生活，并且控制一切了，”我说，“那时候，没有个人电脑。没有手机。没有万维网。没有来电显示或呼叫等待。”

“那是能听到忙音的最后一些时光。”他说。

“差不多，”我说，“也是最后一段联系不上的时光。”

他斜靠在窗台上，注视着外面，然后说：“你知道你以前说过什么？你说，只要在电脑上登录一家网站，然后下一份订单，就可以得到你在这个世界上需要的任何东西，对吗？”

“真的可以，不是吗？”我说。

“是的，”他说，“但是，我站在这里，看着外面的街道，然后……我也不知道怎么会想起这件事，但是你还记得我们曾经真的很想吃那种泡菜吗？而且你母亲最后真的买到了？”

我已经很多年没想起这件事情了。那时候，很时兴路旁餐馆服务，梅因大街上也开了一家免下车餐馆——店名叫小镇人家，不过没营业多久，因为它必须和伊斯特摩尔免下车餐馆竞争——那里的汉堡中夹的泡菜特别好吃，几乎让人吃了就上瘾……

“那种小小的、圆圆的莳萝泡菜。”我说。

“对，”他说，“我们说我们多么爱吃，所以我们的母亲到克罗格食品杂货店买了泡菜，她们以为那会和那家免下车餐馆的泡菜味道一样。但是根本不一样。我们的母亲又去了克罗格店，又买了一些泡菜，但是味道还是不一样。”

“我母亲不是买到正宗口味的泡菜了吗？”我说。

“我正在想那件事，”他说，“她去了小镇人家，走进店里，询问了经理；她说，她想买些他们夹在汉堡里的泡菜。那个人告诉她，他们不零售泡菜——如果你想要吃泡菜，你得去那里，坐在店里或者你自己的车里，点一份夹泡菜的汉堡或者干酪汉堡。”

“但是她还是买到了，对吗？”我问。

“是的，”杰克说，“我不知道她是怎么说服那个家伙的，但是他卖了一大罐泡菜给她——要知道，是那种老罐子，不是现在你在杂货店看到的那种——然后，她把它带回家，然后……伙计！……夹了那些泡菜的汉堡，吃起来真是没治了。”

“你现在为什么会想起这件事？”我问。

“因为你关于电脑的说法是对的——如果我愿意，我也许可以在因特网上找到任何一种美食泡菜，我可以看到别的顾客对它们的评价，我可以近距离地看它们的彩色图片，我可以找到有关它们味道的描述，而且，如果我愿意付一点额外费用，我可以一夜之间就把它们买来，那么你和我明天午饭时就可以享用了。”

“但是，世界似乎真的小一些了，而且，你母亲开车去小镇人家，说服那个家伙卖给她一些泡菜，当时感觉，你母亲简直就是一位奥林匹克冠军。看我，至今还记忆犹新。如果她当时是通过因特网订购的，你觉得我还会记得吗？”

“那绝对荒唐，”我说，“让她在一九五七年打开电脑，登陆‘泡菜网’。”

“你了解我的意思。”他说。

他又看了看窗外，似乎担心阴霾不久会破坏风景。

电话铃响了两声，然后停住了。我们听到贾尼丝在楼下接了起来。

“他这几天都很疲劳，”我们听见她说，“非常感谢。我会代为转达的。他现在正在休息。”

“她一直在帮我应付，”他说，“因为我不想在电话里聊，所以她在帮我推拖。”

“谁能想到竟会发生这样的事？”我说。

“什么?”他问。

“你姐姐海伦第一次说我们被小妞拒绝的时候,谁曾想到你将来会找个人来帮你拒绝呢?”

他眉开眼笑。“贾尼丝是小妞？帮我拒绝?”

“有点那个意思,”我说,“如果你想告诉她,那么我会稍微改变一下措辞。”

“她真的很照顾我,不是吗?”他说。

他四十几岁的时候,有一次告诉我,他在一次商务旅行中结识了一位女士。

那些年,在工作的过程中,他见过她几次,在一次特别的商务旅行中,他们和别的一些人一起出去吃商务餐,当时,她明确表示,她对杰克很有意。

他很兴奋地告诉我这件事;当时他很吃惊,但是感觉很好,因为她那么直接地说出自己的需要,而且她需要的就是他。

他让她知道,他不能接受这样的邀请。(杰克就是杰克,虽然让那位女士失望了,但他还是尽力不让她难堪,似乎在这种情形下,他也必须具备骑士风度。)

我根本没有必要问,他是否说出了全部故事。我知道,他说那天晚上他没有出轨,就肯定没有出轨。

“她真的很迷人。”他和我说。

“她也许以为自己是在向史蒂文斯·皮尔伯格求爱呢。”我说。

比起我的真实感受,这样的话说起来更容易些。

做得好。

你又一次做得非常棒。

现在,贾尼丝在楼下大声说:

"那是……"

她说了来电者的名字。

"我说你不能接。"她朝楼上大声说。

"我听到了,"杰克大声答复她,不过,现在,大声说话对他来说有点费劲。

杰克对我说:"没有贾尼丝的陪伴,真不知道这几个月该怎么度过。"

"幸运的是,你不必猜了。"我说。

"真的很幸运。"他说。

他说他总是忘记该做的事情。

"不知道我为什么记不住事情了。"他说。

但是他显然记住了所有的事情——他一生中经历过的所有事情。让他苦恼的只是近来的一些琐事。

"我应该给自己准备一份笔记,"他说,"我本来计划,今天早上做的第一件事就是打这个电话。"

他走回桌子旁,拨了一串电话号码。他没让我离开,所以我就在那儿听着他这头的谈话。

杰克是一家慈善组织的会员,这家组织预备投票决定是否赞助那十个人的家庭(这十个人大多是墨西哥来的移民,在哥伦布市西边的一场毁灭性的大火中丧生了)。他想知道投票的结果。

"什么?"我听到他对电话那头的人说。

过了一两秒钟,他又说:"可恶。真是可恶。"

我后来才知道发生了什么事情:杰克所属的那家慈善组织已经把每年的捐款拨给了拉丁美洲的一个兼管火灾救济的联盟组织;但是杰克所属组织的章程明文规定一个事件中不能发放一笔以上的捐款。因此,根据那条规定事项,杰克所属组织的委员会拒绝了对火灾幸存者的救济。

“投票到底是怎么个情形?”我听到他问,“差票是多少?”

然后说:“请把委员会每个成员的姓名、电话和各自的投票情况发给我。”

他最终还是成功了;他想到了一个办法:当地有一家银行,正在为遇难者的家庭筹款,他通过这家银行集中了一笔新的捐款。只是运用了一点创造力,所有的问题都解决了。

但是,那可是他第一次听到,资助计划被投票否决了。

“我真无法理解这样的事情,”他挂断电话后对我说,“这些贫困的家庭都无处居住了,可是我们却找到了某个规定来阻止我们帮助他们。”

他又走回到窗子旁,和我一起看着寂静的街道。

“冬天来了。”他说。

第二天,我先独自在贝克斯利走了一圈,然后才去看望杰克。

德雷克塞尔大道和布罗德街的拐角处就是德雷克塞尔圆形广场,我在广场上停住,看了看战争纪念碑。

这片圆形广场缩在街道里面。它的装饰功效大于实际作用;汽车驾驶员也不会当真穿过那里。战争纪念碑坐落在一片草地上,是一座朴素的方尖碑。

纪念碑的四周,刻着镇上参加过美国各种战事的人的名字。我想找找我父亲的名字。

一开始,纪念碑上漏掉了他的名字,对此他虽然没有公然抱怨过,但是却一直耿耿于怀。这里不是他的出生地——他是在俄亥俄州北部的阿克伦城长大的。但是二战爆发时,他已经在这里生活了;依据他的说法,他恰恰还是贝克斯利居民中第一个应征参加二战的,而且先在北非和意大利战场的步兵团服役过,然后才回来组建家庭的。

因此,他感到很郁闷,战争纪念碑居然忽视了他。后来,在他生命的最后一段时光里，当地的周报刊登了一篇文章，询问老兵的家人，他们认识的战时在部队服过役的人中，有没有人因为疏忽没有被刻到纪念碑上。我父亲作出了反应；他告诉他们，二战时在陆军服役的那段时间是他最引以为豪的几年，所以，能把名字列进其中对他而言意义重大。

在他去世之前，他的名字被刻了上去。现在，在德雷克塞尔圆形广场上，我正在找寻他的名字。

虽然花了我几分钟时间，但是它确实在那儿。

似乎我们所有人都很渴望，能够有一样东西让大家知道我们曾经来过这里。

看过之后，我走到杰克家。贾尼丝说，他正躺在床上，护士过来了，正和他聊着。

我说，我过会儿再来，但是她说，她确信杰克不会介意我进房间的。

因此，我爬上楼梯。他正借助氧气管呼吸，那位护士正向他解释接下来最可能出现的情况。

"这是我的朋友。"我走进房间的时候，他对护士说，我和她握了握手。

我坐在那里听着，护士向杰克解释了一会儿，然后问他还有没有问题。

"我有一个问题，"他说，"我自己称了体重，我的体重已经降到了一百四十磅。我知道，如果降到一百二十五磅，我可能就活不了了。所以，如果可以的话，我想让体重上升到一百四十五磅。而我应该怎么做呢？"

护士尽可能得体地告诉他，他可能没有办法让体重增加了。

"那不是因为你什么事情做得不好，"她对杰克说，"而是由于癌细胞的存在，你的体重也许不太可能恢复了。"

"只要一百四十五磅就好，"他对她说，"如果我的体重可以达到那个数目，我想我就能活下去了。告诉我，我该做些什么努力。"

又一次努力——也是他想给家人做的另外一件好事。

二十四

感觉时间开始压缩。

一天下午，查克打电话到我所在的旅馆，告诉我，杰克希望我们仨一起出去吃顿饭，他说杰克不想在贝克斯利吃。

“你说，是不是因为他不想让熟人看到他带着氧气罐？”我问道。

“我想不是，”查克回答说，“他说不带氧气罐，我想他只是想看看不同的风景罢了。”

晚上，查克来接我的时候，杰克也在车上。我们开车去了哥伦布市区北边的一个饭店，那地方我从来没去过。

“这里不错！”我们进来的时候，杰克说，“不会有太多的人过来打招呼。”

看来的确如此，他希望这顿饭只有我们仨，希望不必向别人解释——那些人心存善意，也和他认识多年了——他的现状。他的脸色看上去更加苍白，并且我认为他不想让自己成为一件展览品。

这是一次宁静的晚餐。只是他一会儿觉得太热，一会儿又觉得太冷。他告诉我和查克，我们也不时地请服务生调一下饭店内的温度，或者开扇门或者关扇窗户。杰克呼吸时，我们可以听见他肺里有水流似的声音，甚至坐在餐桌对面都能听见。

他沉默了许久。在回家的路上,查克问他是否想在贝克斯利蒙克店停一下,他欣然同意了,我感到非常惊讶。

贝克斯利最终修改了它的法律,允许饭店在用餐时提供酒水服务,蒙克店就是那时应运而生的。在我们成长的岁月里,整个小镇都处在禁酒的状态,所以托普店建在城外绝不是巧合。法律修改后,贝克斯利蒙克店才开始营业,店址就在小商业街停车场的那一头。

这里不是最迷人的地方,但是这里的食物不错,这里的酒吧也是每个夜晚最受欢迎的集会地点。杰克会说他想去那儿时,我感到很吃惊。因为,如果他不想碰到熟人,蒙克店是最不该去的地方。

"我们还是去一趟的好。"他说道。虽然他没有明说,但是我和查克都明白:他有足够精神出门的夜晚很快就会到头了,他还是想再去蒙克店坐坐。

酒吧里很拥挤,但有一些空位,我们坐了下来。这里非常吵闹,我知道我们待不久。

"今天下午我应该打个电话去询问 CAT 扫描结果的。"杰克告诉我们。

他一两天前又做了一次全身扫描检查,目的是看看新的化疗药物是否减缓了癌症进程。

"结果如何?"查克问,他和我一样都觉得奇怪,杰克竟然这么晚才告诉我们。

"我没有问。"他说。

"没有问?"我说,"为什么?"

"如果结果不好,我整晚都会想这个事情,"他回答道,"我想整个晚上和你们在一起,不去想那个结果。"

"我只想享受这个夜晚。"

他坐在我和查克之间，越过杰克，我看了看查克，他脸上的担忧使他显得比实际年龄老了许多。

有一阵子，我恍惚看到我和查克坐在这儿——就在这个地方——而杰克不在。这么多年，这样的场景极少发生。我对查克的大部分记忆里都有杰克。

但是，我确切地记得，有一个夜晚，ABCDJ 一起出动，杰克没来。但我不清楚，他为什么没和我们在一起——那是一个冬天的夜晚，他可能和父亲一起待在家里——但是，我的记忆像照片一样清晰，查克、艾伦、丹和我一起沿着旁边堆着积雪的人行道走着，还戴着甲壳虫乐队的面具。

这些面具是查克的父亲给的，他父亲擅长在卖主最渴望抛售货物的时候，以低价整车整车地收购。当时，甲壳虫乐队在美国首次经历了一段全盛时期，那年，市场上充斥着那么多的与甲壳虫乐队有关的商品，人们虽说还不至于厌烦，但是已经有点腻味了。所以索尔·申克以最低价收购了堆在仓库里的许多塑料面具（上面印有披头士四名成员的模样）。他收购了足够多的面具，因为他知道，即使每副只卖一镍币左右，他也会赚很多钱。

他给了查克四副面具。就在那个冬天的夜晚，除了杰克，我们四个人，决定去和大自然约会。"和大自然约会"这个概念是丹提出的。他用这个短语来形容，你认识的所有女孩都拒绝和你一起出去、一个人在外面漫无目的闲逛的夜晚。惯常的对话是："嗨，丹，今晚有约会吗？""有——和大自然约会。"

那个晚上，我们把有弹性的带子套在头顶上，从头后调整好，使面具紧贴在脸部适当的位置。面具里面透出一股新浇铸的塑料味。我们每个人都看不到自己，但是可以通过眼部的洞看到别人，查克是保罗·麦卡特尼，艾伦是约翰·列侬，丹是林戈·斯塔尔——天空飘着雪，我们戴着面具站在微弱的街灯下，我看不见我是谁，但是看到其他人以后，我知道我是乔治·哈里森。

我们在寒冷的街道上来回地走,压低了声音,戴着甲壳虫乐队的塑料面具与大自然约会。现在试着去回想这一切时,我仿佛又看到了四副面具上四个音乐家在咧嘴而笑。记忆中,这四张面孔是那么的年轻,年轻得让人觉得心痛。但是当年的我们比他们的年纪要小得多,我们只是在假装四个显然比我们年长的人。他们——这些画在面具上的新近名人——是有经验的大人;我们还是孩子。

但是杰克不在场。我最记得这一点,因为那不同以往。今晚我看着坐在酒吧高凳上的查克,脸上布满皱纹,很疲倦的样子,我又看着坐在他旁边的杰克。躲在面具后的我们曾经那么的年轻,现在我们却在这儿,我试着不去想,以后的某个晚上我和查克两个人孤单地再来到这里。

在酒吧里,杰克告诉我一个故事,而这个故事他在过去的二十四小时中已经讲过两遍了。一天中第三次说一模一样的故事。

他又神经错乱了——健忘,这样的事情发生得越来越频繁了——神经错乱,正如他和查克定义的那样,越来越明显。我感觉,他不知道,我之前已经听他用几乎同样的话讲了两遍。我没有打断他,我知道查克也听过这个故事,但我们只是听着,直到杰克说完。

早上,他和贾尼丝打电话询问了CAT扫描结果。

“坏消息。”她在电话里告诉我。

那天他本想一个人待着,但是第二天下午他告诉我,他打算躺在床上看俄亥俄州橄榄球队的比赛,他希望我能陪他看。

我到他家时,护士正在他卧室里,电视里正在播放赛前的一些介绍。

这个护士——我有点同情她,这个房间里的两个人已经交往了一辈子，而她肯定会感觉自己是个局外人——正在尽力让杰克的情绪保持高昂。作为她努力的一部分，她对杰克说：

“这是俄亥俄州橄榄球队的比赛哦！”

今天吃了药后，他有点无精打采，所以，护士说完后，过了一段时间，他才看了看她，并且开始琢磨她的意思。

“你要戴你‘俄亥俄州橄榄球队’的帽子吗？”她以轻快的语调问道。

我的天，我心想。这可是俄亥俄州橄榄球队的星期六，那位护士却用和年迈老人说话的口气和他说话。这不是她的错，她并不是故意表现出屈尊俯就的样子。不过，她只见过杰克躺在病床上、病得很重的样子。

“我的帽子？”他对她说。

“我想，我在你家看到过你有一顶俄亥俄州橄榄球队的帽子。”她回答道。

“哦，”他说，“在楼下。”

开球了，我们听到了欢呼声，然后一起转向了电视里传来的喧闹声。

这场比赛不怎么样，但杰克的状态一直不错，因此过了一会儿，护士小姐问我们是否需要单独聊聊。我们无意伤害她；去别人家里工作一定很不容易，因为，除了你，其他人都十分熟悉那个环境，但是你还得完成自己的工作；人们感激你的出现，但又强烈希望你不要出现。我们只是说，如果她想休息一下，我们可以自己说会儿话。

于是她去喝点咖啡或者其他东西。杰克对我摇了摇头——这个动作似乎表示，一切都那么糟糕——然后他对我说：

“你觉得贾尼丝会再婚吗？”

我从来没有这么措手不及过。

“你为什么会这样问？”我问他。

“我只是一直在想这件事。”他回答道。

“这个想法是不是让你很嫉妒?”我问道,“你是因为这个才一直想这件事吗?”

“不,不是。”他说,“我会为她高兴,我希望她的余生会幸福。”

“杰克,不要花时间去想这件事。”我说,“你和她都还在呢。”

“是的,但就是情不自禁地会去想。”他回答。

这时,电视机里的欢呼声更大了,我想一定是有人拦住了一个传球。

护士又回来了。我们一起观看比赛,然后她读书给杰克听——他看书面文字的注意力已经急剧减退,但是他仍然渴求书本和杂志里的描述,电视只会让他感到空虚——她念完后,杰克又接着看球赛。

比赛暂停时插播了一则广告,其中一个男演员穿了一身礼服。

“你父亲是不是不让你穿细条纹礼服?”他笑着说。

他又恢复好记性了:神经错乱会使他对刚刚发生的事情记不清,但是对像细条纹礼服这类事情——或是小镇人家免下车餐馆的泡菜——他就记得很清楚。

“我想是绉条纹。”我说。

“我想,压根没有绉条纹布做的礼服,”他说,“我的礼服是马德拉斯布做的。”

“那只是西装的上衣部分,对吗?”我说道,“不是裤子。”

“显而易见。”他说,“如果裤子是马德拉斯布的,就不是马德拉斯布礼服了,而是马德拉斯布套装。”

我们曾经被邀请去参加某种舞会,而请柬上说明场合比较正式。我们上学时,正式舞会只意味着一件事:去奥普加洛店。

奥普加洛店出租礼服,它位于市中心的一个人流拥挤的街角。我和杰克觉得那里的礼服可能会很干净,所以就去问售货员,除了标准的黑色礼服,我们能否租到其他礼服。

他说可以。他向我们展示了他所拥有的衣服，我挑选了一件浅蓝与白相间的条纹样式，杰克选了一件红绿相间的马德拉斯布礼服，我们说好下个周末来取。

“兄弟，你老爸当时疯了。”杰克说。

护士小姐在仔细地听着每个字。

“但他压根没看到过那件礼服，”我说，“我们当时还没有取。”

“我知道。”杰克说，“那才厉害。他因为你预订了一套细条纹礼服就对你大吼大叫，他都不需要看一眼就讨厌它。”

“他让我取消了预订，对吗？”我说。

“哦，是的。”杰克说道，“他说他不会花一分钱去租一件细条纹礼服。他说不是全黑的礼服就不是礼服。他还说礼服必须是普通的黑色，因为礼服的全部意义就是让人看起来高贵优雅。

“对，”我说，“如果我们的礼服不是黑色，那么贝克斯利街上的人们就不会把我们当成卡里·格兰特和弗雷德·阿斯泰尔。”

“他还不允许你打电话去更改你的预订，”杰克笑着说，“他让你亲自回市中心一趟，那样就不可能弄错。”

“你改你的马德拉斯布礼服了吗？”我问。

“开玩笑吧，”他回答，“我父亲又不介意。”

我们看着彼此。无需多言。这样的交谈，我们已经持续了五十年。可是，以后我得独自怀念它们了。

叶子红得刺眼。人行道上铺满了大而脆的红叶。

过去的几个星期，叶子突然变红了。之前它们还葱绿光滑，紧挂枝头，而现在已经纷纷散落。散落得很美。我知道我曾经在其他地方见过这样的叶子。

这些是枫叶吗？我捡起一片，把玩着它细细的叶柄，突然记起以前在什么地方见过这样的叶子。就在这里——在这些人行道上。我们还把这些叶子粘贴到剪贴簿里。那时候，这是学校布置的基础研究计划——根据树叶来辨认树木，采集树叶，贴上标签，然后贴到剪贴簿上以供课堂使用。这些年，我都没注意过人行道上的树叶。但小时候，我和杰克走遍整个镇子，捏着叶柄从人行道上捡起树叶。我现在想起来了。

我又一次走在去他家的路上，我就要回芝加哥了。我沿着今年和他一起散步时走过的路线走：经过 ABCDJ 砖，经过他成长的房子边上的小山，如今砖和山上都撒满了落叶。

快到中午了，我想他可能饿了，所以我就朝鲁比诺店走去。这家比萨店一九五四年在梅因大街开业，从那时起，我的家人就经常光顾。这可能就是我今年以前从来没去过超级比萨店（就在托德尔饼屋的原店址）的原因吧，这是对鲁比诺店残留的忠诚。我打算给杰克买一份比萨，然后带去他家。我不知道他是否想吃比萨，但是，即使他不想，贾尼丝或梅伦可能会想吃。

交通信号灯就像模仿枫叶一样，颜色从绿到黄再到红，而灯色转换时，灯箱还发出当啷的机器噪音。也许每个城市的红绿灯装置转换时都会发出那种机械呆板的金属声响，但我只在这里注意到这种声音，永远只在这里。可能是因为这里很少有与之匹敌的声响吧。这声音对我而言很熟悉，就像俄亥俄州夏季夜晚的蟋蟀叫声；我们坐在外面谈到深夜，而蟋蟀的歌声装饰着夜空。

夏天已经过去很久了。就在我散步的过程中，气温似乎降低了十或十五度；我外出时，天已经很冷了，但是现在几乎是刺骨的冷，而且天开始下起了冰冷的雨。我的衣服在几分钟内就湿透了。

这就是和自然约会的危害。鲁比诺店里，店员们在做比萨，我坐在后面的临时座位上，“杰克怎么样了？”他们问我，我回答说还可以，其实不知道还能说些什么。我告诉他们，这份比萨是要带给他当午饭的，这样说似乎是为了让他们高兴点。他们让我给杰克带去他们最真诚的问候。我沿着梅因大街朝通往他家的一个岔道的拐角走去，才走了半个街区，包着比萨的那个白色包装纸已经变得又湿又软；可能我应该向他们要个盒子，但是我们从来都不喜欢把鲁比诺店的食品放在盒子里；那个白色包装纸鼓了起来，像厨师的帽子；我们一直认为，这样包着，比萨的味道会更好。如今我才知道，我们对味道差别的理解根本不合逻辑。

我没当着他的面问，但是我猜测：

这位来看护他的护士是一位负责临终关怀的护士，这种护士不是来帮你身体好转，而是为了使你最后的日子尽可能的体面和温和。

贾尼丝告诉我，刚开始几天，临终关怀是为了让杰克感受并决定一下。如果他决定回去做激进的化疗，甚至是试验性的治疗，他可以随时停止临终关怀服务。但是考虑到他的病情，他和贾尼丝通过他们的医生，已经要求让临终关怀陪他走完最后一段路。

我从鲁比诺店走到他家时，护士又在房间里给他念书。他似乎处于半睡眠状态，氧气管歪歪扭扭地放在那张医院用床上。

“你给我带了比萨？”他说，有点赞许又有点责备——他一直很喜欢鲁比诺店——我做得不错吧，此刻他不又像个准备挖出那块超大的意大利辣香肠的家伙了吗？

“可能不是最好的主意。”我说。

“我有点累。”他说。

“我知道，”我接着说，“那我晚点再来吧，我一直在外面转悠，可以再多转一会儿，而你也可以继续打盹。”

“格林，”他说，自己从床上撑起来，“你穿的是什么？”

我低头看了看自己的衣服，我穿了一件浅色风衣和一条牛仔裤，因为下雨，衣服都湿了。

“什么意思?”我说,“正如你所看到的。”

“你不能穿着那些出去转,”他说,“外面几乎快冻死了。而且还在下雨。”

“我很好,”我说,“我知道外面会很冷,我已经在里面加了两件衬衫。”

“不行,不行。”他说,“我有一件你可以穿的厚夹克。”

“不用了,”我说,“这样就够了。”

他朝着楼下喊道:“贾尼丝!”她没有应答。他使劲更大声地喊:“简!”

“杰克,我不需要厚点的夹克。”我说,“我一直都穿这件。”

“不穿上我的夹克就不许走,”他说道。坐了起来,把氧气管移到脸的另一边,奋力叫喊:“简!”

“不要这样。”我说,“这样拼命叫喊对身体不好。”

“如果你答应穿上我的夹克,我就不喊了。”他回答道。

贾尼丝出现在门口,她听见了最后一声召唤。

“楼下靠后的衣橱里有件厚夹克,”他对她说,“看看格林穿的是什么。不穿就不让他走。”

她看着我,耸了耸肩。“你听到他的交代了吧。”她说。

他往后躺下,“答应我,格林。”他说。

“我会穿着夹克走的。”我说。

他渐渐入睡了。我和贾尼丝走到楼下。她走到厨房外面的门厅里,从衣橱里拿出一件冬天的黑色夹克。

“穿上吧,”她说,“你知道,他醒了会问我的。”

我穿上了那件夹克。温度似乎又降了几度,空气仍然又湿又冷,为了让他休息,我离开了他家。我在想,兜了一圈又回到原点,他仍然在担心我。五十多年前,我们刚认识时:鲍勃受伤了。现在,虽然他那么虚弱,而且生命几乎走到了尽头:不穿上我的夹克就不许走。我不知道一个人怎么会如此幸运,如此有福。我不知道,什么样的人配得到这样一份友谊。

二十五

我一直在回想一路走来的这么些年，每日每夜地回想着他所经历的生活。他告诉我他也在做着同样的事情：努力回忆，确保自己尽量回忆起每件事情。

我回到芝加哥，一天晚上，他打电话给我说："我们第一次看彩色电视机。"在数英里之外，我都能听出来，他的呼吸变得越来越困难了。

"我们一起看的。"我说。

"我知道，"他说，"但是在哪儿看的呢？"

"在我祖母家。"我说，"她家在布伦特伍德路。她是镇上第一批拥有彩色电视机的人，电视机就放在她家二楼的起居室里。"

"看的是《彼得·潘》吗？"他问道。

"是啊，"我说，"是玛丽·马丁演的。"

"我想是的，"他说，"那部片子当时很火爆。我们是在彩色电视机上看的。这部片子从百老汇走到了我们面前。"

有一天，直到深夜，他都没有接电话。后来终于接了，但是我敢肯定，一定发生了不太妙的事。

"今天一天过得真糟糕。"他说。

“你必须回医院去吗?”我问他。

“没有,不是那样的,”他说,“他们来跟我讨论葬礼的安排。”

他想参与这个计划。这似乎是个好主意。但是这种会面以及其中的细节讨论,又让他非常忧烦。

“我想着所有人都坐在那儿,”他说,“而我却不在。想着贾尼丝和梅伦坐在前排,想着葬礼上该说的一切。”

“我们做这些安排时,我感到自己就在看着一样。”

他停顿了一下。

“所以现在什么都安排好了?”我说,“你不用做其他事了?”

“所有事都安排好了。”他说。

接着他说,他为查克和乔伊斯的周年纪念日做了一张音乐CD。

“有很多猫王的歌,还有很多甲壳虫乐队的歌。”他说。

葬礼安排和猫王,都在同一天完成。

“如果你想要,我可以帮你复制一份,”他说,“但是先别告诉查克。给他一个惊喜。”

想要探望他的人必须依次轮流;贾尼丝尽量不让不断的拜访加重他的负担。但是朋友和亲戚太多了,有一些还是从镇外来的,所以她不得不规划一下他的时间。

“我想见见每个人,”他对我说,“我都不敢相信有那么多人来看我,只可惜我特别累。”

这还意味着一些其他的事情。

“我知道他们为什么来,”他说,“我知道他们为什么这么急地赶到这里。”

我们每天聊天的时候,我就想到以前,小学老师为了不让我们在教室里闲聊,就让我们分开坐。而现在,似乎这个世界即将把我们分开,永远地分开。

一天早晨,我打电话给他,他说:“查克昨晚来了。”

这没有什么不寻常,所以我知道他提这件事肯定另有原因。

“他来到我房间,”杰克说,“然后对我说:‘你瞧,那么多人来看你,我们都没机会单独聊聊。”

杰克知道情况的确如此,最近几周,人们不断地在这个房间里进进出出。

“我告诉他,如果他想单独聊聊,我们可以关上门,这样就只有我们俩了。”杰克说。

查克走过去,关上卧室的门。

“他坐了下来,”杰克说,“然后他对我说:‘我觉得你的财产安排得很好。’他说他很感动。然后他哭了起来。”

杰克说他从来没见查克那样哭过,他根本劝不住。

杰克说,查克终于平静了下来,之后说了一些非常私人的事情,并且让杰克不要为贾尼丝和梅伦将来的生活担心。

查克的话那么友善,让我十分感动——他把握语气的直觉是对的。

一直以来,查克就是个闭上眼也能做生意的人;大家对他的印象是,总是从经济角度看问题,为了谈判成功,可以不择手段。杰克也很明白,别人都觉得查克和他的商业才能不属于一个档次。

因此当查克关上门并说道:“我觉得你的财产安排得很好。”那些就是最完美的话语。那些就是杰克需要听的话。他自己不是很清楚;他在与病魔作战的时候,想尽一切方法使他的财务问题井然有序,但是,他不知道这一切完成得怎么样。事情如此急迫,又是如此困难;他一方面得尽力解决家人以后的生活所需,一方面还得努力活下去。

查克的话让杰克觉得自己成功了。查克称赞杰克为家人所做的收入安排,并告诉他,他很受感动,这使杰克大受鼓舞,而且还使他相信自己做得很好。甚至让他感觉有点自豪。

我想告诉查克我已经知道这件事了——杰克告诉我了，我觉得他对杰克说的话最体贴、最慷慨。

但是因为我和查克从来都不善于彼此说些认真严肃的话。所以，我知道，和他当面交谈时，我肯定不知道该如何表达。我想说的就是他对杰克说的；我想告诉他，我认为他做得很好。他所做的整件事情让我觉得他很了不起。

但是我和查克从来没有能够当面谈这些事，因此这些话我只能写在这里了。

“今天我的床头柜上有两个二十五分硬币。”杰克在电话里说。

我已经开始习惯他的声音里夹杂着氧气在鼻子里流动的声音，不过这使他抑扬顿挫的声音显得有点断断续续。

“看着那些硬币。”他说，“我就在想，这些钱够支付我们一晚上的汽油费了。”

周末晚上，我们会停在卢克开的贝壳加油站（就在罗斯福路和梅因大街的拐角处），加五十美分的含铅汽油，这是一张去前方任何地方的车票，是做任何事情的通行证。五十美分的汽油已经足够了，五十美分的汽油可以让我们游荡到半夜，可以带我们去任何想去的地方。还可以安全准时送我们回家。一夜又一夜，五十美分是愉悦的代价。

我们看着卢克加油站煤气泵上滚动的数字——当数字快接近五十分时，他就慢下来；那个数字总是迅速滚到二十分，然后三十分，当它跳到四十一分时，卢克就开始推动气泵把手——四十二，四十三，四十四，数字像蜜糖一样慢慢移动，有时卢克会错打到五十一分，但是，通常他会准确地停在五十美分上。一分不多，一分不少。

“我看到那里有两个二十五分硬币，”杰克对我说，“这让我想下床出门游览一下整个小镇。”

之后，他发现自己想去的地方所需的花费远不止床头柜上的两个二十五美分。

他想去看大海，虽然他没有说，但是大家都知道这是最后一次。

杰克认识的那位多年的生意伙伴——那个人现在在纽约，杰克去斯隆凯特灵癌症中心时，他曾经邀请杰克和贾尼丝住在他曼哈顿的寓所里——在佛罗里达也有一处住所。他传话来说："如果杰克想到那儿住几天，他将非常欢迎。反正那个地方也一直空着。"

怎么去那里是个大难题。杰克现在大部分时间都在床上，而且身边一直带着氧气罐。也许他还可以赶到机场、排队等候、通过安检，并忍受冬天不可避免的飞机延迟。他的体力也许可以承受，但是，毫无疑问，这些会使他元气大伤，最后让整个旅行显得非常不值。等他到佛罗里达州，他的身体也许会累垮掉。这样一来还不如待在俄亥俄州。

他想去看海，他想感受空气里的温暖。

查克打电话给一家公司，那家公司可以向商业机构出租喷气式飞机，他问他们，手头是否有小型的有增压舱的飞机——这样需要带着氧气罐呼吸的人就不会感到不舒服。

他们有这种飞机，不过价格不菲。查克说他出租金。

因此，哥伦布市的一个大冷天，杰克、贾尼丝和梅伦，还有查克、乔伊斯从一个私人机场登上了飞机。

"噢，格林，你应该来看看这地方。"当他们到了那儿，杰克对我说，"我的床就在露天平台旁，我在睡梦中都能听到大海的声音。"

他们在那儿待了三天，他的精神似乎也恢复了。一些晚上，他甚至有力气出去吃饭，而且，因为饭店里除了桌上的人他谁也不认识，所以带着氧气罐也没有让他感到窘迫。他告诉我，他还想再来这个靠海的地方。他还邀请我下次一起去。

但是他说，在这之前，他还想去另外一个地方。

“我想去科罗拉多，”他说，“去滑雪。”

“你的肺能受得了那里的海拔吗？”我问。

“我想可以，”他说，“我会和医生谈谈的。”

我猜想，他说想滑雪，意思是想看别人滑雪。

“不是。”他说，“我想自己滑。”

之后，就我和查克两个人在电话里聊时，我把刚才的话重复了一遍——关于杰克想滑雪的那部分。

一阵短暂的沉默之后，查克说：“他真的这么说？”

“我吃了一惊，”我说，“他说他感觉好多了，但是我认为他的身体还没有那么强壮。”

接着是更久的沉默，当查克再次开口说话时，他的声音在颤抖。

“鲍勃，杰克连穿过房间都需要坐下来歇一下。”

他在做梦。虽然杰克醒着，但他是在做梦。

我不得不去华盛顿一趟。

最近这几年，我每次去那儿都会履行一个惯例。

清晨，我会离开旅馆，沿着哥伦比亚特区境内的波托马克河河岸走，然后从纪念桥上过去，一直走到弗吉尼亚州的一条路，再由那儿进入阿灵顿国家公墓。

我会去参观墓园，这是我去过的最美丽、最让人激动的地方之一。我只是在那些小径上一边走，一边思考。这个地方神圣又令人难以抗拒，可爱又令人心碎不已。而且，这是我一生中去过的最有助于私下安静回忆的地方。对我而言，早晨散步是华盛顿之行必不可少的部分。

通常，在回去之前，我都会去一趟约翰·F·肯尼迪的墓地，在永恒的火焰那儿停一会儿，然后转过身，看看对岸不受阻挡的特区风景。

但是这次旅行，我想停下来看看这个国家公墓里的另一个地方。我问了一个当班的警卫，他告诉我它的位置。他让我先找到无名战士墓；把它当成参照点，他解释了怎样从那儿去我要找的地方。

我花了一点时间才找到它。公墓里有太多的墓碑，即使别人已经指引过你，也很难找到确切的一座墓地。

但是那个墓就在那儿。它就在一排墓碑的最后面，和旁边的墓碑没有什么不同，一样的饱经风霜，一样的大小，一样的朴素。

碑的顶上嵌了一座十字架，上面有一些简单、朴实的词。

奥迪·莫菲

德克萨斯州

第二次世界大战

步兵少校

生于一九二四年六月二十日

卒于一九七一年五月二十八日

曾获荣誉勋章

我是那天唯一的拜访者，所以在那儿站了很久。

回到宾馆，我打电话告诉杰克这一切。

"不是一个大纪念碑吗？"他说，"他们没有把它单独圈起来吗？"

"没有，"我说，"在一排墓碑的最后面，靠近马路边，我想那是刻意安排的，目的是为了便于人们看到它。但是除了那一点，它和那里其他的墓碑没有两样。好像是他不愿意比其他人特别。"

"真是个人物，不是吗？"杰克说，"好像他不希望别人大肆吹捧自己。如果和别的墓地不同反倒不对了。"

二十六

通电话时，持续的时间越来越短了。

他在用吗啡。他说，他愉快地接受了吗啡。因为它似乎可以让他呼吸轻松点，还可以帮他入睡。

他不愿我在下一轮化疗结束前回去看他。他指的就是那个——下一轮化疗。他认为那会让他的身体得到恢复。

他现在选择了深度化疗，所以临终关怀服务就终止了。这是规矩，也是一种理解：只有当病人及其家人已经明确地达成共识，即死亡就是下一步时，医院才会提供临终安抚服务。可是杰克决定继续搏一搏。

一天晚上，和他才聊了一分钟左右——就觉得他特别困乏，特别衰弱——我就问他，是否可以让贾尼丝来听电话。

她接过电话，杰克放下电话，接着睡了。

"他告诉我，从下周一开始，他要再去接受化疗，"她对我说，说着说着都快哭了。"我甚至不知道如何把他送到医院。"

"你真的认为医生会让他接受化疗吗？"我问道，"你认为他的身体可以接受更多的化疗吗？"

“我每天都问他，”她说，“他告诉我，‘他什么都经受得住。’”

十二月的一个星期五，也就是圣诞节的前一周，我在芝加哥的密歇根湖畔散步。已经完全进入冬天了——起风了，水波撞击着岩石。我已经走了四十五分钟，正预备掉头往回走。

我从口袋里掏出手机，上面显示有人来过电话。我没有听见铃声；因为风声、水声和湖滨大道西侧来往的行人和车辆声盖过了手机铃声。手机屏幕上显示的是查克的号码。

不到九个月前，在弗吉尼亚州，他曾经打电话告诉我杰克生病的事——那天我正在墨西哥湾附近散步。而现在，和那时一样，我在水边给他回电话。

“嗨。”他说。

“你没有留言，”我说，“但手机上显示你打过电话。”

“我不想留言，”他说，“我一直在等你打电话给我。”

“怎么了？”我说。

“我刚回到镇上，”他说，“我出差去了。昨晚我去了杰克家，他的状态不太好。”

“我知道，”我说，“我们每天都通电话，但是他好像很没精神。”

“比那情况更糟，”查克说，“我知道你的意思，因为我不在镇上的那几天，每天也都和他通电话；我知道他的声音有多没精神。不过你来看看他就明白了。”

“发生什么事了？”我问道。

“你来就明白了。”他说，“昨天晚上，一些朋友过来了，所以他就待在楼下的客厅里。到该睡觉的时候，我们不得不把他抬到楼上卧室。他都没法自己走。”

“没有再找临终安抚服务吗？”我说。

“那是另一个问题，”查克说，“他现在连续两个晚上醒来，告诉贾尼丝他呼吸困难。昨晚，他的一些朋友轮流坐在他的房间里，以便在他需要帮忙时照看他。贾尼丝一个人忙不过来，她根本就没法睡觉。”

“看来我得立刻回去了。”我说。

“这就是我打电话给你的原因，”他说，“我想可能快了。今天，他的一个医生朋友——不是他的治疗医生，而是杰克认识多年的一位医生朋友。我不知道我们说的是一个星期、几个星期还是一个月——那位医生朋友说，他无法准确地预测。他说，只有等到最后二十四小时的时候，才能够确定，不过现在还没有到那个地步。”

查克说，杰克似乎已经进入了某种吸持阶段。“梅伦去纽约几天，看望看望朋友，”他说，“她需要让自己休息一下。下周就会回来。我打电话是想让你知道这个情况。不是要你立刻赶过来，不过你可能应该考虑下周或是什么时候来这儿。”

“我想，我还是明天就过去吧。”我说，“我这就回家，看看圣诞前夕，能否订到机票。我打算明天早上就回去。”

“你要我去机场接你吗？”查克问道。

“不用，我坐出租车，”我说，“你现在在哪儿？”

“我就在他家门口。”他说。

“明天早上见。”我说。

回到家，我开始打电话给航空公司和宾馆。家里的电话留言机提示，如果不重新保存，我一直以来重复保留的留言将被清除。

方法就是，它先播放以前的留言，然后你来决定是删除还是保留。因此我听了一下。

第一通留言是三月份时查克留的，从那时起，我已经保存了很多次。

这电话答录机不错。我是查克。打个电话给我，事关杰克。他身体不太好，我想和你细细说明。所以给我回电。再见。

下一通留言是杰克留的，那也是三月份，杰克去印第安纳见过兰斯·阿姆斯特朗的主治医生了。这是他坐着大巴回家的途中留的。

格林，是我。哦，伙计。老兄，今天的消息可不太好。如果有工夫，给我打个电话。等会儿再和你说吧。

我又一次保存了这两通留言，然后打电话给航空公司，订了第二天早上的第一班飞机。

几分钟后，我正在收拾衣服，并且为不在芝加哥的日子做一些安排。电话铃响了，是查克打来的。

"喂？"我说。

电话那头一阵沉默。

"查克？"我说。

他的声音不同以往。

"杰克过世了。"他说。

虽然相隔数英里，但是我们彼此都把听筒紧贴在耳边。

"我花了五分钟去梅因大街拿点东西，"他说，"当我回来的时候，他已经去了。"

查克说，贾尼丝当时陪着杰克，梅伦当然还在纽约。

他停止了呼吸。

"我说不下去了。"查克说着，几乎崩溃了。

"我明天会到。"说完，我挂了电话，心里空荡荡的。

二十七

那天稍晚些时候，我把航班从第二天早上改到第二天下午。我知道梅伦将从纽约飞回家，在我去之前，我想给她和她的母亲一点单独相处的时间。

查克再次打电话来。"杰克告诉贾尼丝，他想让你在葬礼上发言，"他说道，"她不知道杰克有没有和你说过。"

"没有，"我说，"他从没提过。但是我猜到了。"

查克说他会打电话通知坎顿的艾伦，让我打电话通知丹。

我打了。冷藏公司的传达员说他在冷藏室里。

我让他们去叫他，他接了电话。我们说好，等我到那里后，我们一起去杰克家。

星期六晚上，贝克斯利公园路上排满了车。

前门开着，留了一条缝隙。我和丹一进去就发现，里面的人一直挤到了墙根。楼梯底层贴着一个手写的牌子，牌子告诉大家，可以去楼上的卧室寄放或者取走各自的外套。

我上一次来这里时，杰克就待在那间卧室里。就在那个房间里，他告诉我，除非穿上他的厚外套，否则不准我离开。

现在人们却把他们的外套堆放在那个房间里。

我没有勇气上去。

贾尼丝在;梅伦在;查克在;乔伊斯在。其他我不认识的人也在。

许多人都在讨论第二天葬礼的最后准备工作——谁搭谁的车,谁应该坐在哪里,事后大家怎么回来。

大家从一个房间挪到另一个房间,而我却注意到,一个架子贴着厨房外的一面墙放着,上面摆着一件东西。

那是一个白色的盘子,表面还有一些字。杰克的签名在盘子的中央,我们其他人的签名围绕着他的名字。

托德尔饼屋。

我走过去,摸了摸它的边缘。

我在机场旅馆里醒来,窗外下着冰冷的暴风雨。

这天和我们撞上护栏的那天一样——街道溜滑,雪花飘舞,这样的天气,如果可以,人们是不会出门的。

丹来接我,我们驾车去参加葬礼。停车场已经满了:也许只有飓风才能阻止人们来悼念杰克,也许飓风也不能阻止。

我不知道我在发言时都说了什么,我也没写发言稿。因为我只不过才准备了五十年。

棺材离演讲台只有几英尺。它合着。我努力不去看它,但又情不自禁。

葬礼结束后,大家沿着过道往外走,我走在最后。我想告诉他一件事——我想要告诉他:

杰克,伙计,我们以为自己已经看过了这个镇上的所有地方。但是你肯定不敢相信有这么个地方。你知道我们今天在哪里吗？如果你愿意，你可以猜许多次——你永远猜不到这里。至少一百万年内是猜不到的。这比其他地方都好。猜吧。你永远猜不出来。

后面的第四排，也就是门口过来的第四排的座位上坐着一位七十几岁的女士。

杰克先经过她身旁，然后是我经过她身旁，我感觉，她冲我伸出了手。

我一边走，一边看着她。

她是巴巴拉小姐。

我一把握住她的手，她也紧握着我的，然后我们一起走出那扇门。我又想告诉他。杰克，猜猜谁在这儿。我知道你猜得出来——努力想想，猜猜今天谁来看你了。

我想告诉他每一件事情。

在这样的日子里，虽然觉得有点不可思议，但是还是出现了料想不到的笑声。

当时，葬礼已经结束，大家都在转来转去。

丹站在那里，他和我正准备去开他的车。好些年没见的人——我们曾经和他们一起上过学——走到一起，重新介绍自己，询问彼此的近况。有两个人向丹走了过来。

"丹，你最近在忙些什么？"其中一个人问道。这是个标准的询问职业的问题。

丹说：

"我是米勒斯波特玉米节的安全主任。"

我感觉自己睁大了眼睛。我感觉我的口形一定在表示："什么？"

丹朝问他的那个人认真地点了点头。

"你是米勒斯波特公司的安全主任？"那人说。

“不是米勒斯波特公司，”丹说，好像说的是什么显而易见的事情，“是米勒斯波特玉米节。”

我不知道这个想法是从哪儿来的——是否又是一个里迪普·里夫斯，或是其他什么。那个人问丹的时候，我满以为他会说他是开冷藏公司的。

米勒斯波特玉米节？安全主任？

“你是怎么被推选到这个职位的？”那人问他。

“这不是什么推选的职位，”丹缓缓地说，“这是一项任命。”

“丹，”我说，“我们走吧。”

我们走向结了冰的停车场，朝他的车走去。

“那是怎么回事？”我对他说，“你编的吧？”

“没有，我没有编造，”他说，“我是米勒斯波特玉米节的安全主任。”

“那我怎么从来不知道呢？”我问。

他还是那样咧嘴一笑，还是露出那种表情。

“格林，我不会每件事都告诉你。”他说。

我很想告诉杰克，很想拨通电话告诉他这个新鲜故事。这么多年以来，丹还是原来的丹。他应该会喜爱这个故事。这个故事会让他喜形于色——他会大笑并露出他的豁牙，满心喜悦地晃着脑袋，他一辈子都是这样的。

并且我知道：在我的余生，肯定有许多这样的时刻——我想告诉他一些事情，一些能让他发笑的事情。

就在那时，我意识到我可能会做的事情——如果发生他喜欢的事情，我会告诉他；如果发生能让他点头的事情，我会告诉他；如果发生他想听的事情，我也会告诉他。

这是不会消逝的——这是唯一可以永存的东西。友谊是永恒的；建筑物有兴有衰，公共人物会在名声的光圈中进进出出，那些岁月来了又悄然消逝。但是友谊——它不需要任何花费，又贵重得难以衡量——永无止境。没有人能从你这里把它带走。

冰雪覆盖了 ABCDJ 砖，覆盖了奥迪莫菲山。如果你去看，你只能看到:刚下的雪，雪下面似乎没有什么东西。

但是友谊正在每一条街上的每一栋房子里诞生。友谊正在形成，其中的一些将会消失，少数珍贵的将继续存在。新结交的朋友们现在还无法体会；因为，友谊来的时候，没有人会知道；友谊刚开始时，他们也无从知晓。因为奇迹不会自己通报；因为魔力来的时候，手里不会拿着时刻表。

但是它曾经发生过，抑或正在发生，抑或将要发生。这是一份不朽的东西；一份会让你铭记在心的东西。雪飘过奥迪莫菲山，把山隐藏了起来，但很快冰雪就会融化。在这样的日子里，你很难记住它，很难看见它，但是春天总会来的，然后就是夏天以及蛐蛐欢唱的夜晚。在这些夜晚，新老朋友可以坐在户外，让记忆诞生。

鲍勃·格林的作品包括：

And You Know You Should Be Glad

Fraternity: A Fourney in Search of Five Presidents

Once Upon a Town: The Miracle of the North Platte Canteen

Duty: A Father, His Son, and the Man Who Won the War

Chevrolet Summers, Dairy Queen Nights

The 50-Year Dash

Rebound: The Odyssey of Michael Fordan

All Summer Long

Hang Time

He Was a Midwestern Boy on His Own

Homecoming: When the soldiers Returned from Vietnam

Be True to Your School

Cheeseburgers

Good Morning, Merry Sunshine

American Beat

Bagtime(with Paul Galloway)

Fohnny Deadline, Reporter

Billion Dollar Baby

Running: A Nixon-McGovern Campaign Fournal

We Didn't Have None of Them Fat Funky Angels on the Wall of Heartbreak Hotel, and Other Reports from America

鲍勃·格林与 D. G. 弗尔福德合著的作品包括：

To Our Children's Children Fournal of Family Memories

Notes on the Kitchen Table: Families Offer Messages of Hope for Generations to Come

To Our Children's Children: Preserving Family Histories for Generations to Come